안티 사피엔스

안티 사피엔스

ANTI
SAPIENS

이정명
장편
소설

은행나무

차례

민주

한 인간의 존재를 증명하는 가장 확실한 문서는 사망진단서다. 더는 존재하지 않는다는 사실이 한때 그가 존재했다는 가장 분명하고 진실한 증거다. 심정지와 무호흡, 경직 상태의 무게와 형태는 삶의 정지 혹은 부재를 단호하게 선언한다. 가변적이고 유동적이며 한시적인 삶은 확정적이고 불변하며 영구적인 죽음에 의해 규정된다. 그러니 어찌 삶은 존재의 윤곽일 뿐이며 죽음이 그 실체가 아니라고 말할 수 있겠는가?

죽음을 찬양하거나 죽은 사람이 살아났다는 주장을 하려는 건 아니다. 나는 그런 터무니없는 일을 원하지 않고 그런 일이 불가능하다는 것도 안다. 그럼에도 내 남편, 정확히 내 전남편을 떠올리지 않을 수 없다.

그의 사망진단서는 결혼 6년째 되던 해 4월 1일에 발부되었다. 죽기 전 그는 1년 6개월간 말기 췌장암을 앓았고 직접 사인은 폐렴이었다. 그날이 만우절이어서인지 아직도 종종 그의 죽음이 거짓말처럼 느껴진다.

암 통보를 하던 의사의 목소리는 고급 프랑스 식당 저녁 메뉴를 주문하듯 망설임이 깃들어 있었다. 의사는 적극적인 치료를 해야 하는데 쉽지 않을 거라는 말을 어렵게 꺼냈다. 다른 암이 속속 정복되는데도 췌장암은 여전히 조기 발견이 어렵고 예후가 좋지 않다고 했다. 아무것도 하지 않고 그대로 두면 18개월을 넘기기 어렵다고도 덧붙였다.

그는 말없이 진료실 천장을 올려보았다. 자신이 아닌 다른 사람의 이야기를 듣는 것처럼, 자신이 갈 장소를 미리 점검하는 것처럼. 탁상시계의 초침이 거대한 기계가 돌아가는 소리처럼 요란하게 째깍댔다.

우리는 진료실을 나왔다. 알아야 할 것은 모두 알았으니까. 진료실 문이 닫히자마자 나는 벽에 놓인 긴 나무 의자에 털썩 앉았다. 복도가 너무 길고 어두워 무사히 빠져나갈 자신이 없었다. 그는 의자 등받이에 등을 기대고 내 어깨를 움켜쥐었다. 고개를 들어 그를 바라보고 싶었지만 그럴 수가 없었다. 내 눈빛이 그를 고통스럽게 하는 흉기가 될 것 같았다.

다음날 아침 그는 결과를 장담하지 못할 수술과 항암 요법을 포함한 일체의 치료를 포기하겠다고 말했다. 치료에 낭비할 시간을 막바지 단계의 연구에 쏟겠다는 것이었다.

"계산은 간단해. 의사 말처럼 아무것도 하지 않으면 1년 반이야. 항암 치료를 하면 조금 더 늘릴 수 있겠지만 모든 시간을 치료에 투입해야 해. 성공 확률은 20~30퍼센트. 성공해도 지금 같은 삶이 보장되진 않아. 시간만 줄어들 뿐이지."

그토록 단순하고 간단한 논리로 그는 남은 자신의 생명을 정의했다. 마치 평범한 어느 날 저녁 메뉴를 정하듯. 오늘 저녁은 뭘로 하지? 김치 볶음밥? 스파게티? 아냐, 살도 뺄 겸 거르지 뭐.

내가 아무리 그를 사랑하고 존중한다 해도 그 결정을 어떻게 받아들이겠는가? 나는 그럴 수 없다고 애원했다. 무엇이든 해봐야 하지 않겠느냐고, 함께 노력하자고. 그러나 그는 냉철하다고 해야 할지 무모하다고 해야 할지 모를 고집을 꺾지 않았다.

그때 내가 느낀 감정을 어떻게 불러야 할지는 지금도 모르겠다. 슬픔도 두려움도 아니었고 분노나 무력감이라고 부를 수도 없었다. 그 모든 것을 뭉뚱그린 감당할 수 없는 공허의 무게.

그는 의사 권고를 무시하고 발병 사실을 극비로 한 채 연구실에 처박혔다. 그러고 자신이 개발한 마인텔 시리즈를 뛰어넘는 새 프로젝트에 몰두했다. 우리를 덮친 알 수 없는 무서운 일에 맞서 우리가 한 일은 그냥 모르는 체하는 것이었다. 그렇게만 하면 불행이 우릴 알아보지 못하고 그냥 지나갈 것으로 믿으며.

그의 더벅머리와 초췌한 피부, 까끌까끌한 수염, 무릎이 나온 헐렁한 바지가 떠오른다. 뛰어난 IT 기술자이자 유능한 사업가. 5억 인구가 상주하는 가상도시 알레그리아의 중추원 의원이자 6000만 명이 사용하는 범용 AI 마인텔 개발자. AI 빅테크 '그노시안'의 수장 김기찬. 사람들은 그를 본명 대신 '케이시(KC)'라는 별칭으로 불렀다. 그는 천성적으로 까다롭고 집착이 강한 사람이었다. 그렇지 않았다면 그토록 사려 깊고 섬세하게 날 대하지 못했을 것이다.

그 무렵 그는 짜증이 한층 늘었고 무언가에 쫓기듯 조급했다. 억눌렀던 감정이 터질 때면 책상의 집기를 던지고 바닥을 엉망으로 만들었다. 그러다가도 감정을 수습하면 언제 그랬느냐는 듯 자신이 어지른 물건을 하나하나 있던 자리에 정리했다. 두려워하고 분노하면서도 정작 그 감정이 어디를 향해야 할지 몰랐던 것이다. 슬픔이 너무 무거워서 도저히 버티지 못한 것이리라. 그를 위로하지 못하는 막막함과 그를 잃어야 한다는 두려움이 동시에 나를 괴롭혔다.

저물 무렵이면 우리는 한 시간 반 동안 집 뒤편 완만한 골짜기를 따라 이어진 오솔길을 걸었다. 어린 참나무 군락을 따라 발걸음을 내디딜 때마다 발밑에서 타닥타닥 잔가지가 부러졌다. 이전엔 아무렇지도 않던 시간이 갑자기 천천히 흐르는 듯했고 눈앞에 펼쳐진 세상이 눈물겹도록 소중하게 느껴졌다.

그는 얕은 냇물을 건너다 말고 두 손을 모아 찬 계곡물을 퍼서 내게 내밀었다. 물은 수정처럼 맑았다. 물 밑바닥에 그의 섬세한 손가락과 손금이 환히 들여다보였다. 그는 발갛게 언 두 손으로 내 손을 맞잡았다. 하도 세게 쥐고 놓지 않는 바람에 손가락뼈가 으스러질 것 같았다.

우리는 어스름이 내리는 오솔길을 천천히 걸어내려왔다. 그는 피곤한지 길가의 바위에 걸터앉아 쉬는 횟수가 늘었다.

어느 날 그는 선홍빛으로 물든 서쪽 능선의 햇살을 곰곰이 바라보며 말했다.

"아름다워. 그러니까 당신은 여기에 있어."

내가 아닌 먼 곳의 누군가를 향한 것처럼 먹먹한 목소리였다. 석양에 물든 그의 검붉은 얼굴에 두려움과 묘한 만족감이 동시에 어렸다. 나는 비어져나오는 울음을 누르고 말했다.

"함께 있고 싶어. 당신이랑 함께 있을 거야."

"그래. 우린 그럴 거야. 약속할 수 있어."

그가 한 자 한 자 굵은 못을 박듯 말했다. 슬픔에 빠진 나를 위로하려는 헛된 약속이었을까? 아니면 실제로 헛된 희망을 믿고 있었던 걸까? 그것이 무엇이든 슬프고 특별한 그의 눈빛에는 이전에 본 적 없는 확고함이 담겨 있었다. 어떻게 그럴 수 있느냐는 물음조차 필요 없는 단단한 약속이 거기에 새겨졌다. 나는 어떤 의심도 없이 그의 말을 믿기로 했다. 나 또한 그렇게 되기를 간절히 원했기 때문이다.

그가 바위에서 일어섰다. 그가 앉았던 자리를 바라보기만 해도 따스한 온기가 느껴졌다.

화창한 어느 일요일 오전 11시 29분, 의사는 케이시의 사망진단서를 발부했다. 의학적으로, 물리적으로, 사회적으로 그가 더는 세상에 존재하지 않는다는 선고였다. 그는 우리가 함께 살던 집 1층 침실에서 숨을 거두었다. 마흔여섯 살이었고 일주일 전부터 극심한 통증에 시달렸다. 우리 사이에 아이는 없었다.

처음 발견했을 때 그는 서브를 넣는 로저 페더러처럼 두 팔을 쳐들고 허리를 활처럼 뒤로 젖힌 트로피 동작을 취하고 있었다. 투명한 아침 햇살이 창으로 비쳐들었다. 빛은 통증과 무력감에 지친 그의 얼굴을 소년처럼 말갛게 씻어냈다.

나는 문밖을 향해 사람들을 불렀다. 가사도우미 애너가 먼저 도착하고 정원사 조 선장이 뒤따라 달려왔다. 남편을 발견한 조 선장이 애너에게 소리쳤다.

"애너. 119에 전화해서 구급차를 보내라고 해."

애너가 앞치마에서 통신 단말기를 꺼내들고 밖으로 나갔다. 조 선장은 침착하게 케이시의 어깨를 흔들었다. 반응이 없자 골똘한 표정으로 얼굴을 케이시의 코에 대고 호흡을 확인하고 손가락으로 경동맥의 맥박을 확인했다. 갈퀴로 낙엽을 긁어모으거나 고장 난 배수관을 수리할 때 보았던 침착함과 능숙함이었다.

"의장님께서 숨을 쉬지 않으십니다. 맥박도 잡히지 않고요."

그가 내 시선을 피한 채 말했다. 밖에서 사이렌 소리가 요란하게 들렸다. 경망스러운 고음의 단속음은 구급차 사이렌이었고 그보다 낮고 주기가 긴 연속음은 경찰차였다. 두 명의 경찰과 구급대원이 동시에 방 안으로 들어왔다. 케이시의 상태를 확인한 구급대원이 선임으로 보이는 형사를 올려다보았다. 형사는 말없이 고개를 끄덕여 구급대원들을 돌려보냈다.

"왜 저 사람들을 돌려보내죠? 빨리 응급실로 옮겨야 하잖아요?"

나는 그녀에게 달려들어 따지듯 물었다. 그녀가 대답했다.

"안됐지만 남편께서는 돌아가셨습니다. 지금부터 변사 사건 처리 절차에 따르겠습니다."

그녀는 12구역 담당 형사 홍미란이라고 자신을 소개했다. 언뜻 마흔이 채 안 된 것처럼 보이지만 몇 살 위인지도 몰랐다. 손등에 불거진 굵은 정맥은 강단 있는 체력을 암시했다. 그녀는 말쑥한 인상의 파트너에게 눈짓으로 지시를 내렸다. 젊은 형사는 손바닥만 한 소형 태블릿을 펼쳐 본부에 현장 통제반과 감식반을 요청했다.

홍미란은 방 구석구석에서 필요한 물건을 봉투에 담아 증거물 번호를 부여했다. 폐허가 된 유적에서 도자기 파편을 찾아내는 고고학자처럼 꼼꼼하고 능숙한 동작이었다. 침대 밑에 뒹구는 슬리퍼 한 짝, 협탁 위의 태블릿……. 그녀는 케이시의 머리에 눌린 베개 위의 머리카락 몇 올을 핀셋으로 조심스럽게 집어 셀로판 봉투에 보관했다.

"지금 뭐 하는 거죠? 여기가 살인 사건 현장이라도 되나요?"

내가 소리쳤다. 그녀는 나를 돌아보지 않은 채 기계적인 음성으로 대답했다.

"통상적 매뉴얼입니다. 병사라도 병원이 아닌 장소라면 현장 보존과 기록이 필수적이죠."

40분 후 그녀는 실례했다는 말을 남기고 순찰차를 타고 진입로를 빠져나갔다. 케이시의 사망 속보는 그날 오후 7시 38분 가족 드라마를 방영하던 한 TV 채널의 자막 뉴스로 떴다.

천재 IT 전문가, 케이시 김 사망,
퍼스널 AI의 아버지 죽다

뉴스룸 자막 담당자의 방송 사고로 여겼던 시청자들은 뉴스 채널의 현장 보도와 유튜버 중계를 확인하자 사실을 받아들였다. 그들이 공통적으로 느낀 감정은 심한 배신감이었다. 절대 깨지지 않을 성역으로 믿었던 로맨틱한 동시대 드라마의 허망한 결말에 대한 허탈감과 무력감. 그노시안의 주가는 끝없는 하향 곡선을 그렸다.

젊은 부자의 석연찮은 죽음에 대한 의혹과 소문이 꼬리를 물었다. TV 대담 프로그램 출연자들은 사인을 두고 의견이 분분했다. 폐렴이라는 공식 사인에 의구심을 보이며 약물 과용으로 인한 쇼크사 가능성을 조심스레 내비친 의사도 있었다. 한 범죄학자는 누군가의 사주를 받은 전문 킬러의 소행이라고 주장했다. 누군가는 맞은편 고층 오피스텔에서 망원렌즈와 적외선카메라, 무소음 드론까지 동원해 우리 거실을 촬영하던 개인 방송 운영자들을 의심했다.

그중에서도 견디기 힘든 구설은 세상사에 무지한 IT 천재가 사악한 무명 배우에게 덜미를 잡혀 불행한 결혼 생활 끝에 비참하게 죽었다는 제멋대로의 상상이었다. 그들은 근본적으로 나의 출신을 불신했고 내 결혼의 의도를 의심했다.

경찰은 의혹을 일소하는 차원에서 조사에 돌입했다. 케이시의 행적과 주변인 탐문, 원한관계, 여자관계에 대한 광범위한 수사가 이어졌다. 사망 전후 일주일 동안 집 안 출입자와 우리 부부를 만난 사람을 소환했고 집 주변 CCTV 30여 대를 조회했다. 그러나 범죄를 의심할 만한 단서는 발견되지 않았고 알리바이에 허점이 드러난 사람도 없었다.

나 또한 경찰 출석을 피하지 못했다. 출석일 아침, 나는 경찰서 로비에 진을 친 기자들과 수십 대의 카메라 앞에서 담담하게 말했다.

"알고 있는 사실을 최대한 진실하게 말씀드리겠습니다."

조사실 문이 열리고 홍미란이 들어왔다. 집에서 보았을 때보다 나이가 들어 보였고 주름도 깊은 얼굴이었다. 젊은 그녀의 파트너가 따라 들어와 탁자 위에 태블릿을 펼쳤다. 그들은 프로토콜에 따라 조사 일시, 조사자 직위와 이름을 음성 입력하고 조사 과정이 녹화된다고 고지했다. 심리학과 뇌과학을 동원해 정밀하게 설계된 AI 프로그램이 단계별 질문을 제시하며 뇌파

탐지기가 작동된다고도 했다. 본격적인 질문은 사건 전후 나와 케이시의 행적으로 시작되었다. 나는 있는 그대로 대답했다.

"전날 저녁 우리는 결혼 6주년 파티를 했어요."

홍미란은 참가 인원을 물었다. 나는 단둘이었다고 대답했다. 애너가 음식을 차렸고 조 선장님이 서빙을 했다고도 부언했다. 홍미란은 무덤덤하게 질문을 계속했다.

"그럼 둘이 아니라 네 명이네요. 두 사람은 고용인들인가요?"

"네. 애너는 필리핀인 입주 도우미예요. 남편이 저와 결혼하기 전부터 집안일을 했죠."

"조 선장이라고 했나요? 그 사람 본명이 뭐죠? 무슨 일 하는 분인가요?"

젊은 형사가 미심쩍은 표정을 하고 끼어들었다. 내가 대답했다.

"조장수 씨라고⋯⋯ 정원사예요. 직책은 정원사지만 정원 일뿐 아니라 모든 집안일을 관리해요. 남편 차 운전부터 손님 접대, 주방 냄새 제거와 변기 수리, 낡은 마룻장 교체까지⋯⋯. 우리는 그를 선장님이라 불러요. 말 그대로 우리 집을 평화롭게 이끄는 선장이니까요."

"돌아가신 김기찬 씨와는 어떻게 아는 사이죠?"

"젊은 시절 그는 유능한 항해사였어요. 그런데 선박 운행에 GPS와 AI 기반의 자율항행 시스템이 도입되면서 운항 자격증은 휴지 조각이 되었고 기술도 쓸모없어졌죠. 기계에 일자리를 빼앗기고 쫓겨나듯 육지로 돌아온 그가 할 수 있는 일은 많지 않았어요. 몇 차례 재교육을 거쳐 겨우 조경 회사의 작업 인부가 되었어요. 그노시안 사옥 조경 작업에 투입된 그의 깔끔한 작업을 눈여겨본 남편이 저택 정원사를 제안했어요. 자신이 개발한 프로그램은 아니지만 인공지능 때문에 일자리를 잃은 사람에게 책임감을 느꼈을 거예요."

홍미란은 내 답변을 곱씹으며 모니터에 뜬 AI 프로그램의 질문을 주시했다.

"술은요? 술을 마셨습니까?"

"네. 와인 한 병요."

"김기찬 씨도 함께 마셨나요?"

"네. 많이는 아니고…… 한두 잔 정도요."

"말기암 환자가 술을 마셨다고요?"

"왜, 안 되나요? 누구나 인생을 즐길 권리는 있잖아요."

"좋습니다. 그다음에는요?"

"식사를 끝내고 함께 침실로 갔어요. 그에게 진통제와 수면제를 놓고 제 방으로 왔고요."

"아픈 남편을 침실에 혼자 있게 했다는 건가요? 이해가 되지 않는데요?"

"그가 원했어요. 자신이 잠든 후에는 옆방에서 쉬라고 했죠. 저도 그게 좋다고 생각했어요."

"그건 왜죠?"

"저도 쉬어야 다음날 간호를 할 수 있으니까요. 그가 통증을 느끼거나 잠이 깨면 몸에 연결된 센서가 내 방의 알람을 울려요."

"김기찬 씨는 왜 치료를 거부했죠? 본인 의지가 확실한가요?"

그녀의 질문은 왜 남편이 항암 치료를 받도록 설득하지 않았느냐는 비난처럼 들렸다.

"남편은 치료에 관해 저와 상의하지 않았으니 치료에 관해서라면 주치의에게 질문하세요. 주치의는 정기적으로 진통제와 통증 완화제를 처방했어요. 남편은 일상적인 고열과 통증에 시달렸거든요."

AI는 대답이 끝나기 무섭게 새 질문을 생성했다. 조금씩 결이 다르지만 비슷한 질문들이었다. 집요한 반복 질문에 지쳐 내가 허점을 드러내기를 기다리는 듯했다. 홍미란은 지치지 않고 모니터에 제시된 질문들을 내게 던졌다.

"그날 아침 상황을 말씀해주시겠습니까?"

나는 그날 아침에 본 것을 최대한 상세하게 설명했다. 더하거나 뺄 건 없었다. 과거의 거짓말탐지기를 획기적으로 개선한 뇌파 탐지 신문 결과를 법정 증거로 채택한 후 거짓말은 의미가 없어졌으니까. 신문 AI 프로그램은 두 시간 후에 종료되었다. 나는 조사가 끝났으면 돌아가도 되는지 물었다. 홍미란이 대답했다.

"지금은 안 됩니다. 곧 기자회견이 있을 거예요. 이틀 전에 체포된 일가족 살해 후 자살 미수범 조사 결과 발표예요. 기자들이 그쪽으로 몰려갈 테니 그때 나가요."

그녀의 말은 내게서 남편을 죽일 만한 동기도 혐의도 발견하지 못했다는 고백처럼 들렸다. 혐의를 벗었다는 홀가분함보다는 왜 이런 대접을 받아야 하는지 화가 솟구쳤다.

"고맙지만 난 기자들이 무섭지 않아요."

내가 비꼬자 그녀는 잠시 틈을 두고 말했다.

"어떻게 들릴지 몰라도 당신을 소환한 목적은 혐의를 증명하기보다 의심을 풀려는 조치였어요."

"남편을 죽인 혐의도 없는데 두 시간 넘게 조사실에 처박아 놓고 온갖 질문을 했다는 건가요?"

"김기찬 씨는 당신과 함께 사는 주택에서 사망했고 당신은 그의 죽음을 가장 먼저 발견했어요. 사람들은 상상을 좋아하죠. 조금이라도 여지를 남기면 터무니없는 의심이 풍선처럼 부풀어요. 경찰 조사에서 아무것도 나오지 않는 것보다 확실한 무죄 증명이 어디 있겠어요?"

어처구니가 없었다. 무죄면 무죄지 그걸 증명해야 하는 법이 어디 있단 말인가. 그녀는 신문 내용은 자신이 아니라 AI가 생성한다고 했다. AI가 마치 자기 상관이라도 되는 것처럼. 손목시계를 확인한 그녀는 이제 돌아가도 된다고, 필요하다고 판단되면 다시 부를 수도 있다고 말했다. 긴 복도를 지나 로비로 나서자 남아 있던 기자 몇몇이 마이크를 들이댔다.

"알고 있는 사실을 최대한 진실하게 말씀드렸습니다."

나는 스카프 자락을 여미며 짧게 대답하고 최대한 빠른 걸음으로 그 자리를 떠났다.

2주 후 경찰은 그노시안 의장 사망 사건에 범죄 소견 없음을 확인하고 사건을 종결했다. 세인의 관심을 끈 케이시의 충격적인 죽음은 기억에서 사라질 것이었다. 그런데 유산상속 절차가 진행되며 상황이 바뀌었다.

떠도는 말에 발이 없는데도 그의 재산을 둘러싼 입방아가 내 귀에까지 들려왔다. 처음부터 재산을 노리고 접근했다, 그를 사랑했을지 몰라도 돈을 더 사랑했다, 화장을 하지 않는데도 얼굴이 밝아졌다, 지하의 케이시가 통탄할 것이다, 그래서 남자는 여자를 잘 만나야 한다, 아니다, 여자야말로 남자를 잘 만나야 한다…….

사람들이 분노한 대상은 내가 아니라 내가 갖게 될 재산이었다. 한때 케이시의 것이었지만 이제 내 것이 된 개인 보유 주식과 금융자산, 우리가 함께 살던 집, 발리의 여름 별장……. 그들은 그것을 가질 자격이 내게 없다고 여겼다.

부당한 생각은 아니었다. 가난한 여자가 어느 날 갑자기 사망한 부자의 거액을 상속받는다는 이야기는 쉽사리 믿기지 않을뿐더러 믿고 싶은 사람도 없을 것이다. 논리적이지도 않고 현실성도 없어서가 아니라 그 이야기의 주인공이 자신이 아니기 때문이다. 나는 케이시의 변호사를 만나고 임시 주총을 소집했다.

2주 후 수요일 아침, 나는 임원과 이사진, 투자자들의 불신이 무겁게 내려앉은 주총장 프로젝터에 안건 영상을 띄웠다.

"AI는 저뿐만 아니라 많은 국가와 기업과 개인의 흥망을 바꾸었습니다. 그러나 저는 AI를 모르고 앞으로 알고 싶은 생각도 없습니다. 제가 아는 유일한 사실은 남편과 AI가 제 운명을 송두리째 바꾸었다는 것뿐입니다. 저는 피상속 주식 전량을 새로 설립할 공익 재단에 납입하고 남편이 남긴 이건 갤러리 운영에 집중하겠습니다. 이사회와 임직원께 회사를 부탁드립니다."

내가 말을 맺기도 전에 회의장 공기가 바뀌었다. 여기저기서 자세를 고쳐앉느라 의자가 삐걱거리고 옷자락 스치는 소리가 났다. 그것이 그들이 내 입에서 듣고 싶고 믿고 싶었던 유일한 말이었다. 의장이 나의 제안을 표결에 부쳤다.

주총 결과가 전해지자 케이시의 석연찮은 죽음과 거액의 상속 재산에 관한 세간의 의구심은 사라졌다. 대신 나는 젊은 나이에 남편을 잃은 가엾은 아내, 슬픔 때문에 부와 명예를 아낌없이 버린 여인으로 받아들여졌다.

그렇다고 의혹이 남김없이 사라진 것은 아니었다. 말하기 좋아하는 사람들은 내 손으로 남편을 죽이지는 않았어도 그가 나를 만나지 않았다면 여전히 살아 있을 거라 수군댔다. 주식을 포기했다지만 예금이나 부동산, 혹시 빼돌렸을지 모를 재산까지 들추려는 사람도 있었다.

케이시의 유언장에 명기된 조건은 내가 집을 떠나지 않는다는 것이었다. 그가 우리를 위해 지은 집을 떠나고 싶지 않은 건 나 또한 마찬가지였다. 그가 없다는 사실을 빼면 그 집은 달라지지 않았으니까. 그와의 추억이 곳곳에 서린 그 집에서라면 슬픔을 견딜 것 같았으니까.

지금도 숱한 가십 콘텐츠에서는 "베일에 쌓인 상속녀"란 곱지 않은 입방아가 나를 따라다닌다. 내키는 대로 나불대는 인간들의 억측이지만 생각해보면 부당할 것도 없다. 주식을 다 내놓았는데도 난 아직 부자인데다 괜찮은 갤러리 관장이고 나보다 더 괜찮은 남자를 다시 만났으니까. 사람들이 부당하다고 여기는 건 어쩌면 당연하다.

케이시의 죽음에는 귀를 먹먹하게 하는 총소리도 긴박한 브레이크 마찰음도 없었다. 둔탁한 추락의 충격음도 필요하지 않았다. 거대한 재앙은 움직임도 소음도 없이 일어난다. 우리가 사랑과 고통을 주고받았던 일이 아무것도 아닌 양, 아예 일어나지도 않았던 일인 양.

나는 울었다. 그가 내 가슴에 남겨놓은 것과 남겨놓지 않은 것들 때문에. 단 1퍼센트의 가능성을 보고서라도 치료에 임했어야 한다는 후회와 그에게 아무것도 해주지 못했다는 가책이 몰려왔다. 나 자신이 바보 같았고 대상 모를 슬픔과 분노가 시시각각 분출됐다.

불쾌하거나 낯설지는 않았다. 다만 나의 감정을 정확히 알아차릴 수 없었다. 화가 나는가 하면 실망스러웠고 아쉬운가 하면 후련했다. 솔직히 그 모든 감정이 그를 잃은 슬픔 때문이었는지는 말하기 어렵다. 어쩌면 나는 진심으로 슬프지 않았을지도 모른다. 사실은 그가 나를 두고 떠난 사실보다 혼자 남은 내가 아무렇지 않다는 사실이 더 큰 충격이었다.

고통은 좀 더 나중에, 느긋하게 찾아왔다. 나를 괴롭힐 시간은 충분하다는 듯. 뼈저린 가책과 누구를 향한 것인지 모를 원망이 밀물과 썰물처럼 번갈아 찾아왔다. 사람들은 내 안색을 살피며 말 한마디도 조심하려 애썼다. 그러나 그들의 진심 어린 위로와 공감의 말조차도 가혹한 공격으로 느껴졌다. 내가 진정으로 슬퍼하지 않는다는 사실을 사람들이 알까봐 두려웠다.

나는 케이시의 서재에서 먹고 자고 머물렀다. 사람들로부터, 세상으로부터 나 자신을 숨길 도피처가 필요했다. 타인의 관심과 가식적인 위로에서 벗어날 수 있는 장소, 난폭한 시간이 지나가기를 숨죽이고 기다릴 공간.

나는 화석이 되어버린 시간 속에 산 채로 묻혔다. 그 방은 내가 케이시를 사랑한 증거였고 죽은 그를 애도할 기도소였다. 어둑하고 적막한 방 안 곳곳에 케이시의 체취와 흔적이 남아 있었다. 그의 머리 기름이 배어 짙게 변색된 등받이 의자와 그의 손

때가 묻은 책들, 구석구석 닿았던 그의 시선과 숨결. 천장이 높고 빛이 들지 않는 그 방에서 나는 케이시의 죽음과 함께 살아갔다. 죽은 그가 살아 있는 나를 지탱했다.

1년이 지난 어느 날 나는 알을 깨고 나오는 새처럼 방문을 열었다. 살아 있는 세상의 공기가 나를 맞았다. 태어나서 처음 바라보는 세상 같았다. 케이시 없이 나 혼자 살아가야 할 세계, 나를 웃게 할 사람도 두렵게 할 사람도 내게 화를 낼 사람도 소리를 지를 사람도 없는 고요하고 밋밋한 세계.

화장대 앞에 앉았는데 순서가 가물가물해 화장할 엄두가 나지 않았다. 내가 많은 걸 잊을 수 있는 사람이라는 사실이 다행이었다. 나는 애너가 챙겨준 아침을 먹고 이건 갤러리로 차를 몰았다. 그날 이후 나는 걸음마를 배우는 아이처럼 케이시 없는 세상을 견디는 법을 하나하나 익혔다.

두 달 전 어느 수요일, 나는 얇은 카디건을 챙겨 입고 산책길을 나섰다. 케이시가 살아 있을 때 함께 걷던 숲길. 우리는 그 길에서 말할 수 없는 것들에 대해 말했고 물을 수 없는 질문을 서로에게 던졌다. 대답을 듣지 못해도 상관없었다. 세상에 둘만이 있을 수 있는 유일한 장소라는 사실만으로도 위로가 되었다.

오솔길은 저택 후문에서 골짜기를 따라 700미터 남짓한 산의 정상으로 이어졌다. 하늘은 선명하고 거대하게 펼쳐지고 저녁 공기는 부드럽게 풀어졌다. 길가에는 상수리나무와 활엽수가 자생했고 야생화가 지천이었다. 발아래 주택지의 붉은 지붕들이 보이고 낮은 언덕과 매립지 저편 비즈니스 지구의 유리 건물이 날카롭게 빛났다.

모든 것이 그대로였다. 케이시의 부재만 빼면. 그 하나가 모든 것을 바꾸었다. 발밑에서 가느다란 가지가 부러지는 소리에도 나는 그의 부재를 떠올렸다. 그가 떠난 지 6년이 지났다는 사실이 믿기지 않았고 내가 그 시간을 살아왔다는 사실을 믿기는 더욱 어려웠다.

숲에서 사는 새들이 붉게 물든 능선을 떼 지어 날아갔다. 멀어지는 새 떼를 좇던 내 눈길이 문득 길가의 널찍한 바위에 가닿았다. 산책에서 돌아오던 케이시가 걸터앉아 쉬던 단단한 화강암 판석이었다. 나는 못 박힌 듯 그 자리에 멈추었다.

바위 모서리에 한 남자가 비스듬히 걸터앉아 있었다. 케이시가 늘 앉던 그 자리, 그 자세로. 짙어가는 황혼에 눈이 부신지 그는 가느다란 실눈으로 서쪽 능선을 바라보았다. 창백한 이마와 보풀처럼 가는 곱슬머리, 날렵한 턱과 길고 높은 콧날. 하나하나 뜯어보면 조금씩 달라도 케이시를 떠올리게 하는 얼굴이었다. 그토록 눈에 익었는데도 한없이 낯선 얼굴.

그는 케이시였다. 살아 있는 케이시였다. 내 눈에 새겨진 그림처럼 선명한 그곳에 그 사람이 돌아와 있었다. 그 익숙한 뒷모습과 어눌한 몸짓을 내가 어떻게 잊는단 말인가? 나는 걸음을 늦추어야 할지 재촉해야 할지 모른 채 그 자리에서 얼어붙었다.

"아름답네요. 저 노을…… 말이에요."

남자가 눈가에 까마귀 발 같은 주름을 지으며 웃었다. 혼잣말인지 내가 들으라고 하는 말인지 불분명했다. 나를 바라보던 케이시의 희미한 눈빛이 기억났다. 병마에 지쳐 냉소로 비틀어진 미소와 함께 내 곁에 있겠다던 쉰 목소리. 남자가 말했다.

"오래전에 이곳에 자주 오곤 했어요. 그때는 혼자가 아니었죠."

나는 대꾸하지 않았다. 그 남자와 말을 섞지 말아야겠다는 본능적인 생각 때문이었다. 바람이 곧게 뻗은 가지와 잎을 흔들어 청량한 소리를 내며 쌉쌀한 침엽수의 향기를 실어갔다. 어둑하게 그늘진 돌 틈의 계곡물은 낮고 우울한 소리를 내며 흘렀다.

잠시 서쪽 능선을 바라보던 남자가 바위에서 일어섰다. 바지 주머니에 손을 찌르고 오솔길을 내려가는 그는 붉은 노을 속으로 걸어들어가는 듯했다. 그를 불러 세워 뭔가를 물어보고 싶었지만 무엇을 물어야 할지 생각나지 않았다. 그의 하늘색 셔츠 자락이 어스름한 숲 그림자 속으로 사라졌다.

나는 무언가에 이끌린 듯 그 남자가 앉았던 자리를 손바닥으로 짚었다. 어둠에 물든 바위 표면에 그의 체온이 남아 있었다. 그 따스함이 누구의 것인지 생각했다. 케이시? 모르는 그 남자? 하늘빛이 조금씩 어둠에 물들었다. 찬 공기가 정상에서 골짜기를 따라 밀려내려왔다. 어둑한 바위는 순식간에 얼음장처럼 싸늘하게 식었다.

다음날도 그다음날도 나는 그 남자를 기다렸다. 그 얼굴이 눈앞에서 사라지지 않았다. 그럴 수 없다는 사실이 분명한데도 케이시가 살아 있다는 망상을 떨칠 수 없었다. 며칠이 지난 후에야 나는 가까스로 생각을 정리했다. 그 남자는 실재하는 존재가 아니라 내가 만들어낸 허상이라고.

그래도 그것은 너무나 생생하고 현실적인 허상이었다.

일주일 후 저녁, 초인종이 울렸다. 애너는 저녁 식사 준비에 정신없었고 남편은 별채 작업실에서 사진 작업 중이었다. 정원에서 장미 넝쿨을 정리하던 나는 느긋한 걸음으로 대문까지 걸어갔다. 문밖에 짧은 콧수염에 단정한 작업용 점퍼를 입은 오십대 남자가 서 있었다. 용건을 묻기도 전에 그는 들고 온 갈색 상자를 내게 건넸다. 보내는 사람 이름은 적혀 있지 않았다. 무슨 물건이냐고 묻는 내게 그는 남성용 정장 구두라고 대답했다.

우리 집에 맞춤 구두가 필요한 사람이 있었나? 남편은 헐렁한 티셔츠와 진을 주로 입었고 정장과 넥타이라면 질겁했다. 억지로 격식을 갖춘 자리에도 정장에 운동화를 신을 정도였다. 조 선장은 고질적인 발목 관절 통증 때문에 컴포트 슈즈를 고집했다.

주소를 잘못 찾은 것 같다는 내 말에 남자는 태블릿에서 배송지 지도를 띄웠다. 그러고는 화면의 주문 전표를 손가락으로 가리키며 세 글자의 수취인명을 또박또박 발음했다.

"여기 있네요. 봐요. 김, 기, 찬 씨. 맞아요."

김기찬. 그의 부모나 어린 시절 친구가 아니면 쓰는 사람이 드문 케이시의 본명이었다. 나는 뭔가 잘못된 것 같다고, 이곳에 그런 사람은 없다고 더듬거렸다. 그의 말이 사실이라도 죽은 사람이 구두를 맞출 일은 없을 테니까. 그는 케이시가 일주일 전 자기 가게에 와서 구두를 맞추었고 사흘 전에 다시 방문해 사이즈를 점검했으며 대금도 완납했다고 말했다.

"우리 같은 사람은 이름보다 발 모양이나 치수로 사람을 구별해요. 그분 발 치수가 특이해서 기억해요. 왼발은 정확히 267이었는데 오른발은 273인 짝발이었죠. 불편하겠지만 기성품으론 270을 신을 거예요."

남자는 막무가내로 내게 쇼핑백을 떠맡긴 후 자리를 떴다. 상자를 열어보니 회색 로퍼 한 켤레가 들어 있었다. 그의 말대로 케이시는 270을 신으면 왼발은 헐겁고 오른발은 새끼발가락이 끼었다. 그래서 연구실이나 집무실에서는 슬리퍼를 신는 대신 각각의 발에 맞춘 수제 로퍼를 고집했다.

어디부터 생각을 시작할지 갈피가 잡히지 않았다. 누가 죽은 사람의 이름으로 비싼 구두를 맞추고 값을 치렀을까? 흔하지 않은 그의 짝발과 정확히 같은 치수는 어떻게 된 일일까?

집 안으로 들어오니 작업을 마친 남편이 별채에서 돌아와 있었다. 종일 현상과 인화를 하느라 머리카락은 부스스했고 옷에서 시큼한 현상액 냄새가 났다. 식전주를 기울이다 내 손에 들린 상자를 발견한 그는 뭐냐고 물었다. 나는 구두라고 얼버무렸다. 그는 자기를 위한 선물이라고 여긴 듯 소년처럼 기뻐하며 상자를 열었다. 미처 변명할 틈도 없었다. 그는 맨발에 회색 로퍼를 신고 말했다.

"오른발이 조금 끼네. 하지만 고마워."

그는 조금 실망한 표정으로 말했다. 자신의 구두 치수를 잊어버린 나의 무관심이 서운한 듯했다. 나는 얼버무리기에 바빴다.

"당신한테 잘 어울려. 한 치수 큰 걸로 바꾸면 되겠네."

주방에서 식사가 준비되었다는 애너의 목소리가 들려왔다. 남편은 구두를 상자에 조심스레 챙겨 넣고 식당으로 향했다. 혼자 남은 내 손에는 구겨진 구두 전표가 들려 있었다. 어슴푸레한 저녁 공기 속에 공포가 도사리고 있었다. 이 일의 의미가 무엇이며 어떤 식으로 발전할지, 어떤 결과를 가져올지 알 수 없었다.

이해할 수 없는 일은 그것으로 그치지 않았다. 열흘쯤 후에는 처음 듣는 일본 도쿄의 한 호텔로부터 예약 확인 메일이 날아왔다. 작가 미팅을 위해 가끔 해외여행을 다니긴 했어도 예약 날짜에는 일본 출장 계획이 없었다. 귀찮은 일이지만 동시통역

모드로 호텔에 전화를 했다.

"임페리얼 이그제큐티브 도쿄 호텔을 다시 찾아주셔서 감사합니다. 무엇을 도와드릴까요?"

프런트 데스크 근무자의 친절한 목소리가 들렸다. "다시"라는 말에 나는 어리둥절했다. 통역이 잘못된 건지 내가 잘못 들었는지 알 수 없었다.

"내가 그 호텔에 간 적이 있다고요? 난 그 호텔 이름도 모르는데요."

그는 호텔 숙박 고객 명부에 내 이름과 개인 통신 코드가 기재되어 있다고 했다. 일반적으로 단말기 번호로 사용되는 개인 통신 코드는 폐기된 주민등록번호를 대신하는 국제적 개인식별 번호이자 인증 수단이었다. 그가 말했다.

"고객님께서는 12년 전 저희 호텔에 숙박하셨습니다. 저희 호텔은 3년 전 대대적인 리모델링을 통해 더욱 쾌적한 시설로 고객들을 모시고 있습니다."

그 말을 듣고 보니 케이시와 함께 다녀온 일본 여행의 기억이 떠올랐다. 결혼을 앞둔 해의 초여름이었다. 우리가 머문 더 페닌슐라 스위트 도쿄는 거대한 황궁의 숲과 해자가 내려다보이는 최고급 호텔이었다. 해가 기울면 황금빛 석양이 도시의 마천루를 붉게 물들였다. 아름답고 꿈같은 일주일이었다.

나는 예약된 숙박 기간을 다시 확인했다. 그가 대답했다.

"6월 16일에서 21일까지, 6박 7일입니다."

12년 전과 같은 날짜였다. 강한 전류가 목덜미를 타고 흘렀다. 나는 착오가 있는 것 같으니 예약을 취소하겠다고 말했다. 그는 여전히 친절하지만 난감한 목소리로 예약한 방이 취소 불가 상품이라고 대답했다. 나는 예약자가 누구인지 물었다.

"예약은 고객님께서 진행하셨습니다. 숙박비는 고객님 명의의 전자화폐 지갑에서 결제되었고요. 바이오 코드를 포함한 모든 보안 절차를 직접 인증하셨습니다."

그는 결제에 사용된 알레그리아 화폐 지갑과 인식 코드를 불러주었다. 지금은 쓰지 않는 내 명의의 계정이 분명했다. 통화를 더 끌기보다 경찰에 연락해야 할 듯했다.

문제는 범죄의 흔적이 딱히 없다는 것이었다. 내 명의의 결제 지갑에서 내 개인 정보가 이용된 지극히 정상적인 거래였다. 내 거래 코드가 사용되었으니 도용도 아니었고 인식 코드를 해킹당한 것 같지도 않았다. 경찰이 사소한 소액 결제 사건에 열정을 가지고 매달릴 것 같지도 않았다.

불현듯 대수롭지 않게 스쳐간 사소한 일들이 미심쩍게 다가왔다. 얼마 전에는 아무도 없는 케이시의 서재 전등이 한밤 내내 켜져 있었다. 그날은 조 선장이 불 끄는 걸 깜빡했겠거니 하며 무심코 넘어갔다. 주문하지 않은 피자가 집으로 배달되기도 했다. 내가 좋아하는 파인애플 피자와 케이시가 좋아했던 베이컨 피자였다. 피자 가게에 확인하니 주문 시스템 오류로 주소가 잘못 인식된 것 같다는 답변이 돌아왔다. 점장은 실수를 사과하며 배달된 피자는 그냥 드시라고 말했다.

얼마 후에는 리모컨을 작동하지 않았는데도 TV 채널이 저절로 바뀌는 일이 일어났다. 혼자 정신없이 돌아가던 채널은 한참 후에야 우리가 즐겨 보던 한 클래식 방송에서 멈추었다. 말년의 아바도가 지휘하는 베를린 필하모닉 오케스트라의 베토벤 교향곡 3번 2악장. 저녁 빛이 어둠에 스러지고 가로등이 하나둘 들어올 때 케이시가 즐겨 듣던 곡이었다.

아무리 버튼을 눌러도 꿈쩍 않던 리모컨은 연주가 끝난 후에야 아무 일 없던 것처럼 제대로 작동했다. 죽은 케이시가 다시 살아났을까? 그런 일은 있을 수 없다. 그렇다면 그는 애초에 죽지 않았던 것이 아닐까? 그건 더더욱 있을 수 없는 일이다.

그런데도 이런 일들이 일어난 건 우연이 아닌 누군가의 치밀한 계획이 분명했다. 누군가가 케이시와 나의 내밀한 부부 생활을 낱낱이 꿰고 있었다. 도대체 누가, 무슨 목적으로?

생각하고 싶지 않지만 조 선장과 애너가 마음에 걸렸다. 그들 말고 누가 각기 다른 케이시의 발 치수를 알겠는가? 그들은 나와 결혼하기 훨씬 전부터 케이시의 가장 충실한 고용인들이었다. 차라리 그들 중 한 명, 혹은 그들이 공모한 일이라면 좋겠다. 죽은 남편과의 아름다운 기억을 내게 되살려주려 했다면 고마운 일이다. 그러나 그들이 누군가에게 나와 케이시의 내밀한 사생활 정보를 넘겼다면?

며칠 사이 내 입술에는 각질이 일어나고 뺨 곳곳에 뾰루지가 돋았다. 그가 누구든 우리의 내밀한 비밀을 아는 것이 두렵고 그가 누구인지, 무엇을 원하는지 내가 모른다는 건 더욱 두려웠다.

어둑한 2층 복도 끝에 육중한 흑단 문이 보인다. 케이시의 서재다. 아니, 케이시의 서재였다. 실의에 빠진 그가 숨어들던 동굴, 어지럽고 시끄러운 세상과 사람들에게서 물러선 도피처.

굳게 잠긴 검은 문은 과거와 현재, 삶과 죽음, 나와 케이시를 가르는 장벽이었다. 가끔 조 선장이 청소를 위해 드나들 뿐 누구도 그 방에 대해 말하지 않았다. 말해지지 않는 대상은 존재하지 않는 것과 같다. '빛이 있으라'는 신의 말이 없었다면 세상은 무정형의 암흑, 혹은 거대한 무로 남았을지 모른다.

그가 죽은 지 6년이 지나도록 내가 왜 그 공간을 그대로 보존했는지 잘 모르겠다. 사랑 때문은 아니었다. 그의 죽음에 남은 미련 때문도. 단지 텅 빈 그 방의 공허를 견딜 용기가 없었을 뿐이다. 지금의 남편에게는 오래된 가구와 잡동사니를 보관하는 방이라고만 말했다. 그는 가타부타 대꾸가 없었다. 그가 내 말을 그대로 믿었는지는 모르겠다. 아마 그렇지는 않을 것이다.

반들반들한 도어 핸들을 잡는데 방 안에서 삐걱이는 가구 소리가 났다. 온몸의 털이 곤두섰다. 조심스레 문짝을 젖히자 기름 마른 경첩에서 비명 같은 소리가 새 나왔다. 반쯤 열린 문 틈으로 달빛이 비쳐들었다. 견고한 어둠 속 어딘가에서 희미한 숨결이 느껴졌다. 금방이라도 케이시가 책장 앞에서 두꺼운 책을 펴들고 성큼성큼 다가올 것 같았다. 당신이 여기 웬일이야?

오지 말아야 할 곳을 온 것처럼 나무라는 그의 목소리가 귓가에 울렸다. 6년 전 일이 거짓말 같고 그의 죽음이 믿기지 않았다. 죽은 케이시가 돌아온 것일까? 아니다. 그는 돌아온 것이 아니라 이곳을 떠나지 않았다. 내가 그를 보내지 않았으니까. 그 방을 치우지 않은 사람 또한 다른 누구도 아닌 나 자신이었으니까.

반쯤 젖혀진 커튼 자락이 일렁거렸다. 바람이 부는 걸까? 아니면 창가에 서 있던 누군가가 내 인기척에 몸을 숨긴 걸까? 당장 그 방에서 나가야 한다는 생각이 들었다.

그때 어둠 속에서 움직임이 느껴졌다. 책상 뒤에 웅크린 검은 그림자가 뒤를 돌아보았다. 서슬 퍼런 눈빛에 나는 기겁해 뒷걸음쳤다. 그도 놀랐는지 황급히 벽으로 다가가 조명등 스위치를 올렸다. 조 선장이었다.

오렌지색 불빛에 눈에 익은 물건들이 모습을 드러냈다. 커다란 흑단 책상과 1인용 침대, 갈색 가죽 소파, 케이시만의 분류법을 따른 책장의 책들, 책상 발치에 놓인 회색 로퍼 한 켤레……. 모든 것이 그가 살아 있을 때와 똑같았다. 조 선장이 말했다.

"놀라게 해드려 죄송합니다. 청소를 끝내고 막 불을 끄던 참이었는데……. 불을 끄고 마무리할 테니 먼저 내려가시죠."

그는 금요일로 잡힌 한 방송사와의 TV 인터뷰를 준비하던 참이라고 했다. 정중한 어조였지만 그가 나를 방에서 몰아내려는 것처럼 들렸다. 나는 그를 무시하고 책상으로 다가갔다. 그 책상이 더는 케이시의 것이 아니며 이 집이 내 것이란 걸 보여주겠다는 듯이.

“난 여기서 할 일이 있으니까 일 끝났으면 나가봐요.”

그렇게 말하는 순간 방 안의 공기가 살짝 풀어지는 느낌이 들었다. 그렇다. 이곳은 죽은 사람이 머무는 곳이 아니다. 이곳은 산 사람들이 살아가는 집이다. 케이시는 죽었다. 그의 유해는 재가 되어 바람에 날아갔다. 그는 다시 이 방으로 돌아오지 못한다. 먼지를 쓴 이 쓸모없는 방의 주인 또한 케이시가 아닌 나다. 나는 엉거주춤한 자세로 망설이는 조 선장에게 말을 이었다.

“이 방을 치워야겠어요, 조 선장님. 물건들 다 들어내고 내부 장식을 새로 할 거예요. 북향이라 해가 들지 않으니 동쪽으로 큰 창을 내겠어요. 내일 당장요.”

나도 놀랄 만큼 큰 목소리가 내 입에서 나왔다. 조 선장은 당황한 기색이 역력했다. 그는 금요일로 잡힌 방송사 인터뷰 장소를 어디로 옮길지 되물었다. 내가 대답했다.

“정원의 파고라 아래에 준비해줘요. 만발한 장미 넝쿨을 보면 카메라맨이 좋아할 거예요.”

다음날 오후, 두 명의 철거 인부가 도착했다. 노란 재활용품 처리업체 유니폼을 입은 그들은 재빠른 동작으로 방 안의 물건을 밖으로 날랐다. 계단참에는 낡은 옷가지와 재활용품을 분류해 담은 커다란 상자 세 개가 놓여 있었다. 테니스 라켓과 골프

클럽 세트, 우산과 레인코트도 아무렇게나 쌓여 있었다.

문을 활짝 열어젖힌 방은 더는 수수께끼의 영역이 아니었다. 말끔하게 치워진 방 안에 케이시의 흔적은 남지 않았다. 오래된 몰딩을 걷어내고 벽에 흰 칠을 하고 따뜻한 원목 바닥을 깔 것이다. 동쪽 벽에는 큰 창을 내고 넓은 테라스를 만들 것이다. 공사가 끝나면 이 방은 넓고 쾌적한 나의 재택 집무실이 될 것이다.

장미꽃이 핀 정원 파고라 아래에서 진행된 오후의 인터뷰는 성공적이었다. TV를 지켜보던 사람들은 남편을 잃은 슬픔에서 벗어나 일상을 회복한 내 미소에 안도할 것이다. 나는 그것으로 끝날 거라 여겼다. 케이시의 방을 치우면 그의 흔적도 지워질 거라고. 눈에서 멀어지면 마음에서도 멀어질 거라고.

그러나 그건 나의 순진한 착각이었다.

케이시

나는 죽은 사람이다. 나의 몸은 나를 떠났다. 무른 살은 소각로의 불길에 녹았고 한 줌의 뼈는 바람에 날려갔다. 나의 죽음은 광케이블을 타고, 전파를 타고 온 세상에 퍼졌다.

—그노시안 수장 케이시 김 사망

—빅테크 거인, 잠들다

—AI의 별이 지다

장례 행렬에는 수많은 카메라가 동원되었다. 검은 옷을 입은 사람들, 꼬리를 문 자동차 행렬, 젖은 눈과 굳게 다문 입술들, 내리깐 눈길들……. 사람들은 지나치게 뉴스를 신뢰하고 지나치게 빨리 뉴스를 잊는다.

나의 죽음을 모르거나 잊은 누군가에게 나는 여전히 살아 있는 존재일까? 그렇다 해도 내게는 의미 없는 일이다. 나의 죽음은 기정사실이 되었으니까. 그렇지만 나를 죽은 사람이라 부르지 마라. 그것은 사실이 아니다.

나는 죽었지만 말할 수 있고, 바라볼 수 있고, 들을 수 있다. 아무도 모르게 당신 눈앞에 나타날 수 있고 놀란 당신 목에 칼날을 들이댈 수도 있다. 당신이 매일 점심 식후에 어떤 영양제를 먹는지, 당신이 배우자 몰래 누구를 만나는지 말해줄 수도 있다.

그렇다고 내가 살아 있다고 주장하는 것은 아니다. 살아 있다는 주장은 살아 있다는 사실과 다르니까. 죽음에 대한 나의 유일한 주장은 그것이 소멸과 동의어가 아니라는 것이다. 마찬가지로 삶이 존재의 동의어가 될 수도 없다. 당신은 결코 이해하지 못하겠지만 나는 죽은 상태로 존재한다.

당신은 내게 이렇게 물을지 모른다. 그곳에 무엇이 있느냐고. 그럼 나는 당신에게 이렇게 되물을 것이다. 왜 이곳에 무엇이 있을 거라고, 혹은 있어야 한다고 생각하느냐고. 이곳에 당신이 기대하는 것들은 없다. 천국도 지옥도 영혼도 환생도 슬픔도 두려움도 다른 그 무엇도. 다만 이곳에는 기억이 있다. 더 정확히는 기억의 데이터가.

나는 까마득한 어둠 속을 떠도는 반딧불이처럼 빛을 발하던 짧은 삶을 호출할 수 있다. 해 질 무렵 서재에서 브람스를 듣던 아버지와 가위로 푸른 수국의 대궁을 자르던 어머니가 들려준 이야기도. 머리카락을 길러 자신을 가둔 괴물의 목을 조른 소녀와 온라인 게임에 갇힌 게임광 소년…….

어쩌면 당신은 내가 지독한 미련으로 이승을 떠나지 못한 원혼이라 생각할지 모른다. 그러나 나는 영혼을 믿지 않는다. 영혼은 육신과 분리된 독립적 존재가 아니라 끊임없는 육체 활동의 산물이다. 기억과 연산, 추론과 직관, 판단과 해석 또한 1000억 가닥의 뉴런과 시냅스의 작용에 지나지 않는다.

계획, 추측, 상상, 후회, 사랑, 증오, 불안, 체념, 포기, 자만심, 우월감, 명예욕, 살의, 질투……. 그것을 무엇이라고 부르든 정신 활동은 수없이 깜빡이는 전기신호의 결과물일 뿐이다. 모두부처럼 물컹거리는 1.3킬로그램의 뇌 섬유질 속에서 10억분의 1초 동안 명멸하는 수억 바이트의 미약한 전기신호. 편의상 그것을 영혼이라고 부르도록 하자. 아니면 의식이라 하든가.

나는 죽었다는 사실을 인식하지 못할 뿐 아니라 죽음이란 개념조차 무시한다. 감각과 통증이 배제된 의식이 나를 삶과 죽음의 경계에서 멀리 떼어놓았다. 나는 더는 성욕에 들뜨지 않고 추위와 더위에 시달리지 않는다. 배고픔으로 안달하지도, 지나친 포만감으로 불쾌해하지도 않는다. 시간은 나의 편이고 나는 무한한 공간 속에서 평화롭다. 이 고요하고 흠 없는 세계에서 인간의 법과 규율을 비웃으며 나는 불멸을 이루었다.

내 영혼이 무한한 기쁨으로 넘쳤던 최초의 날이 기억난다. 탁상시계를 뜯거나 라디오를 분해한 후 다시 조립하지 못해

당황했던 구세기 소년들처럼 난해한 프로그래밍언어와 복잡한 코드의 미로를 헤매던 날들. 단일한 논리 체계 안에서 모순이나 결함이 없는 명제는 옳고 그름과 상관없이 아름답다. 수와 논리, 명령과 실행, 배열과 순서, 단계와 절차, 원인과 결과……. 그것들은 일체의 선입관이나 편견을 허락하지 않으며 누구의 간섭도 끼어들 여지가 없다.

용인 테크노클러스터 비즈니스 구역의 허름한 가건물이 떠오른다. 150제곱미터 남짓한 게임 회사 패키지 창고였다. 내가 설계팀을 이끈 게임 〈나이츠 스쿼드〉를 채택한 대표가 선심 쓰듯 내준 공간이었다. 대학을 갓 졸업한 나는 게임이 날개 돋친 듯 팔리는데도 냉난방은커녕 단열도 제대로 되지 않는 샌드위치 패널 건물에 처박혀 아무도 눈여겨보지 않는 꿈을 혼자 꾸고 혼자 절망했다.

반도체, 바이오, AI, 우주산업 등 네 섹터에 2000여 IT 기업과 연구소, 교육, 의료 기관과 상업 시설이 모인 그 첨단 기업도시는 무형의 생각이 어떻게 혁명적인 제품이 되는지, 기술이 인간의 삶을 어떻게 변화시키는지, 보이지 않는 것이 어떤 방식으로 세상을 지배하는지를 보여주는 진열장이었다.

은행과 투자자들은 석탄을 연소실로 끊임없이 퍼넣는 증기기관차의 화부처럼 기업과 연구소에 돈을 퍼부었고 M&A 전문가와 투자자문가, 창백한 안색의 연구원, 시제품과 음식을 싣고 달리는 배달원, 유흥업소 종업원들은 도시 구석구석에서 거대한 기계의 부속처럼 움직였다.

나는 매일 아침 철새들이 떼 지어 날아다니는 갈대밭을 달렸다. 도시를 조성할 때 비즈니스 구역과 거주 지역 사이의 늪을 메운 매립지였다. 창고로 돌아와서는 혼자 일하고 혼자 먹고 혼자 책을 읽었다. 팀 소속으로 일한 적도 있지만 의미 없는 논쟁만 오갈 뿐이었다. 그들의 웃음이 소음처럼 들렸고 내 견해의 타당성을 주장하는 시간마저 낭비로 여겨졌다.

나는 배달 음식과 구내식당 음식으로 끼니를 때우고 청바지 두 벌과 목이 늘어진 티셔츠, 두꺼운 패딩 점퍼와 목이 긴 운동화 한 켤레로 네 계절을 보내며 한 나라를 떠나 또 다른 나라에 도착한 이중 언어 생활자처럼 기계와 인간 세계의 언어와 씨름했다.

그렇다고 내가 여자에게 무관심한 건 아니었다. 도서관에서, 산책길에서, 할인 매장과 식당에서 나는 여대생, 회사원, 텔레마케터, 가정주부를 만났다. 저녁을 함께 먹고 밤을 함께 보내기도 했다. 그렇지만 사랑에 빠지거나 깊은 관계가 지속되지는 않았다. 그들은 나를 사랑했을지 몰라도 나는 그들을 사랑하지 않았다.

누군가와 어울리고 의견을 나누고 위로받는 것이 불가능한 일처럼 여겨졌다. 누구를 진정으로 사랑할 수도, 누군가에게 이해를 받을 수도 없는 나 자신이 불쌍하면서도 곰곰이 되새기면 홀가분한 해방감이 찾아왔다.

그 무렵 각광받던 테마는 인간과 기계의 융합이었다. 기계처럼 정확한 사고력과 강력한 하드웨어를 지닌 인간, 인간처럼 섬세한 감각과 세밀한 감정을 지닌 기계. 한마디로 인간을 능가하는 인간을 위한 기술 경합이 벌어졌다. 인지학자, 뇌신경학자, 인공지능 개발자, 정신과 의사, 생화학자, 바이오 학자를 망라한 메타연구팀이 이합집산하며 증식하고 있었다.

사용자 명령에 따라 제한적인 특정 과제를 수행하던 초기 세대의 생성형 AI는 범용 인공지능에 이르는 수 세대의 지각변동을 거치며 인류의 모습을 바꾸었다. 다음 과제는 고도화된 AI를 지원할 고감도 센서 개발이었다. 인간에 필적하는 인지능력에 시청각, 후각, 미각, 촉각 센서를 채용함으로써 초지능을 구현하는 것이었다. 필립스콧사의 각막 삽입형 증강 시력 시술 CIAV(Corneal Insertion Augmentation Vision), 나눔기술의 후각 센서 '텔라로마'가 선두주자였다.

텔라로마는 특정 냄새의 화학 성분을 분석해 재현하는 기존 방식 대신 디지털로 전환한 후각 데이터를 인터넷으로 전송해 두뇌의 냄새 수용체를 작동시키는 원거리 후각 인지 시스템이었다. 가령 지중해 연안의 라벤더 농원 사진을 보면 수용자의 뇌를 직접 자극해 그 냄새 정보를 전송하는 것이다.

1년 후 유사한 방식의 원거리 미각 인지 시스템 '델리아'가 개발되었고 비슷한 시기에 의수족을 제작하던 미국 의료기 회사 데이비드&가렛이 새 촉각 센서를 선보였다.

때마침 개발된 강진우 박사의 획기적 식립 건은 초고가의 소형 바이오 칩 식립 시술 열풍을 불러왔다. 두개골에 드릴로 구멍을 뚫는 대신 식립 건을 비강으로 진입시켜 젤라틴 형태의 단백질 박막 칩을 두개골에 심는 증강 지능 기술은 알츠하이머병이나 파킨슨병은 물론 거의 모든 신경질환의 획기적 치료법으로 자리잡았다. 사고로 인한 기억상실증을 대비해 메모리 칩에 기억을 저장하는 부호들도 늘었다.

기술이 신기술을 수용할 경제력을 지닌 사람과 그렇지 못한 사람을 등급화한다는 격차주의 논쟁은 알츠하이머병이나 치매 등 인지 장애 환자와 시청각 장애인에게 새 삶을 줄 수 있다는 주장에 힘을 잃었다. 오히려 필요한 사람이 더 싼 비용으로 더 나은 기술을 이용해야 한다는 요구가 거세졌다.

그 결과 전 인구의 11퍼센트가 감각 센서 시술을 받거나 인체에 다양한 형태의 바이오 칩을 식립했다. 시력 교정을 겸한 증강 시력 각막 시술과 외이 식립형 이어폰 시술로 휴대폰 없는 통신도 가능해졌다. 홀로그램형, 증강 각막형, 프롬프터형, 빔형 등 다양한 방식의 개인 통신 단말기는 생활의 거의 모든 부분을 제어하는 기능으로 진화했다.

인지 감각 기술의 획기적인 성과로 비약적인 발전을 보인 분야는 가상현실이었다. 가상현실은 1492년 산타마리아호가 신대륙 기슭에 닿은 이후 인류가 발견해낸 새로운 영토였다. 가상현실은 새로운 달이고 새로운 화성이며 지구가 멸망한 후에도 옮겨가 살 수 있는 피신처였다.

이론상 인간은 모든 장소에, 어떤 상태로든 존재하게 되었다. 어두침침한 자기 방 안에서 웸블리 구장이나 양키 스타디움 관중석에 앉아 경기를 관람하거나 다른 도시에서 벌어지는 환경운동가의 강연을 들을 수 있었다. 한계가 없고 영역이 없고 어쩌면 존재하지 않을지조차 모를 공간. 그것은 누구도 본 적 없어 수학 이론으로만 존재하는 다중우주의 현실판이었다.

지리상의 발견이 식민지 개척과 제국주의에 기여한 것처럼 기술은 인간의 욕망에 불을 질렀다. 각국 정부와 거대 IT 기업은 지리멸렬한 현실을 타개하기 위해 가상도시 개척에 총력을 쏟아부었다.

반면 현실은 가상세계에 열정을 쏟아붓고 돌아온 사람들이 잠시 육체적 기력을 회복하는 베드타운에 지나지 않았다. 오래전 찬란했다가 버려진 폐금광처럼 그곳은 광활하고 조용했다.

내가 허름한 창고 구석에서 프로그램과 씨름할 때 세상은 핵분열하듯 쪼개졌다. 세상의 모든 장소를 연결하는 강력한 주파수대의 무선통신, 10퍼센트를 넘는 인류의 뇌에 식립된 인공지능 칩과 오감 증강 센서, 어떤 기술도 두려움 없이 받아들이는 기술 친화적 소비자…….

아이디어는 새로운 기술과 사람들의 필요가 만나는 접점에서 우발적으로, 그러나 필연적으로 태동했다. 광활한 원시 대양을 떠돌던 무기물이 벼락처럼 우연한 전기 자극에 의해 단세포 생명체로 진화하는 것처럼.

사람들은 가상현실을 하나의 모험으로 받아들였다. 그들은 인생을 두 배, 세 배, 네 배, 다섯 배, 심지어 무한대로 즐길 것으로 믿어 의심치 않았다. 기술 수준과 시장 요구는 충분했다. 문제는 그것들을 조합하고 체계를 잡고 순서를 결정하는 것이었다.

알레그리아는 비교적 안정적인 시스템을 구축했지만 운영체제가 빈약한 군소 가상도시였다. 설립 초기에는 2000만 명의 거주자를 확보했으나 3, 4년 전 대형 가상도시의 공세로 유입자가 줄고 있었었다. 그 추세가 계속되면 2, 3년 안에 도시 존속이 어려워질 것이 확실했다.

나는 알레그리아 운영사인 테라버스의 시스템 개발팀에 접속해 현재의 선형적 알고리즘을 대체할 자가 진화형 알고리즘을 구축해야 한다고 제안했다. 천문학적인 자금과 인력, 시간과 인내가 필요한 프로젝트였다. 기술 담당 이사는 제안에 감사하며 검토하겠다는 의례적 답신을 보냈다.

이틀 후, 메니악(meniac)이라는 간판을 건 내 작업실로 한 남자가 찾아왔다. 그는 테라버스의 사이토 혼다 회장이라고 자신을 소개했다. 한때 세상을 떠들썩하게 했던 천재 투자자, 그의 자산 규모를 두고 미디어들이 입씨름을 벌인 기업가. 내 예상이 맞아떨어졌다.

재일 교포 출신인 그는 도박과 건설 사업으로 재력을 일군 아버지의 유산으로 투자회사를 설립해 일본 IT 부흥을 이끌었다. 크고 작은 벤처 투자에 성공해 자금 규모를 늘린 그는 가상도시 붐을 타고 테라버스를 설립했다. 나보다 열네 살이 많은 그는 마흔을 갓 넘긴 당시에 완숙한 장년의 풍모를 풍겼다. 적당한 살집이 붙은 몸은 탄탄했으며 가슴도 두툼해 웰터급 권투 선수 같은 인상이었다.

"자네가 〈나이츠 스쿼드〉를 펄펄 날게 했다는 얘긴 들었어. 하지만 게임과 가상도시의 시스템은 규모가 달라. 아무리 뛰어난 개발자도 혼자 할 수 없는 일이지."

나의 기를 꺾으려는 듯 그가 과장되게 말했다. 나는 침착함을 잃지 말아야 했다. 나이나 경험, 회사 규모를 비롯한 모든 면에서 그가 우월했지만 거래의 주도권은 나에게 있었다. 그렇지 않다면 그가 추레한 창고를 찾아올 이유가 어디 있겠는가? 나는 그에게 알레그리아의 미래에 대한 구상을 설명했다.

"스스로 진화하는 영속적 도시를 구현하려면 자가 학습이 가능한 단위소별 AI 집적체 간의 상호작용이 필요해요. 시스템이 작동되면 자체적 인구 조절과 지구별 관리가 가능해지고 확장과 성장의 선순환을 통해 인구 규모 2억 이상의 대형 도시를 압도할 수 있습니다."

"몰라서 안 하는 게 아냐. 그걸 하려면 천문학적인 돈이 든다고."

나는 여든세 단계의 명령어로 구성된 간단한 프로그램 셀을 그의 앞에서 시연했다. 명령을 입력하고 결과를 확인하고 오류를 수정해 재입력하는 학습 과정이 나노초 단위로 작동하는 초고속 자가 학습 프로그램을 구성하는 기초 단위였다. 프로그램은 수정과 재입력을 반복하며 최종 데이터를 도출하는 과정을 일관되게 수행했다.

"그래, 이 단순한 자가 학습 프로그램으로 뭘 어떻게 하겠다는 거지?"

의자 등받이를 한껏 젖힌 사이토가 거만하게 물었다. 그럴만도 했다. 시연 프로그램은 초급 프로그래머도 이틀이면 완성할 정도로 간단했고 초등 5학년 수준의 수학 숙제에 도움이 될까 말까 한 정도였으니까. 지금으로선 마땅치 않다는 대답에 그는 떨떠름한 표정을 감추지 않았다. 내가 말했다.

"이 단순한 셀이 거대한 테라버스의 두뇌 세포라고 상상해봐요. 인간 두뇌에는 1000억 개의 뉴런과 그것들을 연결하는 수조 개의 시냅스가 24시간 가동되고 있어요. 마찬가지로 이 인공 셀이 수만 개, 수억 개 모여 있다고 생각해보세요. 그런 고집적 AI가 수십, 수백만 개 존재한다면요? 알레그리아는 수많은 프로그래머와 운영 인력이 24시간 달라붙는 가상도시가 아니라 스스로 통제하고 진화하는 생명체가 되는 거예요. 이 셀은 거대한 도시를 움직이는 운영체제의 가장 작은 단위소고요."

사이토가 자석에 끌리듯 몸을 앞으로 기울였다. 그에게 내가 아닌 다른 선택지는 없었다. 더 크게 몰락할지도 모르지만 어쩌면 재 속에서 날아오르는 불사조가 될 수도 있었다. 그는 경계심과 호기심을 반씩 품은 눈으로 나를 노려보았다.

"확신할 수 있나?"

"기술 이론은 믿음의 대상이 아니라 자명한 결과예요. 그래서 나는 그것을 믿지 않아요. 왜냐하면 내가 그 결과를 알기 때문이죠. 그것을 믿느냐 마느냐는 내가 아닌 당신에게 달려 있어요."

나는 수익을 창출할 아이디어와 기술을 설명했다. 특정인이 선호하는 상품이나 서비스를 세분된 공간에 노출해 도시 자체를 광고판으로 삼는 개별화 광고 기법, 도시 전 구역에 전력망을 깔고 전기 요금을 징수해 수익성을 높이는 프로그램이었다.

한 달 동안 특정 구획에서 시범 운용한 결과 의미 있는 매출 증가가 확인되었다. 사이토는 주식 맞교환 방식으로 테라버스에 합류할 것을 제안했다. 그러나 나는 메니악 경영권 유지와 적절한 옵션 계약을 요구했다.

새 운영체제 'AOS'를 채택한 알레그리아는 스스로 생각하고 변모하는 도시로 변모했다. 프로그래머들이 관장하던 개별 업무 영역이 AI로 이관되면서 이전에는 불가능했던 일들이 가능해졌다. 도시에 필요한 물자와 인프라를 자체 판단하고 예산을 수립하고 집행하며 사업의 우선순위를 결정하고 적절한 인력을 수급하고 거주민의 요구와 여론에 즉각 대응할 수 있게 되었다.

알레그리아 이주국 사무실은 몰려든 이주 희망자들로 18, 19세기 뉴욕 앞바다의 엘리스섬처럼 붐볐다. AOS 체제 적용 1년 후 알레그리아 인구는 160퍼센트 증가했고 주민 총생산은 228퍼센트의 폭발적 성장세를 보였다. 늘어나는 인구 규모에 맞춰 거주 공간이 확장되고 새로운 택지가 조성되었다. AOS의 판단과 결정을 최종적으로 승인하는 의사 결정 기구인 공회가 창설되고 중추원이 구성되었다.

경쟁 도시들은 '기계의 지배'라는 프레임으로 알레그리아를 공격했다. 사이토는 콧방귀도 뀌지 않았다. 그는 기술자가 아닌 사업가였다. 어느 인터뷰에서 그는 이렇게 말했다.

"기술 세계에서 이인자는 없습니다. 최강자가 아니면 잠시 존재할 수는 있겠지만 결국 버텨내지 못하죠. 가상공간에 제국을 건설하는 데 필요한 기술을 확보하기 위해서라면 전 어떤 대가도 마다하지 않을 겁니다."

알레그리아는 기만과 뒷거래로 건설된 이상향이었다. 모든 사람을, 모든 도시를, 모든 돈을 난폭하게 빨아들이는 욕망의 신기루. 투자자들은 돈을 싸들고 테라버스의 투자 심사 창구에 줄을 섰다. 한때 운영자금을 빌리려고 투자은행 창구에서 눈치를 보던 사이토는 이제 어떤 돈을 받고 어떤 돈을 거절할지 결정했다. 알레그리아를 무너뜨릴 것은 없어 보였다.

내가 옵션 전량 처분을 결정한 건 그 무렵이었다. 사이토는

1년만 지나면 주가가 세 배로 뛸 텐데 왜 회사를 떠나느냐며 답답해했다. 그러나 그때도 이미 주가는 20배가 올라 있었다. 내 고집을 꺾을 수 없다고 판단한 사이토는 특유의 미심쩍은 표정으로 주식을 처분한 돈으로 뭘 할지 물었다. 내가 대답했다.

"회사를 하나 살 거예요. 뇌 공학자와 뇌 의학자, 인지학자, 영상의학자, 프로그래머와 컴퓨터 공학자가 모인 뉴로텍이란 비영리 바이오 스타트업이죠. 시청각, 미각과 후각, 촉각을 포함한 감각 자극에 반응하는 인간의 뇌 활동을 미세 추적해 디지털 사인으로 바꾸는 브레인 매핑을 연구해요."

운동 명령을 전달하는 화학물질을 생성하는 뉴런의 전기신호를 읽어내는 브레인 매핑은 차세대 AI 개발에 절대적으로 필요한 기술이었다. 지금까지의 브레인 매핑은 뇌 부위의 혈중 산소 농도를 측정하는 자기공명영상 방식과 폴리머 소재 전극과 초소형 칩(N1)으로 구성된 인터페이스 장치를 뇌에 식립하는 전극 임플란트 방식이 전부였다.

차한영 박사가 주도하는 뉴로텍이 개발한 나노 칩 방식은 내비게이터가 내장된 수십만 개의 나노 칩을 혈관을 통해 뇌 특정 부위에 착상시켜 뉴런과 시냅스 활동을 디지털 코드로 가공해 서버에 전송하는 신기술이었다. 상대적으로 안전하지만 부정확한 자기공명영상 방식과 빠르고 정확하지만 감염 가능성이 있는 전극 임플란트 방식을 뛰어넘은 획기적 기술이었다. 그러나 치명적인 위험성 때문에 임상 허가 관문을 통과하지 못해 우울증이나 알츠하이머병 같은 난치성 뇌 병변 치료 목적에만 제한적으로 시행되고 있었다. 뉴로텍은 나노 칩 기술을 뇌 신경계 질환 치료에 적용한 바이오 뇌 의학의 선두 주자였다.

"생체공학이나 바이오산업에 뛰어들려는 건가? 아니면 메디컬 분야? 그럼 AI는 어떡하고?"

사이토가 호기심 어린 눈으로 물었다. 내가 대답했다.

"지금까지 AI는 인간을 도외시한 프로그래밍언어로 존재해 왔어요. 하지만 인간을 위한 기계를 개발하려면 인간의 사고 체계와 두뇌를 알아야 해요. 뉴로텍은 작은 회사지만 기술력이 뛰어나고 신개념 바이오 AI 개발에 필요한 데이터와 프로그램과 특허를 확보하고 있어요."

사이토는 고개를 끄덕였다. 처음부터 예상했던 말이라는 듯, 일어날 일이 일어났다는 듯. 그는 함께 일하자는 나의 제안에 그노시안이란 AI 회사를 설립하고 나를 CTO로 영입했다. 나는 테라버스와 메니악 주식을 처분한 돈 전부를 쏟아 뉴로텍 지분 51퍼센트를 확보했다. 새로운 항해가 시작되었다.

출발은 좋지 않았다. 뇌 공학자와 센서 개발자들과 프로그래머와 운용자의 노력에도 결과는 지지부진했다. 3년 8개월이 지나서야 자가 확장형 AI '사피엔스'의 첫 모델이 완성되었다. 기대에 미치지 못한 완성도에 팀원들은 실망했다. 나는 의기소침한 팀원들을 격려했다.

"우리는 첫 돌을 놓았고 그 초석이 견고함을 확인했습니다. 센서의 정확도 문제나 프로그램의 결함과 오작동은 가능성의 명백한 증거입니다. 목표는 더 뚜렷해졌고 개선 과제도 명확해졌습니다. 개선할 문제가 산적해 있지만 우리는 결과를 만들어 낼 것입니다."

팀원들은 얼떨떨한 표정이었다. 나는 말을 이었다.

"인류가 달에 발을 딛기 위해 얼마나 많은 로켓이 필요했나요? 달에 토끼가 산다고 믿었던 수천 년 전의 돌팔매질부터 액체연료로켓, 소련의 스푸트니크, 가가린과 존 글렌, 아폴로 1호의 비극, 뒤이은 2호, 3호, 4호, 5호, 6호의 실패, 8호의 달 궤도 순항, 그리고 1969년 11호의 달 착륙! 나는 지금 사피엔스를 사피엔스 1로 부르겠습니다. 사피엔스는 진화할 것입니다. 사피엔스 2, 사피엔스 3, 사피엔스 4……."

우리는 후속 버전 개발에 돌입했다. 용량과 속도를 비약적으로 개선시킨 3 버전에 이어 5 버전은 프로그램 개선보다 네트워킹에 집중했다. 컴퓨터와 가전제품이, 가정과 회사의 보안과 의료 영역이 연결된 사물 인터넷을 넘어 컴퓨터와 현실 세계가 총체적으로 통합되었다.

사피엔스 8은 인간 정신의 불합리성과 비논리성을 채용했다. 인간은 보이지 않는 것을 보고 들리지 않는 것을 듣고 만질 수 없는 것을 느끼는 추상 활동을 통해 상상하고 예측하고 추론한다. 그러나 상상은 공허하며 예측은 틀리기 쉽고 추론은 부정확하기 일쑤다. 그 결과 인간은 반복적으로 실수를 하고 쉽게 흥분하며 터무니없는 말에 속고 말도 안 되는 일로 싸움을 벌인다.

AI가 인간의 똑똑함을 모방할 수 있다면 그 어리석음을 흉내 내지 못할 이유가 무엇인가? 그러려면 욕망과 편견이라는 인간의 근원적 부조리는 물론 엉터리 추론과 근거 없는 신념에서도 규칙을 찾아야 했다. 나는 개발자들을 가혹하게 몰아붙이고 운영자들을 닦달했다.

"99퍼센트의 완성도는 1퍼센트의 결함 때문에 0이 되는 거야. 완벽하지 않은 것은 아무것도 아니지. 아니, 그건 폐기되어야 할 쓰레기야."

티끌만 한 오류도 허락되지 않는 기술 세계에서는 자신과 타인에게 동시에 냉혹해야 했다. 나는 대량 해고와 혹독한 작업 일정을 피하지 않았다. 회사를 나가는 직원이 속출했고 남은 직원들은 나의 질책으로 인한 트라우마에 시달렸다. 독단적이고 자기중심적인 처사였지만 무모한 계획이 성공하고 무리한 구상이 실현되자 비난은 설 자리를 잃었다.

세상이 나를 중심으로 돌아갔다. 나를 비난하는 사람들을 설득하려고 말을 시작하거나 목소리를 높이기도 전에 사람들이 먼저 내 결정을 따랐다. 투자자들과 임직원, 소비자도 나의 강박적인 경영 방식을 회사 성장의 동력으로 믿었다. 미디어는 "환자를 살리기 위해 환부를 가차 없이 도려내는 집도의"에 비유하며 찬사를 보냈다.

사피엔스 9은 인간의 멍청함을 이해하는 최초의 프로그램이었다. 그것은 인간이 흔히 저지르는 비논리 레퍼런스를 대거 확장함으로써 AI의 한계로 여겨지던 초보적인 농담을 생성했다.

모델 11 상품 출시에 최종 합의함으로써 사피엔스 프로젝트는 결실을 이루었다. 시연회에서 자신의 음성을 샘플링한 사피엔스 11의 기념사를 들은 사이토는 넋이 나간 채 박수를 쳤다.

"나라면 절대 하지 못할 명연설이었어. 그런데 내가 꼭 하고 싶은 말들이었지. 중간에 주제를 바꿀 때 잠시 뜸을 들이거나 모음이 겹칠 때 길게 늘여 발음하는 것까지 똑같아. 내가 그 연설을 하고 있다고 느낄 정도였어."

그는 42.195킬로미터를 달려와 결승선에 골인하는 마라톤 주자처럼 고되고 행복한 표정으로 소리쳤다. 자신의 골인 지점이 내 출발점이라는 것은 까맣게 모른 채.

사피엔스 11은 '마인텔(Mintel)'이라는 상품명으로 전 세계에 배포되었다. "당신을 초월한 당신"이라는 캐치프레이즈는 연구자와 지식산업 종사자 위주의 초기 고객을 학생과 일반인으로 확장하는 데 결정적으로 기여했다.

6개월 뒤 상장된 그노시안의 주가는 액면가의 마흔여덟 배에 이르렀다. 나에 대한 미디어의 궁금증이 쏟아졌다. 그러나 나는 사람들의 박수도 세인의 관심도 바라지 않았다. 영화배우처럼 잘생긴 외모에다 화려한 말솜씨까지 갖춘 사이토가 나 대신 조명과 카메라, 환성과 박수를 즐기는 동안 나는 세상의 관심에서 벗어나 비교적 자유롭게 개인 프로젝트에 몰두했다.

어느 날 오후 사이토가 찾아왔다. 사무실에 들어서자마자 그는 찬물을 벌컥벌컥 들이켰다. 그러더니 버추얼 프롬프터에 장문의 신문 기사를 띄웠다. 대문짝만 한 헤드라인이 눈에 띄었다.

가상공간으로 숨어버린 IT 천재, 그는 누구인가?

AI 산업의 지형을 바꾼 그노시안의 진짜 수장은 어디에 있는가? CEO 사이토 혼다의 뒤에 숨어 실질적 권한을 행사하는 수수께끼의 CTO 김기찬. 혁신적 기술에 대한 평가와 별개로 '마인텔' 시리즈는 끊임없는 윤리적, 도덕적 문제에 휩싸여 있다. 사용자의 자살 성향을 학습한 AI가 자살법에 대한 정보를 제공하는가 하면 사용자의 도박 성향을 부추기는 경우도 허다하다.

그노시안은 10년이라는 파격적 보증기간으로 마인텔의 안전성을 보장하지만 사용자들의 우려를 완전히 불식시키지는 못했다. 첨단 기술로 사용자의 삶을 돌이킬 수 없이 바꾸는 AI 관련 논란에도 프로그램을 개발한 그는 철저히 언론을 피하고 있다.

언변 좋은 투자자일 뿐인 CEO 혼다 씨의 뒤에 숨은 기술 수장의 머릿속에 어떤 위험한 프로젝트가 들어 있는지 아는 사람은

없다. 이토록 엉뚱한 은둔의 천재에게 인류의 미래를 맡겨야 하는가?

"자네에게 디지털 은둔자니 괴팍한 IT 괴물이니 하는 소문이 따라다니는 건 알지? 자네가 외부 활동을 피하니까 추측성 기사와 공격적인 논평이 늘어나는 거야. 대형 방송사가 후속 기사를 준비하는 것 같아. 마인텔이 지금처럼 잘나가는 한 도망갈 방법은 없어. 자네가 숨을수록 미디어는 더 집요하게 촉수를 들이댈 테니까."

차분한 사이토의 설득에 나는 심드렁하게 대답했다.

"요즘에 누가 신문 같은 거 읽기나 하나요?"

"신문을 사서 읽는 사람은 없지만 신문에 난 기사를 모르는 사람도 없어."

"소문은 소문일 뿐이에요. 나와는 상관없는 일이에요."

"자네와는 상관없어도 그노시안과 상관이 있어. 베일에 싸인 기술 수장의 이미지가 신뢰도를 갉아먹고 있어. 자네에 관한 부정적인 시선이 회사 공신력과 주가에 타격을 준다고."

미디어는 내 뒷얘기를 파헤치느라 이곳저곳을 쑤셔댔다. 인터넷 뉴스와 유튜브에 나를 잘 알지도 못하는 사람들이 떠들어대는 말이 수시로 올라왔다. 십대 시절 얼떨결에 첫 키스를 나눈 고교 동창생, 한때 내 의붓아버지였던 남자의 아들, 막노동하던 시절의 동료 벽돌공…….

"의도적으로 부풀린 헛소리예요. 신경쓰지 말아요."

"그걸 신경쓰는 게 내 일이야. 나 혼자 기자들과 호사가들의 입을 막는 데에도 한계가 있어. 사람들은 사실을 받아들이는 게 아니라 이야기를 받아들이거든."

나는 난감했다. 그들이 마음대로 올리는 콘텐츠를 막을 수도, 사람들이 그걸 믿지 않게 할 방법도 없었다. 사이토가 한숨을 섞어 말을 이었다.

"내년 봄 출시할 마인텔 8을 위한 대책이 필요해. 문제는 제품력이 아니라 마케팅이야. 지금이 9월이니까 올해 안에 획기적인 이미지 전환을 해야 해."

마인텔 8은 이전 버전에 없던 획기적인 기능이 대거 추가된 AI 제품이었다. 사용자의 사고 체계를 반복 학습해 최적화할 수 있었고 다른 사용자와의 네트워킹도 획기적으로 개선되었다. 또 한 번의 도약을 이끌 마인텔의 신제품이 나를 둘러싼 음험한 이미지로 타격받는 일은 막아야 했다. 그가 말했다.

"은둔하는 괴물에서 IT 천재로 이미지를 바꿔야 해. 홍보 전문가들을 동원해서 할 수 있는 건 다 해야지. 마인텔 8의 런칭 광고는 연구에 몰두한 자네의 스냅사진으로 제작할 거야. 최고 기술 수장의 이미지를 사용자에게 전달하는 거지. 부정적인 이미지에 대한 해명과 설득을 위해 저택 응접실에서 홍보 영상 촬영과 미디어 인터뷰도 할 거고……."

"그게 안 통하면 어쩔 거죠? 느닷없이 사진 몇 장 띄운다고 괴물 이미지가 사라질까요?"

붉게 달아오른 사이토의 이마에서 관자놀이로 땀방울이 흘렀다. 그는 어깨를 으쓱이며 농담처럼 말했다.

"글쎄…… 자네가 결혼 발표라도 하면 부정적 이미지가 단번에 날아가겠지. 왜 있잖아, 유명 셀럽 커플처럼 말이야. 젊은 백만장자 커플이 뭘 입고 뭘 먹고, 어딜 가고…… 사람들은 그런 얘길 좋아한다고……."

생각 없이 내뱉은 그의 농담은 내가 잊고 있던 무언가를 떠올리게 했다. 알레그리아 프로젝트를 시작으로 사피엔스와 마인텔 시리즈 개발에 몰두한 내내 나는 혼자였다. 독자 연구를 시작한 지 4년이 지나는 동안 내 나이는 마흔을 넘어 있었다. 내가 아내를 만난 것은 그 무렵이었다.

우리는 따스한 비를 맞으며 함께 공원을 산책했고 황금색 석양에 물든 서로의 눈을 바라보았다. 그녀는 내가 예닐곱 살 때 갖고 놀다 잃어버린 소중한 그 무엇처럼 느껴졌다. 어리석게도 나는 그것을 잃어버렸다는 사실조차 모르고 살아왔다. 그 사실을 알았다면 무슨 수를 써서라도 더 빨리 그녀를 찾아냈을 텐데……. 그녀가 스스로 내 앞에 당도한 경이로움을 나는 믿을 수 없었다.

4개월 후 결혼 발표 기자회견을 열었다. 그동안 모습을 드러내지 않던 베일 속의 IT 괴물은 AI 산업을 이끌어가는 젊은 천재로 탈바꿈했다. 나는 사십대 초반의 미남 CTO, 독신의 백만

장자, 매력적인 IT 천재로 거듭났다. 사람들은 내 사진을 인쇄한 머그컵과 티셔츠 같은 굿즈를 구하느라 안달이었다. 사이토는 자신이 결혼하는 것만큼이나 기뻐했다.

민주

나는 이제 알레그리아에 가지 않는다. 그럼에도 그곳에서 겪은 일들은 바로 어제처럼 또렷하다. 기억의 차원에서 가상과 현실의 구별은 의미가 없다. 내게는 둘 다 일어난 일이고 둘 중 하나가 빠진 기억은 불완전하다고 느낀다. 때로는 그곳에서 일어난 일들이 현실보다 더욱 생생하게 떠오른다.

두 개의 거대 담수호와 다섯 개의 강, 삼면을 둘러싼 바다. 사각의 중앙 공원을 둘러싼 150층의 고층 빌딩과 방사형 도로로 연결된 교외의 플랜테이션 지역. 3억 2800만 명의 거주민이 살아가는 가상의 도시. 꿈같지만 꿈이 아니고 의미 없는 허상조차 생생하게 실현되는 세계. 가난한 배우 지망생을 거대 AI 제국의 후계자로 바꾼 장소.

알레그리아는 거주민들에게 현실보다 짜릿하고 놀라운 체험을 제공했다. 초기 가상현실 시대의 고글은 특수 소재 증강 렌즈로 발전했고 열 손가락을 비롯한 피하조직 곳곳에 식립된 박막 센서는 보고 듣고 만지고 냄새 맡는 인간의 모든 감각을 재현했다.

진짜보다 더 진짜 같은 그 도시는 시공간에 구애받지 않는 자유로운 삶을 선사했다. 육체노동이나 거친 활동을 해도 신체적 위험이 없고 범죄를 저질러도 현실과의 경계를 넘지만 않으면 문제 될 것이 없었다. 범죄 수사청과 사법국, 감옥과 사형 제도가 있어도 징벌 효과는 미미했다. 가상공간에서 일어난 가상의 범죄일 뿐이었으니까.

오래전 아메리칸드림을 꿈꾸며 신대륙으로 향했던 이민자처럼 기회의 땅으로 몰려온 사람들은 가상의 유전에서 기름을 채굴하거나 가상시장의 파생 상품에 투자했다. 가상의 공장을 설립하고 가상아이템을 팔고 가상격투기에 출전해 대전료를 챙겼다. 가상의 연인들은 100층 높이의 고층 빌딩이 늘어선 초현실적 공간과 수백 년이 지난 듯 보이는 골목을 거닐며 쇼핑을 하고 비싼 와인과 위스키를 시음했다. 앞다투어 입점한 명품 브랜드들은 현실보다 먼저 최신 상품을 선보였다.

일확천금을 번 사람들은 최고급 아파트와 택지를 구입했다. 주택 가격이 폭등하자 너도나도 알레그리아의 땅 한 자락을 가지려고 안달했다. 가상도시에 거부감을 가졌던 사람들마저 그 대열에 뛰어들지 못하면 도태될 수밖에 없다는 불안에 시달렸다.

빈익빈 부익부라는 현실의 경제원칙은 알레그리아에서도

그대로 적용되었다. 알레그리아에서 더 많은 시간을 보낼수록 누리는 혜택도 늘어났다. 나이는 알레그리아 최고의 권력이었고 시간을 사고파는 행위는 가상경제의 큰 축이었다. 부자들은 실물화폐를 알레그리아 전자화폐인 매그넘으로 환전해 시간을 샀다. 한 ID를 공유한 두세 명 혹은 그 이상이 교대로 알레그리아에 머물거나 릴레이식으로 활동 시간을 늘려 빠르게 나이를 먹고 원로급으로 성장하거나 현실을 등한시하고 가상의 삶에 중독되는 사람도 늘어났다.

사람들은 무대에 오르는 배우처럼 현실에서 꿈꾸던 인물이 되고 마음에 들지 않으면 신분을 바꾸었다. 평범한 주부가 가상공간에서 유명한 포주가 되고 착실한 회사원은 수선공으로 살아갔다. 현실의 변호사가 가상세계의 고아 소년과 가상의 갈고리성운 탐험가의 삶을 동시에 살아도 이상할 것이 없었다.

현실의 뉴욕 뒷골목 환경미화원 마리오 펠리니는 가상공간 최대의 범죄 조직 고모라의 수장이 되었다. 방황하던 청소년 시절 잠시 몸담았던 범죄 조직의 생리를 토대로 결성한 범죄 조직이 세계적인 규모로 성장한 것이었다. 징역형 수감자들은 형기를 채우기보다 자살을 택했다. 망쳐버린 생을 끝내고 다시 태어나기 위해서였다.

죽음과 삶과 죽음과 삶과 죽음과 삶……, 무한한 삶과 죽음의 반복을 통해 진정 원하는 삶을 살 수 있다는 가능성에 사람들은 매혹되었다. 죽음의 공포가 희석되자 자연히 현실에서도 살인과 자살이 늘어났다. 현실을 모방한 가상세계가 현실의 존립을 위협한 것이었다.

가상현실의 해악에 대한 비판에도 입법은 지지부진했고 대책을 요구하는 목소리는 영향을 미치지 못했다. 입법 의원들이 알레그리아의 주주였으며 거주민들 또한 현실에서 불가능한 소망을 이룰 가상공간을 지키고 싶은 건 마찬가지였으니까. 만약 현실이 붕괴하거나 사라지더라도 그 꿈의 공간에 머무를 수 있다고 믿었으니까.

가상의 공간에서 만난 사람과는 진실한 관계를 맺기 어려울 것 같지만 꼭 그렇지는 않다. 내가 케이시를 만난 곳은 알레그리아 중심부에 신축 중인 '글라스 타워'의 168층 난간이었다. 10만 명이 넘는 시민이 거주할 수 있고 천문학적 수익이 기대되는 220층 규모의 거대 건축 프로젝트. 고풍스러운 양식의 랜드마크를 선호하는 중추원 결의에 따라 외관에는 노트르담 대성당과 생트샤펠 성당을 본뜬 스테인드글라스가 채택되었다. 이 가상의 건물은 지어지기도 전에 모든 층이 비싼 값에 팔렸고 천정부지로 가격이 뛰었다.

알레그리아는 일일 삼교대 응급실 근무와 무대 뒤치다꺼리에 지친 나의 도피처가 되었다. 신음과 고함, 비명과 욕설의 아수라장에서 나는 드레싱을 하고 혈관에 카테터를 꽂고 기관 절개관을 세척하고 수술 환자의 제모를 하고 보호자들의 절박한 질문에 대답하거나 무시하며 수십 장의 서류에 서명을 받았다. 시간은 어제, 오늘, 내일이 아니라 데이, 이브닝, 나이트의 교대 근무 순으로 흘렀다.

글라스 타워의 외벽 유리 납땜 인부에 지원한 건 기념비적인 건축물에 참여하겠다는 거창한 포부보다 작업 구역당 2000매 그넘의 쏠쏠한 시급 때문이었다. 단순노동이 아니라 미적 감각이 필요한 일이라는 점도 마음에 들었다. 영롱한 내 작업물의 빛을 바라보는 성취감과 쏠쏠한 수입을 현실에서 얻기란 쉽지 않았다.

그를 만났을 때 나는 화살이 박힌 성세바스티안의 피투성이 허벅지 윤곽을 따라 납사를 지지는 데 몰입해 있었다. 납이 녹는 매캐한 냄새가 코를 찔렀고 손끝에 인두의 열기가 느껴졌다. 하얀 연기가 지각 센서를 통해 나의 뇌로 전달되었다.

마무리 작업에 들어갈 무렵 등 뒤에서 덜컹 엘리베이터 문 열리는 소리가 들렸다. 돌아보니 회색 터틀넥에 검은 바지를 입은 남자가 서 있었다. 원색 유리가 뿜어낸 다채로운 빛이 그의 얼굴에 맺혔다. 짧게 깎은 머리와 동그란 금속 테 안경, 까칠한 턱수염. 그는 공적 지위가 깃든 절제된 어투로 나를 나무랐다.

"1제곱미터에 사용하도록 한 것보다 많은 색유리 조각을 썼군요. 작업반장의 지시를 못 들었나요? 아니면 듣고도 무시한 겁니까?"

나는 대답하지 않았다. 작업에 지친데다 모르는 사람에게 변명을 늘어놓기도 싫었다. 그런데 그의 왼쪽 가슴에서 선명하게 빛나는 노란 독수리 휘장이 내게 답변을 강요했다. 알레그리아 중추원의 원로 행정관 표식이었다. 나는 권장 작업 방식은 아니지만 규정을 어기지도 않았다고 항변했다. 그는 내가 가로 2미터 세로 4미터의 아치 창에 새긴 성세바스티안의 순교 장면을 꼼꼼히 살폈다.

"섬세하고 아름다운 작업물이지만 규정을 어긴 건 사실입니다. 1제곱미터에 열두 조각의 유리를 쓰라는 권고 규정은 최선의 결과를 낳는 가장 효율적인 공법이에요."

"조각 수가 늘수록 작업 속도도 느려지기 때문이겠죠. 하지만 전 8제곱미터의 할당량을 완수했어요."

나를 해고하든 규정을 바꾸든 마음대로 하라는 태도에 그는 어정쩡한 미소를 지었다. 색색의 빛이 그의 미소에 어렸다. 허상의 이미지라는 것을 알면서도 그의 표정을 뜯어보지 않을 수 없었다. 촉촉하고 탄력 있는 입술, 드문드문 자리잡은 수염, 뺨의 세로 주름은 귀여운 어린 시절의 보조개를 연상케 했다. 그는 성세바스티안의 화살 꽂힌 허벅지를 무심하게 쓰다듬으며 알레그리아는 처음인지 물었다. 내가 대답했다.

"다섯 번째예요. 중고 서점 주인이었다가 전투 용병, 서커스 단원, 삼류 밴드 보컬리스트를 거쳐 유리 타워 건설 현장의 납땜 인부가 되었죠. 그러는 동안 살인자였다가 사기꾼이었다가 전사자이기도 했고요."

꽤 다양하고 이색적인 직업으로 보이지만 일회용품처럼 필요에 따라 쓰고 버리는 소모성 삶이었다. 한 번도 고위직에 이르지 못하고 그때그때 죽음을 반복했던 하급 시민의 짧은 삶. 그는 내게 다섯 번의 삶이 어땠는지 물었다. 나는 잠시 망설였다. 죽음을 빼고 알레그리아의 삶을 설명할 수 없기 때문이었다. 삶은 언제든 바꿀 수 있는 소모품에 지나지 않았으니까. 내가 말했다.

"전기 감전사 한 번, 처형 한 번…… 총에 두 번 맞았어요. 전투 용병으로 참전했을 때랑 총기 난동 사건으로 살해당했을 때. 서커스 단원일 때 살인죄로 사법국 재판에 회부되어 교수형을 당했고요."

그는 흥미로운 표정으로 시시각각 내 표정을 살폈다. 나는 가상이라고는 해도 죽음의 그 순간만큼은 현실만큼이나, 아니 그보다 훨씬 강렬하다고 덧붙였다.

"고통스러워요. 두 번 다시 겪고 싶지 않을 정도로요. 현실에서 두 번이나 병원에 실려갔죠. 한 번은 호흡곤란, 한 번은 실신."

그는 호기심 어린 표정으로 나를 쳐다보았다. 왜 살인을 했는지 따위는 묻지 않았다. 3D로 구현된 표정 뒤의 그의 실제 모습이 궁금했다. 그를 현실에서 만날 수 있을지도……. 현실 세계를 반영해 구획한 알레그리아의 구조상 그는 나와 같은 도시에 거주할 것이다. 그가 말했다.

"이제부턴 죽는 법이 아니라 알레그리아에서 제대로 사는 법을 배워야겠군요."

"이곳에서 사는 것보다 현실을 제대로 살고 싶어요. 그러려고 이곳에 오니까요."

"사람들이 알레그리아에 오는 건 힘든 현실을 피해서예요. 이 도시의 골목에서 깡통을 차며 노는 아이들 상당수는 쉰 살이 넘었어요. 단지 어린 시절에 머물고 싶어 이곳에 오는 거죠. 그런데 알레그리아에서 현실을 꿈꾸는 이유가 궁금하군요."

알레그리아에서 현실에 관한 이야기를 하는 건 금기에 속했다. 엄격한 금지규정은 없지만 누구도 꿈의 공간에서 고단한 현실의 삶을 들먹이고 싶어 하지 않았다. 그는 현실로 돌아가 이 문제에 대해 계속 이야기하고 싶다고 말했다. 내 이야기에 귀 기울이느라 몸을 앞으로 숙이고 내 말을 숙고하느라 고개를 갸웃거리는 그가 싫지 않았지만 그의 제안을 덥석 받아들이는 것도 내키지 않았다. 현실로 이어지는 알레그리아의 만남을 바라보는 불편한 시선 때문이었다.

가상도시는 현실에서 불가능한 도덕적 일탈과 범죄가 예사로 일어나는 해방구로 여겨졌고 실상도 그와 크게 다르지 않았다. 수많은 매춘 알선이 이루어졌고 알레그리아에 다른 아내와 자녀를 두고 갈등을 빚다가 파경에 이르는 현실의 부부도 흔했다. 알레그리아를 통한 해킹과 보이스피싱을 통한 범죄 수익금을 실물화폐로 인출하는 범죄도 성행했다.

알레그리아 당국의 영구 추방과 입경 금지 조치에도 상황은 나아지지 않았다. 범죄자를 유혹하는 범행 장소이자 은신처라는 가상도시의 본질적 매력 때문이었다. 그러다 보니 알레그리아에서 만난 사람을 경계하라는 경고와 함께 알레그리아의 일은 거기에서 끝내야 한다는 암묵적인 공감이 생겼다. 그러나 나는 정교한 3D 그래픽으로 구현한 가상의 이미지가 아닌 현실의 그와 마주 보며 이야기하고 싶었다.

다음날 오후 4시, 중앙 공원 동문 숲 벤치에 앉은 내게 그가 다가왔다. 날씬한 몸매에 안경은 끼지 않은 그는 알레그리아에서보다 열 살쯤 젊어 보였다. 알레그리아에서 보여준 원로의 권위와 중후함 대신 소년 같은 순수함과 장난기가 엿보였다. 나는 알레그리아의 만남을 가위로 이어붙인 듯 그의 질문에 대답했다.

"난 배우예요. 아니, 배우가 되고 싶은 간호사죠. 유명하거나 돈이 되지는 않아도 끝없이 오디션을 보고 역할을 기다려요. 대사 한마디 없는 단역이라도요. 알레그리아로 가는 이유도 내가 아닌 다른 사람이 될 수 있기 때문이에요."

"새로운 경험이 필요한 배우에게 알레그리아는 이상적인 무대죠."

"난 알레그리아의 가상인물을 경험하는 게 아니라 실제로 그 삶을 살아요. 현실에서 연기하는 어떤 극 중 인물, 심지어 나 자신보다 그 인물에 진심이죠. 스테인드글라스 유리공이든 서커스 단원이든……."

한 시간 전만 해도 빈털터리 배우 지망생에 불과했던 내가 그 순간만큼은 무대의 주인공이 된 것 같았다. 그에게 나의 존재를, 나의 가능성을 외치고 싶었다. 그가 말했다.

"나는 알레그리아에서 죽음을 경험한 적이 없어요. 몇 차례 직업을 바꾸긴 했죠. 개척기에 AI 설계자로 알레그리아 운영체제와 방범 시스템 구축에 참여했어요. 그 후에는 행정관으로 출입경 관리를 했고 사법관으로 범죄 수사와 형벌을 담당했죠. 8년 전 중추원의 88인회 선거에 당선되었고 6개월 전부터 글라스 타워 건설을 관리하고 있어요."

공원 저편 호수에서 흰오리 떼가 요란하게 울었다. 지나가는 사람들이 떠드는 소리, 누군가가 옆 사람을 나무라는 소리, 아이가 우는 소리……. 가뭄으로 수위가 낮아진 호숫물의 고약한 비린내가 바람에 실려왔다. 그것이 현실이었다. 더럽고 불편하고 어지럽고 불쾌한 것. 그러나 나는 알레그리아의 멋진 삶만큼이나, 아니 그보다 더, 칙칙하고 지리멸렬한 현실을 사랑했다.

"중요한 건 알레그리아가 아니라 현실의 삶이에요. 공허하게 느껴지긴 해도 어쨌든 살아내야 하니까요."

냉담한 대꾸에 그는 잠시 머뭇거렸다. 나보다 스무 살은 많을 듯한 그가 소년처럼 순진해 보였다. 그가 남에게 자기 이야기를 잘 하지 않는 사람이며, 그럼에도 내게 자기 이야기를 하고 싶어 한다는 생각이 들었다.

내성적인 외톨이처럼 보인다는 내 말에 그는 수긍도 부정도 하지 않았다. 다만 그 때문에 힘들거나 좌절한 적은 없다고, 외로움과 고독은 다르며 자신은 그것을 즐기는 방법을 안다고, 때로는 일에 집중하려고 의도적으로 타인을 무시하거나 까탈스러운 척한다고 말했다. 무슨 일을 하길래 다른 사람의 시선조차 무시하느냐는 물음에 그는 중요한 일은 아니어도 의미 있는 일이라고 대답했다.

"그노시안이라는 회사에 대해 들어본 적 있나요? 케이시 김이라는 이름은?"

잘은 몰라도 그노시안은 메타러닝 AI를 개발한 빅테크 기업이었고 케이시 김은 CTO였다. 그런데 질문의 의도가 불분명했다. 이 남자가 그 부자와 무슨 상관인가? 나는 잠시 기다리라고 말하고 스마트 렌즈를 작동시켰다. 그는 멋쩍은 듯 손가락으로 입술을 쓸었다. '케이시 김'이라는 검색어에 검은 곱슬머리의 창백한 청년이 눈앞에 떠올랐다. 지금처럼 나이 들기 전의 젊은 그였다. 나는 사진 아래에 뜬 프로필을 빠르게 읽었다.

……그가 창업한 그노시안은 사용자의 사고와 행동을 기반으로 한 마인텔 시리즈로 AI의 새 영역을 개척했다. 특정 서비스 중심의 기성 AI 제품과 달리 개개인의 인지적, 감정적 특성과 필요에 따라 제공되는 맞춤형 서비스는 엄청난 성장을 이루었다.

고가의 가격을 감당할 능력과 상관없이 전 세계 소비자가 마인텔을 찾았다. 제때 물량을 공급받지 못한 고객은 대기 명단에 이름을 올렸다. 어느 변호사는 그노시안이 평등한 서비스를 제공받을 권리를 규정한 법을 위반했다며 소송을 제기했다. 마인텔의 체계를 모방한 맞춤형 AI가 우후죽순으로 생기고 합리적인 가격의 2세대 서비스가 시작되자 불만은 완화되었다.

대규모 투자 유치를 통해 그노시안은 3대 AI 기업으로 성장했지만 수장 김기찬(KC Kim)은 좀처럼 공개 석상에 모습을 드러내지 않았다. 투자자와 여론의 우려와 비난에도 대면 인터뷰는 사절했고 젊은 시절 사진 몇 장 외에는 공개된 적이 없다. 회사 공식 행사에도 모습을 드러내지 않고 연설문을 전달했다. 인터뷰는 거의 사라진 구식 메일로 소통했고 개인적인 질문은 철저히 배제하고 있다.

기자와 유튜버들은 IP 추적과 전파탐지를 비롯한 첨단 기술을 동원해 그를 쫓았다. 단편적 행적을 짜깁기한 억측과 그럴듯한 거짓 정보도 잇따랐다. 어떤 신문은 인터뷰 언어분석을 통해 그가 인용한 중국 속담과 부적절한 영어 관용구를 근거로 싱가포르 출신 IT 기업가로 추정했다. 다른 뉴스는 그가 설계한 AI 프로그램의 비정형성으로 미루어 정규교육을 받지 않은 천재라고 주장했다. 그가 단일 인물이 아니라 전 세계에 흩어져 인터넷으로 긴밀하게 연결된 지적 연합체라는 추측도 있었다.

어쩌면 이 남자는 케이시 김의 신분을 도용했는지 모른다. 하지만 나 같은 빈털터리에게서 뭘 건지겠다고 이런 사기극을 벌이는 거지? 나의 가난? 나의 초라함? 나의 무례? 그의 말이 사실이어도 터무니없기는 마찬가지였다. 모든 것을 가진 남자가 뭘 노리고 나 같은 여자에게 접근한 걸까?

그러나 이런 의문도 나중에 떠올랐을 뿐 그 순간에는 그의 말을 믿을 수밖에 없었다. 그가 말하는 방식에는 믿게 하는 힘이 있었다. 그가 유명한 부자라는 사실을 나는 너무나 자연스럽게 받아들였다. 그가 웃을 때 패는 보조개나 새처럼 겅중겅중 걷는 긴 다리처럼. 그의 면모를 그렇게 자연스럽게 받아들인 내가 순수했는지 생각이 없었는지는 지금도 모르겠다.

그는 과묵한 남자였다. 많은 말을 할수록 잃는 것도 늘 뿐이라고 그는 말하곤 했다. 하지만 나를 대할 때는 달랐다. 한 시간이 넘도록 문장이 꼬이지도 발음이 흐트러지지도 않고 멀리 보이는 대관람차와 지나가는 사법 집행관의 제복과 높은 건물들에 대해 끝없는 이야기를 늘어놓았다. 알레그리아가 사람들의 삶을 어떻게 바꿔놓았는지, 순수했던 초기 이주민들이 얼마나 큰 부자가 되었는지도. 내가 말할 때는 시선을 맞추고 경청하며 언제든 자신의 경험을 덧붙이거나 기발한 의미를 부여해 매력적인 이야기로 변모시켰다.

막다른 골목에 들어선 듯 대화가 멈추는 순간도 있었다. 다른 사람과 함께였다면 어색했을 침묵조차 나는 불편하지 않았다. 그의 침묵이 새겨들어야 할 다른 방식의 대화이거나 해석이 필요한 의미를 지닌 것 같았다. 나와 공통점이 없는 삶을 살아온 나보다 훨씬 나이 많은 남자와 그토록 자연스럽게 말이 통하는 것이 신기했다.

지금 알레그리아의 많은 것을 잊었지만 그때 바람에 어떤 꽃향기가 실려왔는지, 그가 어깨에 걸쳐준 스웨터의 촉감이 얼마나 포근했는지 또렷하게 기억한다. 우리는 거대한 인공 호수를 따라 걷고 있었다. 어스름이 내렸다. 내가 작은 단역을 맡은 연극의 막이 올라갈 시간이 다가왔다. 나는 파티장에서 돌아가야 하는 신데렐라처럼 초조했다. 극장까지의 거리와 분장 시간을 계산하면 그와 당장 헤어져도 시간이 빠듯했다. 그가 말했다.

"나와 함께 있는 것보다 컴컴한 무대 구석이 좋은 거요? 고지식한 하녀 역할 때문에 가지 말아요. 당신이 없어도 연극엔 문제가 없을 테니까."

그가 나와 함께 있고 싶어 한다는 사실에 가슴이 떨렸지만 그의 말은 차가운 현실을 일깨웠다. 온갖 궂은 극단 일을 하며 따낸 배역은 고작 대사 세 마디짜리 단역에 지나지 않았다. 한참 후에야 나는 겨우 말했다.

"한 편의 연극에 중요하지 않은 배우는 없어요. 내가 가지 않으면 누가 하녀 에카테리나 역을 하겠어요? 나 늦었어요."

그의 얼굴에 상처 입은 표정이 떠올랐다. 상처 입은 건 나였지만 그에게 더 큰 상처를 입힌 나 자신이 원망스러웠다. 벤치에서 일어서려는데 그가 내 손목을 움켜잡았다. 조임쇠처럼 강한 그 힘은 기억하지 못하지만 오래전에 느낀 적이 있는 데자뷔처럼 친숙했다. 그가 손아귀에 힘을 주고 말했다.

"몰락한 장원의 하녀보다 중요한 배역이 있소. 제목도 미정이고 대본도 없지만……. 등장인물은 당신과 나. 제목과 대본은 당신이 써나가는 거요. 가장 진실한 연극은 진짜 삶이니까."

살짝 커진 그의 눈과 굳은 입술은 믿을 수 있다는 느낌보다 믿고 싶다는 욕망을 불러일으켰다. 지금 프러포즈를 하는 건가? 그에게 끌리는 마음을 부인할 순 없지만 이런 느닷없고 일방적인 프러포즈는 마음에 들지 않았다. 그런데도 내가 왜 거부하지 않았는지 모르겠다. 그를 사랑해서? 그의 말에 설득력이 있어서?

이글거리는 그의 눈이 나를 보내지 않을 거라고 강권했다. 섬뜩한 집착이었지만 두렵지는 않았다. 도를 넘친 완강함이 확고한 사랑의 증거로 느껴졌다. 대답하지 않으면 그에게 잘못을 저지르는 것 같았다.

대답하려는 나의 입을 그의 입술이 다가와 막았다. 굳이 말하지 않아도 괜찮다는 듯.

—빅테크 기업 수장과 무명 배우의 결혼

—18년의 나이를 뛰어넘은 운명적 사랑

—알레그리아 가입자 폭발적 증가

전격적인 결혼 발표를 통해 케이시는 대중 앞에 모습을 드러냈다. 어떤 시각으로도 어울리지 않는 우리 결혼은 요란한 가십으로 오염되었다. 은둔형 IT 천재와 무명 배우, 마흔을 넘긴 남자와 스물세 살의 여자, 세상이 다 아는 부자와 평범한 간호사…….

기사에서 나는 한 응급실 간호사로 일하며 작은 극단에서 얼굴을 알려가는 배우로 소개되었다. 사람들은 나를 야수의 성에 잡혀가서도 그를 멋진 왕자로 변모시킨 동화 속 미녀로 여겼다. 윤리의식 따위는 아랑곳없는 기술 만능주의자로 의심받던 수수께끼의 IT 천재는 순식간에 로맨틱 가이로 변신했다. 나도 케이시도 말을 보태지 않았으므로 우리 만남은 로맨틱한 미스터리로 남았고 시간이 지날수록 신비로움이 더해졌다.

결혼 발표 후 30일 만에 그노시안의 주가는 130퍼센트 상승했다. CTO의 결혼을 계기로 폐쇄적인 기업 이미지를 탈피할 거라는 낙관적 기대 때문이었다.

케이시는 테크노클러스터의 고급 택지에 2층 규모의 새집을 지었다. 계단식 주거 구역의 가장 높은 집에서 본 전망은 놀라웠다. 벽과 천장과 바닥을 나무로 장식한 철근콘크리트 구조는 인간을 닮은 무언가를 만드는 그와 딱 맞았다. 단단한 뼈에 질긴 인대와 근육이 붙고 그 위에 부드럽고 따뜻한 피부가 덮인 셈이었으니까.

이삿짐을 꾸리며 나는 무엇을 버리고 무엇을 챙길지 혼란스러웠다. 삐걱거리는 작은 침대와 연결 부위가 헐거운 의자, 군데군데 칠이 벗겨진 책상, 유행 지난 원피스와 목이 늘어진 티셔츠……. 낡은 싸구려지만 애정이 깃든 물건들이었다.

그는 내게 쓰던 가구와 생활용품을 모두 버리라고 했다. 당신에게 필요한 모든 건 새집에 있어. 그는 단순히 내가 살 집을 바꾸는 게 아니라 내 삶을 통째로 재창조하려는 것 같았다.

나는 아끼는 향수 두 병과 책 몇 권, 속옷 몇 벌이 든 낡은 트렁크를 끌며 좁은 계단을 내려왔다. 창밖에 네온사인이 번쩍이던 유흥가의 좁은 집. 밤새 취객들의 주정이 끊이지 않던 뒷골목. 차가 지나가면 요란하게 흔들리던 창틀……. 등껍데기를 벗고 숲 그늘로 들어가는 민달팽이처럼 내가 벗은 허물을 돌아보지 않고 나는 그곳을 떠났다.

아쉽지는 않았다. 그가 아니었어도 나는 변하고 싶었으니까. 나는 단순히 사는 공간이 아니라 운명과 인생을 송두리째 바꾸고 싶었다. 이제 풍요와 여유가 꾀죄죄하고 궁핍한 내 삶을 대신할 것이다. 나는 더 똑똑하고 세련된 사람들과 어울릴 것이다.

우리는 왕족이 사라진 시대의 로열패밀리였다. 홍보 담당자들이 의도적으로 흘린 우리의 사진이 인터넷을 달굴 때마다 그노시안의 주가는 춤을 추었다. 노을에 물든 요트 갑판에서 장난을 치거나 팔짱을 끼고 숲을 거닐거나 공항 출국장에서 서로를 바라보는 사진은 의도적으로 연출한 화보처럼 비현실적이었지만 공허해 보이지는 않았다. 사람들은 우리의 행복이 영원하리라 믿었고 그동안은 그노시안의 주가도 탄탄하리라 여겼다.

가까이에서 지켜본 바에 따르면 기술자들은 백 마디 말보다 눈에 보이는 하나의 결과를 원했다. 전선이 연결된 전구에 불이 들어오는 것을 보여주는 것으로 직류 장치를 설명한 에디슨처럼.

케이시는 수와 인과성이 지배하는 논리 체계 안에서 편안함을 느꼈고 반듯한 기하학적 공간에서 안정을 얻었다. 주변을 완벽히 통제해야 했고 선이나 규격, 숫자의 정연함이 조금이라도 어긋나면 불안해했다. 요란한 경적과 공사장 기계음, 아이 울음과 부모들의 고함은 그를 패닉에 빠뜨렸다. 눈앞의 세계를 논리로 설명할 수도 수식으로 증명할 수도 없다는 무력감이 부른 격심한 감정적 동요였다.

과도한 집요함과 예민함 때문에 그는 까다롭고 이해하기 힘든 사람으로 여겨졌다. 그는 상관하지 않았다. 남들이 자신을 이기적이고 까다로운 사람으로 여길수록 마음 편한 것 같았다. 관계를 유지하기 위해 억지 제스처를 취하는 대신 그는 흔쾌히 혼자가 되었다. 타인에 대한 무관심은 그가 스스로를 보호하는 최선의 방어책이었다.

괴팍하다 못해 살짝 맛이 간 듯한 그의 성격은 놀라운 그의 지적 능력이 치러야 할 합당한 대가처럼 보였다. 그에게는 그럴 자격이 있었다. 그는 의미가 없거나, 있다 해도 사람들의 관심이 없는 대상을 다루는 사람이었으니까. 뛰어난 인물이라면 살짝 맛이 가는 게 자연스러울지 모른다.

그러나 숫자와 공식과 코드와 프로그래밍언어를 해석하고 측정하고 감지하는 특별한 능력은 가위나 칼을 능숙하게 다루거나 막힌 하수구를 뚫는 것처럼 일상적 기능을 수행하지는 못했다. 일반인의 범주를 넘어서는 지적 능력과 세상 일에 서툰 아이 같은 자기애가 그의 내부에서 24시간 싸움을 벌였다. 하나로도 독특하다고 할 두 극단적 성격에 휘둘리는 그 자신도 두려움을 느끼는 것 같았다. 소년보다 순진하고 당나귀보다 맹목적인 사고와 생활 방식으로 어떻게 그 나이까지 살아남았는지 알 수 없었다.

암 발병 후 케이시는 별채 연구실에 틀어박혔다. 그가 설계하고 구현하려는 건 누구도 가닿지 못한 의식의 새로운 차원이었다. 과로를 피하라는 의사의 주의를 끊임없이 일깨워도 소용없었다.

세상과 격리된 자신만의 공간에서 그는 누구도 이해하지 못하는 기계어와 씨름하며 화상으로 프로그래머를 호출하고 거대용량의 파일을 전송했다. 밤과 낮이 따로 없었고 산책을 건너뛰는 날도 잦았다.

지지부진한 연구가 약간의 진척을 보인 날이면 그는 엄청난 성취감에 도취했다. 그러나 그 순간이 지나면 또 다른 난제가 기다렸고 그는 한없이 가라앉았다. 그러는 동안 현실은 그가 프로그래밍언어로 그려낸 세계의 그림자처럼 흐릿해졌다.

병은 그렇지 않아도 예민한 그를 더욱 괴팍하게 만들었다. 누적된 과로가 몸과 마음을 갉아먹었고 극심한 스트레스는 그렇지 않아도 예민한 자제력을 무너뜨렸다. 머리가 쪼개질 듯한 두통과 어지럼증, 지독한 소화불량과 구토, 심각한 알러지와 무기력이 차례로 그를 덮쳤다.

나를 불안하게 하는 건 그의 분노가 아니라 그것이 종잡을 수 없다는 점이었다. 어떤 패턴도 없는 강박과 집착이 언제 어떤 방식으로 터질지 모르는 시한폭탄처럼 째깍대며 24시간 내내 나의 심장을 조였다.

그의 분노는 차갑고 이성적이었다. 그가 목소리를 높이거나 누군가를 책망하는 것은 치밀한 의도처럼 보였고 크고 작은 물건을 집어던질 때에도 체계적인 순서가 있는 것 같았다. 그는 결코 서두르거나 과격해지는 법 없이 식사나 양치질을 하는 것처럼 차분하고 일상적인 태도로 창문과 진열장 유리를 깨뜨리고 리모컨과 커피 잔과 화병과 액자와 화장품 용기를 하나하나 산산조각 냈다.

애정과 증오, 다정함과 분노, 호의와 적대감 같은 상반된 감정을 교대로 혹은 반복적으로 표출하며 나를 통제하는 그의 수완은 노련한 연극 연출자를 연상케 했다. 때로는 조 선장과 애너를 역할극에 동원하기도 했다. 어느 날에는 창가의 라일락 세 그루가 보이지 않자 조 선장을 불러 허락 없이 나무를 옮겨심었다며 집이 떠날 듯 질책했다. 그에게 쏟아진 질책이 온통 나를 향한 비난처럼 느껴졌다.

그의 비난을 견디는 것이 그를 잃는 것만큼이나 힘들고 두려웠다. 내가 아무리 그의 괴로움을 충분히 이해한다고 해도 그의 화풀이 대상이 되는 건 견디기 힘들었다. 그는 내게 아내가 되어달라고 했지 내키는 대로 감정을 쏟아부을 시궁창이 되라고 하진 않았으니까.

질책을 묵묵히 견딘 조 선장은 2층 서재로 돌아갔다. 뒤따라가서 보니 그는 진열장의 모형 권총을 기름걸레로 닦고 있었다. 변명이라도 하지 그랬느냐고 묻자 그는 알 듯 말 듯 미소를 지었다. 내가 모를 신뢰감이 그와 케이시 사이에 형성되어 있는 것 같았다. 그는 손질을 끝낸 권총에 빈 탄창을 결합했다.

"글록 34 모델이에요. 결혼 전에 제가 의장님께 선물했죠. 아니, 팔았다고 해야 되나……."

조 선장의 태연한 어조에 나는 섬뜩함을 느꼈다. 그때까지 나는 그 권총을 피규어나 한정판 운동화 같은 성인 남자의 수집용 모형으로만 여겼던 것이다. 조 선장은 조심스럽게 권총을 제자리에 돌려놓고 진열장 유리문을 닫았다.

"필리핀 항구에 정박했을 때 갑판원이 선내에 불법으로 반입한 총이에요. 규정대로 압수했는데 귀항 후 차일피일 신고를 미루게 되더군요. 그 물건을 가지고 있기만 해도 힘이 생기는 기분이 들었거든요. 신고 시기를 놓치니 버리기도 간직하기도 마뜩잖았어요. 어느 날 원예 도구 창고에서 기름걸레로 총을 닦고 있는데 의장님이 우연히 보셨어요."

검은 금속의 날카로운 광택이 케이시의 가슴에 불꽃을 일으켰다. 그 물건에는 주변의 에너지와 상황을 바꾸는 고유의 힘이 있었다. 케이시 자신이 그러하듯. 그 힘을 영향력이라 불러도 좋으리라. 그는 총이 가진 위력에 휘둘리지 않고 그 힘을 제어할 영향력이 있는 남자였다.

"그때 전 약간의 돈이 필요했어요." 조 선장이 말했다. "딸이 결혼을 앞두고 있었거든요. 의장님은 조건 없이 꽤 많은 돈을 주셨어요. 뭐라도 보답하고 싶은 마음에 저는 총을 의장님께 넘겼어요. 저 같은 퇴물보다는 의장님께 어울리는 물건이었으니까요."

두 사람 모두 만족한 거래였다. 그는 근사한 소장품을 구했고 조 선장은 요긴한 자금을 얻은데다 자기 손을 떠난 권총을 계속 관리할 수 있었으니까. 집 안에 진짜 총을 두는 게 께름칙했지만 개입하고 싶지 않았다. 케이시는 총이 필요한 사람이 아니었으니까. 그는 범죄자도 살인 청부업자도 아니었다. 그러니 그 총은 영원히 진열장의 소장품으로만 남을 것이다. 나는 그렇게 믿었다. 그가 아닌 내가 그 총을 쏠 거라는 생각은 꿈에도 하지 못한 채.

유난히 눈이 많았던 겨울이 기억난다. 크리스마스를 앞두고 닷새 동안 눈이 내렸다 그쳤다 했다. 근 일주일이나 연구실을 벗어나지 않던 케이시가 저녁 테이블에 모습을 드러냈다. 그동안 몰두했던 과제가 거의 해결되었다며 밝은 표정을 지었다.

"내일은 크리스마스이브니까 오전부터 파티 준비를 하자. 그동안 미친 듯이 일만 했잖아."

다정한 목소리를 들으니 그의 속마음도 모르고 원망한 나 자신이 부끄러웠다. 그래. 내가 이 남자를 잘못 본 거야. 병과 싸우느라 얼마간 까탈스럽고 예민해졌어도 원래는 따뜻한 사람이었어. 책임져야 할 중대한 결정들로 신경이 곤두선 그를 이해하지 못한 내 잘못이야.

식사 후 연구실로 돌아간 그는 침실로 돌아오지 않았다. 멋진 크리스마스이브를 위해 밤을 새울 참인 듯했다.

다음날 새벽, 열린 창으로 굶주린 짐승의 울부짖음 같은 기이한 소리가 들려왔다. 나는 반사적으로 달려가 별채 문을 열어젖혔다. 실내는 난장판이었다. 필기도구와 책과 파일이 바닥에 어지럽게 널려 있고 넘어진 서가의 서류들은 제멋대로 떨어져 있었다. 책상은 비스듬히 틀어졌고 카펫 위에는 모니터가 뒹굴었다.

난장판 한가운데 그가 우두커니 서 있었다. 두 눈에 핏발이 섰고 마른 입술에는 각질이 일어나 있었다. 나는 한 발 한 발 그에게로 다가갔다. 그를 자극할까 두려웠지만 괴로워하는 사람을 내버려둘 수 없었다.

"다 날아갔어. 두 달 동안 작업한 데이터가 완전히 삭제되었어."

기운을 소진한 그는 서걱이는 목소리로 말했다. 퀭한 눈가에 진한 다크서클이 드리워져 있었다. 나는 조심스레 그의 손을 이끌어 계단참에 앉혔다.

"백업 프로그램으로 되살릴 수 있을 거야."

내가 말을 맺기도 전에 그가 용수철처럼 내게로 다가들었다. 그 서슬에 내 몸이 밀려 벽에 부딪쳤다.

"삭제 버튼 하나 실수로 누른 게 아니야. 두 달 동안 뼈 빠지게 개발한 영구삭제 프로그램이 자체 가동되어 특정 구역 데이터를 완전히 날려버렸다고!"

거친 그의 목소리는 교묘하게 위장된 책망처럼 들렸다. 억울하다는 생각이 들었지만 내 잘못이 아니라고 반박하기도 마땅치 않았다. 그 순간 내 속에 억눌러온 무언가가 툭 끊어지는 소리가 들렸다. 그가 아프다는 사실은 안중에 없었다. 아니, 환자라는 이유로 꾹꾹 참아온 그의 억지와 짜증이 우습기만 했다.

"그러니까…… 당신이 개발한 삭제 프로그램이 자기 데이터를 제거해버렸다는 거네. 데이터의 자살?" 나는 웃음을 터뜨렸다. "미안, 미안…… 당신은 심각한데 자꾸 웃음이 나와."

공허한 그의 눈에서 날카로운 빛이 튀었다. 갈퀴 같은 그의 손가락이 내 목을 움켜쥐고 파고들었다. 숨이 막히고 눈앞이 캄

캄해졌다. 그가 붉게 달아오른 얼굴로 소리쳤다.

"뭐가 우스워? 내가 우스워?"

나는 그의 손을 뜯어내려고 안간힘을 썼다. 그러나 다섯 개의 손가락은 악어 이빨처럼 내 경동맥을 조였다. 나는 숨을 헐떡이면서도 웃음을 멈추지 않았다.

"당신은 안 우스워? 데이터 삭제 프로그램이 데이터를 제거했다며? 그럼 화를 낼 게 아니라 축하해야 하잖아. 제대로 작동하는 걸 확인했으니까 말이야. 도대체 뭐가 문제지?"

그 말을 들은 그의 손아귀 힘이 순간적으로 느슨해졌다. 그런 걸 어떻게 알았느냐는 듯 얼떨떨한 표정이었다. 나는 거추장스러운 넝쿨처럼 목을 감은 그의 손을 뜯어내고 휘청거리며 그곳을 벗어났다. 마치 죽을 고비를 몇 번씩 넘기고 전장에서 돌아온 병사처럼. 그곳을 벗어나는 것 말고 다른 일은 생각하고 싶지 않았다.

어쩌면 그때 그를 떠나야 했는지 모른다. 그러나 나는 그를 떠나지 못했다. 비록 함께할 날이 얼마 남지 않았고 그 짧은 삶마저 무너지고 있었지만 나는 그가 의지할 유일한 사람이었고 그 또한 나를 지탱할 유일한 사람이었다.

그날 이후 내가 그 일을 입 밖에 꺼낸 적은 없다. 마치 그 일을 잊은 것처럼, 아예 일어나지 않은 것처럼. 그도 그 일을 입에 올리지 않았다. 우리는 침묵으로 침묵을 서약한 공모자들이었다. 하지만 침묵으로 가릴 수 있는 것은 없다. 그 일은 잊히지도,

일어나지 않은 일이 되지도 않았다. 의도적인 침묵은 이미 일어난 그 일을 더욱 강하게 웅변했다.

그것을 간과한 것이 나의 잘못이었다. 나는 폭력이 범죄라는 걸 알면서도 바로잡지 않았다. 더 큰 탈이 없기만을 바라며 잘못된 상황을 방치했다. 고장 난 창틀이나 구멍 난 방충망, 한 방울씩 비가 새는 지붕처럼.

준모

누군가를 이해한다고 말하는 데에는 꽤나 용기가 필요하다. 그럼에도 나는 비교적 아내를 잘 이해한다고 말할 수 있다. 세간의 구설에도 우리는 서로의 삶에 스며들었다. 아물지 않은 각자의 상처가 우리를 더 강하게 결속시켰다.

이해할 수 없는 일들이 일어나기 시작한 건 한 달 전이었다. 특별한 조짐이나 사건이 있었던 건 아니다. 그날 저녁 아내가 집 근처 숲길을 산책한 건 지극히 평범한 일과였다. 가끔은 나도 매주 서너 번 나서는 그녀의 저녁 산책에 동행한 적이 있었다.

그날 나는 태블릿을 뒤적이며 저녁 식사를 기다렸다. 붉게 타오르던 서쪽 하늘이 어둠에 물들었다. 그녀가 현관에 들어서는 순간 집 안의 공기가 미묘하게 변한 건 나만의 느낌이었을까?

이전과 달라진 건 없었다. 그녀는 여전히 아름답고 사랑스러웠으며 집은 평화로웠다. 그런데도 무언가가 달라졌다는 섬뜩한 느낌이 뇌리를 떠나지 않았다. 뭐라 표현할 길 없는 복잡한 감정이 그녀의 얼굴에 얇은 막처럼 씌어 있었다. 산책에서 돌아온 것이 아니라 어두운 숲에서 길을 잃고 헤매다 겨우 빠져나온 것처럼.

그녀는 저녁 식사를 하는 둥 마는 둥 하고 밖으로 나갔다. 어두컴컴한 테라스에 싸늘한 밤공기가 내려앉았다. 얇은 셔츠 차림의 그녀는 두 팔을 감싸안은 채 떨고 있었다. 뒤따라 나간 내가 챙겨 간 카디건을 덧입혀도 떨림은 멈추지 않았다.

무슨 일이냐고 물어도 그녀는 대답하지 않았다. 설사 대답했어도 내가 그녀의 말을 곧이곧대로 믿었을지는 모르겠다. 싸늘한 공기가 서로를 낯설게 했고 그녀와 나 사이에 아득한 거리를 만들었다. 그녀의 막대한 유산과 나의 미심쩍은 과거에 대한 세간의 따가운 시선에도 우리를 단단히 결속시켰던 동지애적 믿음조차 힘을 잃었다. 그걸 배신감이라고 불러도 될지는 모르겠다.

막연한 불안이 걷잡을 수 없는 불신으로 증폭된 것은 일주일쯤 후였다. 그날 저녁 아내는 내게 회색 로퍼 한 켤레를 선물로 건넸다. 정장 차림에 알레르기 증세를 보이는 내게 어울리지 않는 선물인데다 성장기 청소년도 아닌 내 발 치수를 잊었다는 것도 찜찜했다.

닷새 후 치수를 바꾼 새 구두를 내미는 그녀는 약간 들떠 있었다. 회색 로퍼는 가죽이 부드럽고 내 발에 꼭 맞았다.

"고마워. 작업실에서 신기 좋겠네. 사실 슬리퍼는 좀 걸리적거렸거든."

나는 웃었지만 구두 바닥에 인두로 새긴 말발굽 로고를 본 순간 의문이 부풀었다. 꽤 오래전 전통 방식으로 가죽을 가공하고 수작업 바느질을 고수하는 구두 장인을 다룬 TV 다큐멘터리에서 얼핏 본 공방의 엠블럼이 떠올랐기 때문이다.

그 구두는 불특정 다수를 위한 기성품이 아니라 한 사람을 위한 특별한 맞춤 구두였다. 그러니까 아내가 내 발 치수를 착각한 게 아니라 처음부터 다른 누군가의 구두였던 것이다. 그녀가 거짓말을 했다고 생각하고 싶지는 않지만 적어도 진실을 말하지 않은 건 분명했다.

불안한 예감은 2주 후에 뚜렷한 실체로 드러났다. 오전에 폐기물 수거 트럭을 몰고 온 두 명의 인부가 대문을 두드렸다. 그들은 조 선장의 안내에 따라 집 안에서 물건들을 들어내 트럭에 실었다. 흑단 테이블과 녹색 의자, 티타늄 프레임 서가, 갈색 가죽 소파, 크고 작은 종이 상자들이 끝도 없이 들려나왔다. 집 안 어디에 그렇게 많은 물건이 보관되어 있었는지 신기할 정도였다.

저녁에 본채로 건너오니 잡동사니가 담긴 골판지 상자를 든 인부가 무뚝뚝한 표정으로 계단을 내려왔다. 2층 복도 끝방. 썩 개운치 않았지만 나는 그 방의 존재를 잊고 지내왔다. 잊었다기보다 외면했다는 편이 정확할 것이다. 아내에게 시간을 주고 싶었고 시간이 흐르면 과거의 아픔이 치유될 거란 기대도 있었다.

작업이 거의 끝난 방 안에서 남은 물건을 챙기던 조 선장이 나를 발견하고 달려왔다. 소란을 떨어 죄송하다고 말하는 그의 넙데데한 얼굴은 살짝 들떠 있었다. 그 방을 치움으로써 아내가 전남편에 대한 마음의 짐을 덜었다고 믿는 듯했다. 우리가 사는 집에 남아 있는 그의 흔적을 지우는 걸 말리고 싶진 않았지만 마음속 께름칙함은 여전히 사라지지 않았다. 그녀의 결단이 최근의 미심쩍은 행동과 관련되었으리라는 짐작 때문이었다.

그때 창턱에 놓인 회색 로퍼 한 켤레가 눈에 들어왔다. 며칠 전의 선물과 같은 모델이었다. 새 구두처럼 윤이 나는데도 누군가 신었던 듯 뒷굽에 쓸린 자국이 있고 외피가 미세하게 늘어나 있었다.

"아, 인부들이 깜빡한 모양입니다. 바로 치우겠습니다."

조 선장이 구두를 움켜쥐고 다급하게 방을 나갔다. 반쯤 열린 커튼 너머로 뜰이 내려다보였다. 로봇 웨어를 입은 작업자들이 무거운 가구를 트럭에 올리고 방수포로 덮어 고정했다. 작업을 마친 그들은 현관에서 조 선장과 잠시 얘기를 나누었다. 조 선장은 회색 구두를 움켜쥐고 뒷짐을 진 채 고개를 끄덕였다. 처리비 정산과 결제 방식에 관한 협의 같았다.

짐을 가득 실은 트럭이 기우뚱거리며 대문을 빠져나갔다. 조 선장이 몸을 돌려 내가 있는 2층 창을 올려다보았다. 나는 커튼 그늘 속으로 한 걸음 물러섰지만 시선은 조 선장이 든 구두에 못 박혀 있었다. 케이시의 구두였다. 그는 여전히 케이시를 이

집 주인으로 여기고 있을까?

내 집에서 내가 모르는 일들이 일어나고 있었다. 나를 둘러싼 모든 사람이 서로 짜고 나를 속이기로 작정한 것 같았다. 내 아내와 고용인의 말을 어디까지 믿어야 할지 알 수 없었다.

전에는 그렇지 않았다. 아내는 내게 비밀이 없었다. 그녀의 첫 결혼과 전남편의 죽음에 대한 연민이 우리를 더 강하게 결속시킨 것도 사실이었다. 그녀에게 사소한 비밀이 있다 해도 믿음 앞에서는 문제가 되지 않았다. 그러나 지금은 아무것도 확신할 수 없게 되었다.

그녀는 왜 죽은 케이시의 구두를 주문했을까? 그녀는 정말 내가 아무것도 모른다고 여길까? 도대체 내게 무엇을 숨기는 걸까?

어떤 결혼은 삶을 긍정적으로 변화시킨다. 아내와의 결혼으로 나는 나 자신에게조차 낯선 인간으로 바뀌었다. 나는 내가 누구였는지 잊었다. 가난과 죽음, 범죄와 공포, 거짓과 속임수…… 그런 것들이 이제는 나와 무관한 일처럼 느껴진다.

우리는 그녀의 전남편이 설립한 이건 예술 재단이 11년째 이어온 한 전시회에서 만났다. 세 명의 중견작가와 세 명의 신진작가가 출품한 10여 점의 작품 판매 수익금과 동일한 금액을 재단이 기부하는 자선 프로젝트였다. 작가라기보다 무명의 동호인에 가까운 내가 신진 작가 중 한 명으로 선정된 기준과 이유는 미스터리였다.

내 작품은 사람의 발길이 뜸한 부속 전시실 안쪽에 걸렸다. 미술대학을 나오지도 회화를 전공하지도 않은 나에 대한 노골적 반감에 따른 당연한 조치였다.

열흘간의 전시회 마지막 날 주 전시실은 파티장으로 변모했다. 피날레 행사가 이어지는 내내 나는 부속 전시실에서 내 작품을 지켰다. 사람과의 어울림을 즐기지 않는데다 그들과 내가 다른 부류라는 자의식 때문이었다. 그런 멋진 사람들이 모인 눈부신 세상에는 초대받지 못했을뿐더러 나와 어울리지도 않았다.

8시가 조금 지난 시간에 왁자한 웃음과 담소가 뚝 멎었다. 이건 갤러리 대표이자 재단 이사장이 도착했다는 누군가의 소개에 환호성과 박수가 터졌다. 20분 정도가 지났을 때 규칙적인 구둣발 소리가 긴 복도를 울리며 다가왔다. 행사장의 소음은 희미하게 뭉그러졌다.

그녀가 전시장에 들어서자 윙윙대던 에어컨 소음이 갑자기 멈추며 실내 공기가 조금 서늘해졌다. 그녀의 하얀 재킷이 실내의 모든 빛을 빨아들인 듯 주변이 어둑해졌다. 나는 의자에 그대로 앉아 있었다. 다른 관람객이었다면 다가가 작품을 설명했을 테지만 그녀에겐 그럴 필요가 없을 것 같았다. 그런 행동이 구차하게 여겨졌다.

그녀의 구두 뒤축이 바닥에 닿을 때마다 전시실은 거대한 악기처럼 생명력 넘치는 소리를 냈다. 파라솔과 색 풍선을 조합한 르네 마그리트풍 그래픽 작품을 지난 그녀가 내 사진 앞에서 걸음을 멈추었다. 구름 한 점 없는 하늘처럼 보이지만 자세히 보면 부드러운 하늘색 비단 천이 화면을 가르며 휘날리는 사진이었다.

"이 사진, 언젠가 본 적 있어. 그런데 어디서 봤는지 생각나지 않네요."

골똘히 사진을 뜯어보며 그녀가 말했다. 혼잣말인지 나에게 들으라고 하는 말인지 확실치 않았다. 나 같은 인간은 눈에 들어오지도 않는 듯 그녀의 시선은 사진에 못 박혀 있었다. 얼굴은 매끈하고 미소는 보일 듯 말 듯 자연스러웠다. 침착한 표정 때문인지 단호한 인상을 주었고 몸짓은 눈에 띄지 않는 차분함을 유지했다. 그녀가 금방이라도 전시실의 공기 속으로 스며들 것 같았다. 나는 의자에서 일어나 그녀에게로, 그녀가 보고 있는 내 작품으로 다가갔다.

"뭔가 착각하신 것 같습니다. 그렇지 않을 겁니다."

그녀가 나를 돌아보았다. 무엇을 근거로 그렇게 단정하는지 따지는 눈빛이었다. 나는 그 사진을 내가 찍었고 이번 전시에서 처음 공개했다고 말했다. 그녀는 내 대답이 아니라 자신이 왜 그 사진을 보았다고 여기는지가 궁금한 듯했다.

〈Blue Sky & Sky Blue〉. 그녀의 입술이 작품 라벨의 제목 아래에 적힌 세 음절의 자음과 모음을 따라 미세하게 움직였다.

한, 준, 모. 바다의 물결과 밀이나 보리 이삭, 비단 천이나 커튼의 부드러운 움직임을 순간적으로 포착하는 작업을 해온 무명 작가. 화려한 동영상과 영상디자인 기술에 밀려난 케케묵은 방식을 고수하는 덜떨어진 남자가 말했다.

"5, 6년 전에 〈블루블랙 & 블랙블루〉라는 작품이 잠깐 유명세를 탄 적이 있어요."

그 사진은 먹구름에 덮인 바다와 흐린 하늘로 화면이 양분된 단순한 구도의 작품이었다. 화면을 가로지르는 빛나는 수평선을 기준으로 윤택한 질감의 하늘과 부드러운 역동성을 드러낸 바다가 한 덩어리로 어우러졌다. 검정에 가까운 하늘빛과 푸른 기운이 스며든 검은 물결, 물기에 젖어 번들거리는 바위…… 어느 쪽이 땅이고 하늘이고 바다인지 구분하기 힘들었다. 무겁게 가라앉은 공기와 거칠게 요동치는 파도의 미묘한 질감이 화면에서 미묘한 경계를 이루었다. 그 때문에 사진의 아래위를 뒤집어 벽에 걸거나 배경 화면으로 까는 사람도 적지 않았다.

"창백한 수평선, 검푸른 하늘과 바다……." 그녀의 눈이 환히 빛났다. "기억났어요. 가상도시 알레그리아의 내 집 거실에 걸려 있던 사진이었어요."

믿을 수도 믿지 않을 수도 없었다. 엉거주춤하고 있는 사이에 복도 저편 파티장에서 왁자한 웃음소리가 들렸다. 그녀를 기다리는 사람들이 보내는 신호였다. 그녀는 나를 혼자 버려두는 것이 마음에 걸리는 듯 머뭇거렸다. 나는 신경쓰지 말라고, 그곳에 있겠다고 말했다.

"혹시 누군가 작품에 관해 물어볼지 모르니까요."

그럴 사람이 없으리란 건 나도 그녀도 알았다. 그런데도 그녀는 터무니없는 변명을 수긍한 듯 손을 내밀었다. 깃털 같은 그녀의 손이 구부러지고 거친 내 손을 미끄러지듯 빠져나갔다. 그녀는 나의 쓸쓸한 유배지를 벗어나 환한 빛 속의 사람들에게로 갔다. 윤택하고 멋지고 부유한 사람들의 세계로.

우연으로 끝날 수도 있는 짧은 만남이었지만 나는 그녀를 잊지 못했다. 그녀는 내가 기억하지 못하는 상상 속 향수를 자극했다. 지금보다 어리고 사랑스러운 소녀 시절의 그녀를. 그러자 오래전부터 알던 사이처럼 그녀가 친숙해졌다.

2주 후, 작업실로 한 통의 전화가 걸려왔다. 〈블루블랙 & 블랙블루〉의 원본을 사겠다는 수화기 너머 목소리의 주인공이 그녀라는 사실도, 그녀가 내 사진을 갖고 싶어 한다는 사실도 믿을 수 없었다. 한참 후에야 나는 그녀에게 작업실로 와 작품을 본 후 결정하라고 말했다. 수많은 혹평과 거절에 시달린 나머지 더 상처받지 않기 위한 자기방어였다.

내 작업실은 지은 지 30년도 더 된 우중충한 건물의 지하실이었다. 싸구려 액자 프레임을 겹쳐둔 실내에는 빛이 들어오지 않았고 나무판자를 시멘트 블록으로 괴어 만든 선반에는 필름 상자와 책이 뒤섞여 있었다. 추리소설과 스릴러, 권력 문제를 분석한 정치학, 인간의 결정 메커니즘에 관한 행동경제학 서적과 셰익스피어와 오닐의 희곡……. 일정한 분류 체계 없이 장르와 분야가 뒤섞인 책꽂이의 아래로 불룩하게 늘어진 판재에 〈블루블랙 & 블랙블루〉 원본이 기대어 있었다.

"매일 보았던 이미지와 똑같은데 전혀 달라요. 더 검고, 더 푸르고, 더 무거워요. 바다가 아니라 거대한 블랙홀 같아요."

빼곡히 들어찬 잡동사니의 틈바구니에서 그녀는 감탄인지 탄식인지 모를 긴 숨을 내쉬었다.

"이건 이미지가 아닌 실물이니까요. 복제하거나 삭제하거나 재현할 수 없는 유일한 진본이죠. 빛과 어둠, 그리고 약간의 우연이 빚어낸 찰나의 진실 말이에요."

내 말은 딱딱하고 서툴렀지만 어색하게 들리지는 않았다. 그녀가 되물었다.

"우리 인생처럼요?"

한 장의 사진을 통해 그녀와 나는 같은 종류의 인간임을 확인했다. 내가 오랜 침낭 생활과 새벽 바다의 야만, 팔리지 않는 작품에 대해 말하는 동안에도 그녀는 액자 프레임에 시선을 고정했다. 마치 검은 바다의 심연에 대고 귓속말을 하는 것처럼. 난 이 그림을 가질 거야.

이틀 후 늦은 오후, 나는 무진동 차를 타고 그녀의 집으로 향했다. 차 안에는 희귀한 고대 유물처럼 겹겹이 포장한 〈블루블랙 & 블랙블루〉가 실려 있었다. 차가 도착하자 소리 없이 철문이 열렸다.

집 안은 정적에 덮여 있었다. 높은 천장에서 커다란 팬이 천천히 돌아갔다. 말끔하게 정리한 거실 정면 벽이 눈에 들어왔다. 사진을 걸 자리에 흰 칠을 새로 한 것 같았다. 잠시 집 안을 살펴보고 싶다는 말에 그녀는 머뭇거리더니 앞장섰다.

현관 전실과 계단실, 거실 돌출부와 복도를 둘러보는 동안 해가 저물었다. 천장까지 4미터가 넘는 계단실의 긴 벽이 눈에 띄었다. 천장 가까이 둥근 채광창이 있고 폭 2미터 정도의 좁은 벽면이었다.

"밝고 탁 트인 곳보다는 좁고 어두운 곳이 어울릴 거예요. 액자 유리에 반사된 강한 조명이 시야를 흐리지 않을 테니까요."

좀 더 시선이 가는 장소를 선호하는 그녀는 실망한 눈치였다. 나는 사다리와 공구를 가져와 액자를 설치했다. 좁고 긴 계단실에 걸린 사진은 주변의 모든 빛을 빨아들인 블랙홀처럼 깊은 존재감을 드러냈다. 침침하던 계단실은 한결 선명한 생동감을 찾은 듯했다.

저녁 식사가 차려졌다. 우리는 경쟁하듯 먹고 마시고 대화를 나누었다. 내가 간장 양념 닭구이를 순식간에 먹어치우자 그녀도 감자 샐러드를 비웠다. 나의 식탐이 그녀의 식욕을 자극했는지 모르겠다. 아니면 내가 무안해할까봐 마음 썼는지도.

시간이 늦었는데도 그녀에겐 남은 이야기가 많은 것 같았다. 세심하고 쾌활한 이야기, 어디에서도 들어본 적 없는 이야기를 늘어놓는 그녀는 죽음을 피하려는 셰에라자드처럼 필사적으로 보였다. 나는 그녀가 결혼 후 그토록 좋아하던 연극을 그만둔 이유와 꼭 연기하고 싶었던 연극의 등장인물 이야기에 귀를 기울였다.

삶의 고통을 온몸으로 겪은 나는 타인의 고통을 피하지 않고 바라볼 수 있다. 그녀의 표정에, 말 속에 나와 같은 파장의 슬픔과 외로움이 깃들어 있었다. 그녀의 삶을 몰랐지만 그런 친숙함이 싫지 않았다. 그녀가 말했다.

"이렇게 많이 먹고 수다를 떤 게 얼마 만인지……. 남편이 떠난 후 먹는 일과는 담을 쌓고 지냈거든요."

시간은 11시를 넘어가고 있었다. 일어서야 할 시간이었다. 그러나 어질러진 식탁에는 못다 한 이야기의 여운이 감돌았다. 조 선장이 외투를 챙겨 와 나를 주차장으로 안내했다. 현관 계단을 내려서는데 정원 여기저기에서 스프링클러가 물을 뿜는 소리가 경쾌하게 들렸다.

주차장에 도착한 나는 무진동 차에 자율운행 목적지를 입력했다. 차가 조용히 움직이기 시작했다. 나는 열린 차창 너머로 계단 위 희미한 현관등 아래를 천천히 오가는 그녀를 응시했다. 빛이 그녀의 몸을 희미한 베일처럼 감쌌다. 어깨에 걸친 흰 카디건 자락은 해파리처럼 투명하게 하늘거렸다. 그녀의 굽이치는 머리카락이, 꼿꼿한 자세가, 흐트러짐 없는 걸음걸이가 내 눈동자를 스쳐갔다.

주말이면 우리는 함께 바다를 거닐었다. 그녀는 내 곁에서 소녀처럼 수다를 떨었고 나는 새벽 바다를 찍었다. 우리는 점점 더 자주 웃었다. 나는 가난이 부끄러웠는데 그녀는 가진 것이 없는 내게 편안함을 느끼는 것 같았다.

젊은 상속녀의 스캔들은 사람들의 구미를 당기는 소재였다. 소문은 그물 사이를 빠져나가는 바람처럼 막을 방법이 없었다. 수군거림과 비웃음, 의구심과 질시가 뒤섞인 기묘한 호기심. 파파라치와 기자 들이 그녀의 집 앞에 진을 쳤고 관대함이라고는 없는 유튜버들이 아무 때나 카메라를 들이밀었다.

좋지 않은 소문을 막는 방법은 그것에 정면으로 맞서는 것이다. 모르는 척하거나 피하기만 하다 보면 뒷말은 거품처럼 부풀어오른다. 그렇다고 섣불리 반박하거나 법적 대응에 나서면 우스운 꼴이 될 뿐이다. 스캔들을 잠재울 유일한 도구는 스캔들이다. 스캔들이 자명한 기정사실이 되는 순간 사람들은 그것에 대해 더는 말하지 않는다.

지금 나는 빅테크 상속녀의 남편이며 주목받는 사진작가다. 수십 곳의 에이전시에 팔리지 않는 사진 파일을 보내고 기약 없는 연락을 기다리던 시절은 지나갔다. 나의 작품은 첫 개인전을 통해 '사라진 전통 사진의 재생'으로 자리매김했다.

간절히 원했던 일이 이루어졌지만 내 안의 불안은 여전하다. 마치 일어나선 안 될 일이 일어난 것 같고 나와 상관없는 누군가의 인생을 연기하는 것 같다. 혼자 있는 밤이면 기억들이 내 멱살을 쥐고 흔든다. 숱한 오류와 실수, 잘못된 선택과 그릇된 행동 들. 슬픔과 분노 없이 떠올릴 수 없는 어린 시절. 술을 마시면 괴물로 변하는 아버지, 아내를 때리고 자식을 방치한 가장, 거리를 떠돌다 폭력배에게 맞아 죽은 부랑자.

"아버지는 착한 사람이었어. 하지만 술을 마시면 짐승으로 변했지."

내 음성이 동굴 속에서 울리는 다른 사람의 목소리처럼 들렸다. 나는 내가 아닌 사람에게 일어난 일처럼 말했다.

"술도 도박도 나쁘긴 마찬가진데 그 둘이 만나면 최악이야. 돈을 잃으면 아버지는 술을 마셨고 어머니를 때렸어. 나중엔 돈을 잃지 않아도 술을 마셨고 그 뒤엔 술을 마시지 않아도 어머니를 팼지."

그는 소리를 지르고 세간을 던지고 문짝을 부수는 데 필사적이었다. 남을 해치지 못하는 무력한 폭력, 자신을 망가뜨리는 자학적 폭력. 유일한 희망은 내가 자라고 있다는 것이었다. 내 키가 크고 뼈가 굵어지는 만큼 아버지는 늙고 약해질 테니까.

내가 열두 살 때 어머니는 집을 떠났다. 집이 아니라 아버지를 떠난 것이리라. 아버지는 나를 보육원에 맡기고 어머니를 찾아나섰다. 나는 아버지가 찾지 못하는 곳으로 어머니가 멀리 도망가길 기도했다.

6개월쯤 후 경찰서에서 전화가 왔다. 아버지가 뒷골목에서 조직폭력배와의 시비 끝에 맞아 죽었다고 했다. 범인은 잡히지 않았다. 나는 그가 늙어 약해지기를 기다렸지만 그는 늙기도 전에 죽었다. 고아가 되었다는 게 그렇게 홀가분할 수가 없었다.

보육원을 나온 나는 배송업체의 노역부를 거쳐 '프리젠터'로 연명했다. 가상현실이 보편화되면서 현실과의 구분이 모호해졌고 구태여 구분할 필요도 없어지자 경계를 넘나들며 다양한 용역을 제공하는 새로운 직업이었다.

프리젠터라고 통칭하지만 자잘한 심부름부터 택배와 운송, 간호와 보건, 탐정과 경비, 스포츠와 교육, 의료와 법률에 이르는 다양한 서비스로 세분되었고 수입도 천차만별이었다. 일류 변호사 연봉을 뛰어넘는 고수익자에서 건당 수천 원짜리 일감을 전전하는 배달꾼까지. 많이 벌든 적든 그들은 이 꽃에서 저 꽃으로 옮겨다니며 꽃가루를 수분하는 꿀벌처럼 바쁘게 현실과 가상세계를 연결하는 매개자였다.

배달 음식이나 작은 물품 배달로 프리젠터 생활을 시작한 내게 얼마 안 가 다른 의뢰가 들어오기 시작했다. 합법과 불법의 경계를 오가는 일감이었다. 15세 미만 어린이에게 판매가 금지된 고카페인 음료를 대신 사서 배달하거나 보이스피싱으로 빼낸 돈을 인출하는 '옐로우 잡'과 경쟁사 정보 수집이나 범죄 피해자의 복수, 배우자 감시와 불륜 증거 수집, 실종되거나 잠적한 인물을 추적하는 '레드 잡'. 위험이 돈이 된다는 단순한 이치는 자연스럽게 나를 범죄의 세계로 이끌었다.

범죄자라고 태어날 때부터 몹쓸 짓을 꿈꾸겠는가? 한동안 굶다가 배고픔을 견딜 수 없어 쓰레기통을 뒤지고 그러다 구걸하고 갈취하고 남을 속이고 훔치고 빼앗다가 갈 데까지 가는 것이다. 기술이 발달하고 삶이 윤택해진다고 범죄가 사라지는 것이 아니다. 기술을 이용한 화이트칼라 범죄가 느는 동안에도 밑바닥 사람들은 절도와 강도, 탈취와 소매치기 같은 아날로그 범죄를 벗어나지 못한다.

내가 범죄에 탐닉한 것은 악해서가 아니라 멍청해서였다. 내가 가지지 못한 무언가를 가진 상대에 대한 적개심과 그것을 내 것으로 만들겠다는 단순한 욕망, 삐뚤어진 행동을 통해 나를 그 꼴로 만든 세상에 복수했다는 어리석은 착각, 제대로 돌아가지 않는 세상을 내가 조금이나마 더 망가뜨렸다는 헛된 만족감. 때로는 악의 본령이 잔혹성이나 사악함이 아니라 그런 무지와 멍청함이 아닐까 하는 생각이 든다.

열여덟 번째 생일날 밤 나는 체포되었다. 2주 전 발생한 시내의 한 금은방 탈취 사건의 일급 용의자 신분이었다. 범인은 한밤에 자동차로 금은방에 돌진해 깨진 진열장에서 금은보석 장신구를 훔쳐 차로 도주하던 중 어두운 거리를 횡단하던 행인을 치고 뺑소니를 쳤다. 경찰이 내가 드나들던 클럽 룸에 들이닥쳤을 때 나는 배달 중에 빼돌린 마약에 취해 있었다.

경찰 조사에서 나는 범행을 자백했다. 단독으로 범행했으며 공범은 없다고. 판사는 특수 절도와 강도, 뺑소니와 공무 집행

방해 혐의로 소년교도소 징역 2년에 중독 치료 1년 병행을 선고했다. 좋다고 할 수 없지만 나쁠 것도 없었다. 한 살이라도 젊을 때가 다 늙은 나이의 감옥살이보다는 견딜 만할 테니까.

여덟 명, 많으면 열두 명이 각자의 생각에 잠겨 있는 좁은 감방은 규율이 지배하는 세상이었다. 인위적인 구속과 신체 통제는 고도의 전자 감시체계가 대신했다. 나는 머리를 박박 깎은 소년들과 줄을 지어 운동장을 산책했고 작은 무리를 이루어 보이지 않는 세력 싸움을 벌였다.

오후에는 교도소 내에 개설된 다양한 강좌를 의무적으로 수강했다. 목공과 기계 조립, 코딩, 건축 실무 같은 자립 기술 강좌와 다양한 스포츠, 교양 강좌였다. 권투와 킥복싱, 이종격투기가 최고 인기 강좌였다. 아이들은 어디로 표출할지 모르는 분노를 샌드백에 쏟아냈다. 농구와 풋살 같은 구기 종목에도 수강생이 몰렸다.

사진반은 수강생이 여덟 명에 불과한 비인기 강좌였다. 홀로그램과 공중 투사 영상이 보편화된 시대에 필름 사진은 돌도끼나 내연기관 자동차 같은 유물 취급을 받았다. 그나마 일부 교도소의 과잉 행동 치료나 요양원의 정서 안정요법으로 쓰일 뿐.

그 치료법은 적어도 내게는 확실한 효과가 있었다. 나는 좁은 파인더를 통해 내가 보지 못했던 세계를 관찰했다. 세상이 아름답다는 것, 그 아름다움은 보려고 노력하지 않으면 보이지 않는다는 것, 그것을 보는 데 특별한 눈이 필요하다는 것도 알게 되었다.

사진에 대한 첫 기억을 나는 아내에게 이렇게 털어놓았다.

"보육원 시절, 기도실 벽에 젊은 부부의 사진이 걸려 있었어. 흰 레이스 원피스를 입은 여자가 스툴에 앉아 있고 옆에는 검은 정장 차림의 남자가 서 있었어. 꽤 많은 기부금을 냈거나 기금을 후원한 부부였을 거야. 나는 그들이 내 부모이기를 간절히 바랐고 어느 순간 그렇게 믿었어. 아니, 그렇게 믿어졌다고 할까? 지금도 내 부모보다 그들의 얼굴이 더 또렷이 기억나. 사진에서 잃어버린 부모를 찾은 거야. 사진은 지금은 사라졌어도 한때 그것이 그곳에 존재했다는 확고한 표식이니까."

출소 후에도 나는 남의 물건을 훔치거나 빼앗고 남을 속이는 삶을 벗어나지 못했다. 나는 칼과 총과 파이프와 쇠사슬을 휘두르며 타인의 무릎을 꿇렸고 눈물을 짜냈고 오줌을 지리게 했다. 그들의 치뜬 흰자위와 경련을 일으키는 입술과 피부를 뚫고 나온 뼈와 웅덩이를 이룬 피를 보았다.

이야기하는 동안 내가 사회의 오물이고 쓰레기임이 분명해졌다. 나는 추악한 과거로부터 도망쳤지만 기억을 벗어날 수는 없었다. 그것이 지금의 나를 만들었기 때문에. 그것이 지금도 여전히 나의 삶을 지배하기 때문에.

이야기를 듣는 그녀는 한숨을 쉬고 신음했으며 휴지로 눈가를 훔쳤다. 나는 비로소 평화를 느꼈다. 그녀에게 고통을 드러내는 것만으로도 마음의 짐을 덜었고 심지어 구원받았다고 느겼다. 내가 어떤 인간이었는지, 어떤 인간인지 알고도 그녀는 나를 사랑할까? 그녀가 떠나도 어쩔 수 없다고 나는 속으로 다짐했다. 그럼에도 그녀가 나를 떠나지 않을 거라는 확신이 들었다.

우리는 과거를 서로의 일부로 받아들였고 보여주고 싶지 않은 불편한 기억마저 공유했다. 중요한 건 과거가 아니라 현재니까. 다가올 미래니까. 적어도 나는 그렇게 믿었다. 그런데 우리가 서로에게 말하지 않은 비밀이 있다면?

마지막 형기를 마치고 출소하던 날이 생각난다. 익명의 의뢰를 받아 골든벨 인베스트라는 사금융업체의 부사장을 습격한 일로 수감된 지 3년 만이었다. 골든벨 인베스트는 합법적인 대부업체 간판을 걸고 뒤로 살인적인 이자 부과와 강제 추심을 자행하는 고리대금업체였다. 부사장 강만수는 사장으로 내세운 가공의 인물 나도상의 뒤에 숨어 법망을 피하고 있었다.

나는 클라이언트의 의뢰대로 강만수를 걷지 못하고 말하지 못하게 만들었다. 나는 그런 일에 재능이 있었고 내 능력이 필요한 사람은 어디에나 있었다. 사람들이 하기를 꺼리면서도 누군가가 해주기를 바라는 일을 나는 정확하고 효율적으로 해냈다. 협박, 폭력, 추심, 기만, 린치……. 거기에는 만만치 않은 대가가 따랐다.

당시 남해의 한 섬에서 두 달 동안 피신했던 나는 경찰에 꼬리를 잡혀 1년 6개월 형을 선고받았다. 금은방 털이 사건으로 소년교도소와 치료감호소를 오가며 2년, 청부 폭력 사건으로 1년을 살고 나온지 14개월 만에 다시 돌아간 교도소였다.

골든벨은 내가 있는 감옥으로 두 차례 살인 프리젠터를 보냈다. 나는 첫 번째 놈의 오른팔을 화장실에서 분질렀고 8개월 후에는 운동장 한가운데에서 두 번째 놈의 빗장뼈를 부서뜨렸다. 그렇게 아등바등 살아남을 가치가 있는 인생이었는지는 지금도 모르겠다. 교도소 한복판에서 보란 듯 벌인 두 차례 난동으로 내 형기는 3년으로 늘어났다.

출소일 아침, 입소할 때 영치한 옷을 3년 만에 찾아 입으니 남의 옷 같았다. 3년이란 시간과 12킬로그램의 몸무게가 연기처럼 사라지고 없었다. 나는 스물여섯이 되었는데 세상은 스물세 살 때보다 혹독했다. 물품 보관실에서 영치물 상자를 내주던 교도관이 말했다.

"다시는 자넬 이곳에서 보지 않았으면 좋겠네."

그는 내가 반드시 돌아올 거라 확신하는 것처럼 말했다. 세 번에 걸쳐 6년간 감옥에 있었으니 스물여섯 인생의 거의 4분의 1을 감방에서 보낸 셈이다. 그쯤 되면 집보다 감방이 편할 것 같지만 나라고 어찌 감방이 지긋지긋하지 않을 것이며 다시 돌아가고 싶겠는가. 우리 둘 모두 그곳을 영원히 떠나지 못할 사람들처럼 여겨져 짜증이 났다.

"나도 교도관님 보기 지겨워요. 진급해서 다른 교도소로 가든가 아니면 직업을 바꿔봐요."

"난 자네 얘기를 하는 거야. 여기가 뭐라고 내보내면 돌아오고, 내보내면 자꾸 돌아와?"

나는 영치품 상자의 담뱃갑에서 한 개비를 꺼내 물었다. 3년의 습기와 냄새를 먹은 담배에서 퀴퀴한 냄새가 났다. 나는 쓴 연기와 말을 동시에 내뱉었다.

"난 나갔다 돌아오기나 하지, 교도관님은 여기가 뭐라고 평생 처박혀 있어요?"

교도소 철문을 나서니 11월이었다. 들어갈 때 입었던 얇은 셔츠 단추 사이로 찬 바람이 파고들었다. 유행이 한참 지난 청바지의 허리띠는 구멍 하나가 줄어들었고 허벅지는 헐렁했다.

거리엔 인적이 드물었고 지나가는 차도 없었다. 밤 근무에 지친 교도관이 후줄근한 차림으로 느릿느릿 지나갔다. 군데군데 포장이 벗겨진 도로, 말없이 자신의 세계에 빠진 노인들, 길고양이가 소리 없이 지나가는 낮은 담. 아름답다고 할 수는 없어도 평화로운 풍경이었다. 그때야 갈 곳이 없다는 생각이 났다.

저만치 10여 미터쯤 거리를 두고 검은 승용차 한 대가 천천히 나를 따라왔다. 검은 차창 안은 보이지 않았다. 차에서 내려 맞아주는 사람이 없는 걸 보니 내 출소를 환영하는 건 아닌 듯했다. 나는 셔츠 깃으로 목덜미를 감싸고 경사로를 곧장 걸어내려갔다.

갑자기 요란한 엔진 소리가 등 뒤에서 들렸다. 돌아보니 검은 승용차가 굉음과 함께 엄청난 속력으로 달려오고 있었다. 나는 가드레일을 뛰어넘어 비탈로 굴러내렸다. 경사진 바닥에 꺾인 발목이 시큰거렸다. 날카로운 브레이크 소음과 함께 누군가가 차 문을 열고 소리쳤다.

"멀리 못 갔을 거야. 그 새끼 빨리 찾아!"

나는 영치물을 쓸어넣은 가방을 열었다. 3년 전에 뭘 넣었는지 기억날 리 없지만 도움이 될 물건이 있기를 바랄 뿐이었다. 잉크가 말라버린 구식 볼펜 한 자루가 눈에 띄었다. 볼펜을 움켜쥐고 잡풀 뒤로 몸을 숨겼다.

한 놈이 낌새를 채고 다가왔다. 나는 바닥에 몸을 눕히고 기다리다 놈의 종아리에 볼펜 심을 박았다. 검은 바지 천이 찢어지며 놈이 날카로운 비명을 질렀다. 바닥에 쓰러진 놈은 볼펜 심이 박힌 다리를 붙잡고 욕설을 뱉었다. 나는 바닥의 돌을 주워 놈의 어깨뼈를 후려쳤다.

비명을 들은 다른 놈이 헐레벌떡 비탈을 달려내려왔다. 길옆 바위 뒤에 숨은 나는 놈의 속도를 이용해 비탈 아래로 메쳤다. 바닥에 거꾸로 꽂힌 놈은 한동안 일어나지 못했다. 바깥으로 돌아간 놈의 왼쪽 발목에 분홍색 양말이 비어져나와 있었다.

"너희들 뭐야? 누가 보냈어?"

놈들은 끙끙대기만 할 뿐 입을 열지 않았다. 내가 너무 심했나 하는 후회가 들었다. 나는 놈들의 주머니를 뒤져 자동차 키와 통신 단말기를 챙겼다. 버튼을 누르자 소리 없이 시동이 걸렸다. 블랙박스에 저장된 통신 기록을 살폈다. '강남 형님', '해밀턴 호텔', '우남상호저축은행', '큰형님'.

차내 블랙박스를 한 시간 전으로 돌려보니 놈들의 대화가 그대로 드러났다. 골든벨 인베스트에서 보낸 프리젠터들이었다. 핸들을 자율주행 모드로 변환시키는데 통신 단말기 벨이 울렸다. 쟁쟁한 쇳소리가 쏟아졌다.

"김 부장, 지금 어디야? 작업은 제대로 처리했어?"

나는 통신 단말기를 차창 밖으로 내밀어 요란한 바람 소리를 들려주었다. 무언가를 눈치챈 놈들이 자기들끼리 뭐라 속닥거렸다. 내가 말했다.

"그 머저리? 교도소 앞길 비탈에서 찾아봐. 내가 발모가지를 부러뜨려놨거든."

통신 단말기를 길섶 너머로 던졌다. 단말기는 오후의 햇살에 반짝 빛나더니 잡풀 더미 속으로 사라졌다. 풀숲에서 메추라기인지 찌르레기인지 모를 새 떼가 날아올랐다. 낮이 짧아져 해가 서쪽 하늘에 낮게 걸려 있었다. 3년 만에 자유의 몸으로 맞은 첫날치고는 실망이었다. 나는 주먹으로 핸들을 내리치며 소리쳤다.

"뭐야, 이게! 빵에서 나온 지 하루도 안 돼 또 들어가게 생겼잖아. 무슨 인생이 이러냐고."

그러고 보면 교도소에서 많은 것을 배우긴 했다. 자제력과 비폭력. 예전이었으면 두 놈의 모가지를 그어버렸을 텐데 자제력을 발휘했으니까.

나는 새사람이 된 것 같았다. 젖값을 치렀으니 당연한 일이겠지.

민주

나는 요거트 한 스푼을 입에 넣고 뉴스 화면을 응시했다. 지중해의 몰타섬 근해에서 밀입국선이 좌초해 아프리카인 스물세 명이 목숨을 잃었다. 남자 열한 명, 여자 여덟 명, 아이 네 명. 미국 오리건주의 한 고등학교에서는 총기 난사로 여덟 명이 죽고 17세의 범인이 현장에서 사살되었다.

나는 국내 뉴스로 채널을 바꾸었다. 지난밤 서울의 한 주택에서 불이 나 잠자던 부부가 사망했다. 방학을 맞아 외가에 간 두 자녀는 다행히 화를 면했다. 고속도로 교통사고로 네 명이 죽고 해변 물놀이 중 파도에 휩쓸린 대학생 두 명의 시신이 발견되었다.

뉴스는 죽음 생산 공장이다. 요거트 한 접시를 먹는 동안 40여 명의 죽음이 전해졌다. 그들은 전쟁터 한가운데에 있는 군인도 임종을 앞둔 말기 암 환자도 아니었다. 여느 날처럼 등교한 학생들이었고, 평화롭게 잠든 가장이었고, 해변으로 휴양 간

젊은이였고, 자유의 땅을 눈앞에 둔 난민들이었다.

너무 많은 곳에서 너무 많은 사람이 죽는다. 총에 맞고 불난 집에 갇히고 지진으로 매몰되고 교통사고를 당하고 전염병에 걸리고 수해로 익사하고 살해되고 자살한다. 그들의 죽음이 말해주는 건 없다. 죽음이 너무 흔해졌다는 사실뿐. 한때 죽음을 특별하게 취급하던 시절이 있었지만 지금은 시시한 가십거리에 지나지 않는다.

나는 그들의 죽음을 슬퍼하고 그들을 죽음에 이르게 한 사회를 비판하고 그들의 운명을 동정하지만 그게 전부다. 그것 말고는 할 수 있는 것이 없다. 타인의 죽음은 금방 사라질 풍문이며 흐릿한 추상명사에 지나지 않는다. 죽음은 거대한 사건이면서 철저히 개인적이다. 총알이 빗발치는 전장의 군인이 바로 옆에서 전우가 쓰러져도 자신은 살아남을 거라 믿는 것처럼.

6시 13분, 초여름의 이른 해가 떠올랐다. 나는 리모컨을 집어 TV를 끄고 창을 열었다. 볕이 테이블 위로 쏟아졌다. 바람은 달콤한 수액을 품고 있다. 바깥 기온은 섭씨 18.5도, 습도는 52퍼센트. 외출하기에 딱 좋은 날씨. 나는 옷장 문을 열고 하늘색 원피스와 얇은 갈색 트렌치코트 중 무엇이 계절과 어울릴지 잠시 망설였다. 죽음은 곳곳에 있지만 나를 어쩌지 못할 테니까.

여느 날과 같은 하루가 시작될 것이다. 오전에는 화상으로 전시 기획 회의를 주재할 것이다. 오후에는 조치원의 IT 연구단지에 있는 기업 강연이 예정되어 있다. 젊은 여성 연구원 대상의 1시간 30분짜리 강연이다. 주제는 '여성은 기술의 미래다'.

강연을 마치면 일찍 집으로 돌아와 남편과 마트에 들를 것이다. 우리는 빠르고 편리한 알레그리아의 배달 쇼핑보다 집 근처 마트로 직접 가는 불편함을 즐긴다. 우리는 밝은 매대 사이로 카트를 밀며 찬거리를 고르고 디저트와 간식거리를 살 것이다. 훌륭한 와인 한 병을 사서 밤늦도록 함께 마셔도 좋으리라. 그는 와인을 마시며 얘기를 나누기를 좋아하니까.

그날 오후 1시 5분, 경부고속도로 하행선 97킬로미터 구간 천안 부근. 조치원으로 향하던 내 차는 화염에 휩싸여 있었다. 차량 하부에서 시작된 불이 삽시간에 붉은 베일처럼 차를 삼켰다. 마침 규정 속도를 위반한 내 차를 뒤따라오다 연기를 발견한 고속도로 순찰대원이 불이 실내로 옮겨붙기 직전에 나를 차에서 빼냈다.

나는 고속도로 갓길 풀밭에 주저앉아 가드레일 너머로 불타는 차를 망연히 바라보았다. 화염과 연기가 붉고 검은 두 마리의 짐승처럼 나의 자동차를 집어삼켰다. 바직거리는 소리, 수포처럼 부푼 페인트, 매캐한 냄새, 뜨거운 열기…… 내 차는 맹수의 발톱 아래 움츠린 먹이처럼 다소곳이 타들어갔다. 꿈틀거리는 것 같기도 했고 비명을 지르는 것 같기도 했다.

지나가던 차들이 속도를 줄이고 타오르는 차를 바라보았다. 순찰대원이 호루라기를 불며 빨리 지나가라고 소리쳤다. 요란한 사이렌을 울리며 소방차가 도착했다. 소방대원들이 현장을 파악하기도 전에 소방 로봇 네 대가 소화포를 펼쳐 차를 덮었다. 여덟 개의 로봇 팔이 정확한 움직임으로 질식소화제를 분사했다.

나는 가드레일에 기대어 속을 게웠다. 순찰대원이 다가와 생수를 건네며 30초만 늦었으면 큰일 날 뻔했다고 말했다. 뒤따라온 구급대원이 진단 키트로 나의 혈압과 맥박, 체온을 쟀다. 그때 불타는 차에서 갑자기 요란한 폭음과 함께 불붙은 타이어가 허공으로 튀어올랐다. 주변 공기가 삽시간에 빠져나간 듯 숨을 쉴 수 없었다. 풍경들이 흐릿해지더니 눈앞에서 빠른 속도로 아득히 멀어졌다.

정신이 들었을 때는 들이마신 재의 입자로 입안이 텁텁했고 매캐한 불 냄새가 온몸에 배어 있었다. 소화제 거품과 폭발로 튀어나온 부속과 잔해물이 아스팔트 바닥에 어지럽게 널려 있었다. 전소된 차가 흉물스러운 잿빛 뼈대를 드러냈다.

구급대원은 내가 쓰러지며 가드레일에 이마를 부딪쳤다고 했다. 그가 바짝 얼굴을 들이대고 얘기하는 바람에 불 냄새와 단내가 동시에 났다. 소방대원들은 현장 동영상을 찍고 차대 번호와 사고 경위를 진압 보고서에 꼼꼼하게 적었다.

구급대원이 나를 바퀴 달린 들것에 눕히고 구급차에 실었다. 차 문이 닫히자마자 요란한 사이렌 소리와 함께 구급차가 출발했다. 아스팔트를 달리는 바퀴 진동 하나하나가 등뼈에 전해졌다. 내가 살아 있다는 사실이 믿기 힘들었다. 불탄 차의 잔해와 함께 나도 죽었을 거라는 생각이 나를 사로잡았다. 그러자 내가 살아난 것이 아니라 죽지 못한 존재라는 생각이 들었다.

소방대원들은 방송사에 사고 영상을 제보할 것이다. 화염에 휩싸여 연기를 뿜는 내 차의 영상은 뉴스의 사건 사고 코너에 소개될 것이다.

아니, 그렇지 않을 수도 있겠다. 사람이 죽지 않은 사고는 뉴스 가치가 없으니까. 사람들은 불타는 나의 차를 심드렁한 표정으로 바라보다가 채널을 바꾸겠지. 요거트 한 스푼을 오물거리며.

이마의 상처는 크지 않지만 꽤 깊었다. 의사는 흉터를 최소화하기 위해 피부 심부와 표피를 이중으로 봉합했다. 회복실로 옮기자마자 남편이 헐레벌떡 병실 문을 들어섰다. 두 눈은 휘둥그레지고 얼굴은 백지장처럼 하얗게 질려 있었다. 그가 말했다.

"출퇴근길 시내 운전은 몰라도 고속도로에서 수동 모드 운전은 위험하다고 했잖아. 조 선장을 시키든가 자율주행이라도 하랬더니……."

나를 걱정하는 말이라는 것을 알지만 비난처럼 들렸다. 그렇다 해도 이 사고가 식어가는 우리 부부 사이에 변화를 가져올지 모른다는 기대감이 들었다. 그렇게 되었으면 좋겠다.

몇 가지 검사를 끝낸 의사는 눈에 띄는 이상 소견은 없다고 했다. 특별한 사정이 없으면 하루 정도 입원해서 안정을 찾은 후 퇴원하라는 의사의 권유에도 나는 귀가를 고집했다. 남편은 나를 말리는 것이 소용없다는 것을 알았다.

집에 도착한 남편은 주차장에 차를 대고 나를 부축했다. 조선장이 겅중거리며 달려나왔다. 아침에 나온 집인데 2년은 족히 지난 것처럼 낯설고 반가웠다. 현관문의 인기척에 3년생 고양이 바기라가 눈을 떴다. 우리를 바라보는 노란 눈동자에 심드렁한 무심함이 깃들어 있었다. 내가 죽을 고비를 넘겼다는 흔적은 집 안 어디에도 없었다.

남편은 나를 소파에 앉히고 바기라의 밥을 챙겼다. 서른을 넘긴 그는 키가 크고 반듯한 체격이었다. 남자답다고 말하긴 어렵지만 친근한 인상이었다. 자연스럽게 흘러내린 머리카락은 소년을 연상케 했고 처진 눈꼬리는 궁핍을 견딘 강인함이 깃들어 있었다.

사료를 깨작거리던 바기라가 내가 앉은 소파로 다가왔다. 절반도 먹지 않은 사료를 바라보는 그의 눈에 좌절이 어렸다. 호의를 무시한 짐승에 대한 적대감. 위협을 느낀 바기라가 꼬리를 말고 남편의 눈치를 보며 내 품으로 파고들었다. 나는 바기라가 내게 다가오지 않았으면 좋겠다. 바기라가 남편에게 좀 더 친절했으면 한다.

그 순간 그가 바기라의 목덜미를 우악스럽게 움켜쥐었다. 바기라는 전기가 통한 듯 몸을 뒤틀며 하악질을 했다. 그는 꿈쩍

하지 않고 바기라를 소파 등받이에 밀어붙였다.

"그만둬. 배가 안 고프다잖아!"

나는 그를 밀치며 소리쳤다. 그 틈에 바기라가 날쌔게 그의 손아귀를 빠져나가며 얼굴을 앞발로 할퀴었다. 왼쪽 이마에서 뺨을 가로질러 긁힌 자국에 피가 맺혔다. 바기라는 분이 풀리지 않았는지 앞다리를 곧추세우고 등을 둥글게 말았다. 우리 사이의 냉랭한 분위기를 간파한 듯했다. 동물들은 사람을 읽을 줄 안다. 그래서 나는 동물이 무섭다.

남편은 남편대로 화가 풀리지 않은 표정으로 씩씩거렸다. 고양이 발톱에 할퀴인 자리가 붉게 부풀어오르고 피가 턱을 타고 흘렀다.

"이런, 피가 나, 여보. 병원에 가야 할 것 같아. 애너를 깨울까?"

"됐어. 저 짐승이 문제야. 늘 문제를 일으키잖아."

그가 버럭 소리를 질렀다. 고양이가 아니라 나에게 화가 난 것 같았다. 이 모든 상황을 자기 말을 무시하고 수동 운전을 한 내 탓으로 여기는 눈치였다. 그렇다고 말 못하는 고양이에게 화풀이해야 하는 걸까?

바기라는 6단 책장 꼭대기로 뛰어올라 못마땅한 듯 방 안을 빤히 내려다보았다.

이마의 통증 때문에 잠을 깼다. 어둠 속에서 남편의 고른 숨

소리가 들린다. 평화롭고 온화하고 일정하다. 잠든 얼굴을 바라보고 있자니 처음 만났던 무렵 그의 모습이 떠오른다.

그는 모든 면에서 케이시와 달랐다. 케이시의 부와 명예에 비하면 그가 가진 것이라곤 아무것도 없었다. 그러나 바로 그 때문에 나는 그를 사랑할 수 있었다. 만약 그가 케이시와 같은 부와 명성과 힘을 지녔다면 나는 그에게 아무 감정도 느끼지 못했을 것이다. 케이시를 사랑할수록 나는 스스로를 하찮게 느꼈고 그 때문에 의기소침해졌으니까. 그러나 이 남자에게는 나의 사랑과 후원이 절대적으로 필요했다.

처음 만났을 때 그는 소란한 파티장에서 멀찍이 떨어진 부속 전시실에서 오지 않을 관람객을 혼자 기다렸다. 자기 작품에 관심을 보이는 내게 잘난 척할 수 있었는데도 그는 평온함을 유지했다. 내부에 꼭꼭 숨긴 열등감을 들키지 않으려 안간힘을 쓰는 것 같았다. 아니면 자신이 간직한 힘을 애써 감추느라 긴장한 것인지도 몰랐다.

그렇다. 그에겐 힘이 있었다. 대상을 선택하고 앵글을 설정하고 광량을 설계하고 어떤 방식으로 빛과 어둠, 색과 형태를 포착할지 결정할 힘, 밋밋한 풍경에 날카로운 질감을 부여하고 진부한 현실을 새롭게 규정할 번득이는 힘.

과거의 거친 습관이 불쑥불쑥 튀어나오긴 해도 그는 천성적으로 온순하고 심성이 고운 남자였다. 나의 물음을 스쳐 넘긴 적이 없었고 작은 부탁도 기억했다가 나중에라도 들어주곤 했다. 타인에게 친절했으며 아랫사람들에게도 함부로 하지 않았다. 정식 교육을 받지 않았는데도 예술적 재능을 타고났으며 사물을 바라보는 남다른 시각과 미적 안목도 탁월했다. 가끔 불안해하거나 짜증을 냈지만 나는 예술가 특유의 예민함으로 생각했다.

그랬던 그가 언제부턴가 내 앞에서조차 분노를 조절하는 데 어려움을 겪었다. 생일을 축하하기 위해 들른 고급 레스토랑에서 물맛이 이상하다며 웨이터에게 호통치는가 하면 옆 테이블 여성의 옷차림에 트집을 잡았다. 이유를 물어도 아무 일 아니라는 대답만 돌아왔다. 다시 물으면 변명을 늘어놓다가 그냥 내버려두라며 화를 냈다. 그러다가도 시간이 지나면 아무 일 없던 것처럼 평온을 되찾았다.

어느 주말, 우리는 세 살짜리 반려견 발루를 데리고 산책에 나섰다. 유기견 보호소 견사에서 바들바들 떨던 강아지를 본 남편은 시간을 갖자는 나의 만류에도 쫓기듯 발루를 데려왔다. 그는 바짝 마른 발루에게 영양식을 만들어 먹이랴 하루 두 번 산책시키랴 정성을 다했다.

그런데 그날 산책길에서 그는 발루를 무시하고 자신의 속도대로 걸었다. 발루가 길가 덤불에 몸을 비빌 틈을 주지도 않았고 냄새를 맡을 시간을 주지도 않았다. 그 무렵 그는 무언가 생각하는 골똘한 눈빛이었고 내가 무슨 말을 하면 흠칫 놀라곤 했다. 원래 생각이 많은 성격이라 별일 아니라 생각했다.

그가 눈에 띌 정도로 참을성이 없어지고 충동적인 성향을 드러낸 것은 3개월쯤 전이었다. 외출에서 돌아온 그의 코트를 받아 걸던 조 선장이 위스키 한 잔을 달라는 그의 부탁을 깜빡했던 것이다. 그는 얼음물에 들어갔다 나온 사람처럼 이마 끝까지 붉게 달아올라 조 선장에게 들으라는 듯 중얼거렸다.

"늙은 사람을 쓰니까 이런 일이 생기는 거야. 아랫사람 눈치를 봐야 한다니까."

장식장으로 다가서던 조 선장의 길고 야윈 다리가 휘청거렸다. 조 선장은 듣지 못한 척 태연하게 위스키를 잔에 따랐다. 들으라고 한 말을 못 들은 척하는 노인의 침착한 태도에 그는 더욱 못마땅한 표정이었다. 나는 맷돌을 갈듯 남편의 귀에 대고 속삭였다.

"당신, 왜 그래? 선장님에게 늘 친절했잖아."

그는 위스키를 입에 털어넣고 나를 노려보았다. 시선은 나를 향했지만 투명한 내 몸을 투과해 뒤에 선 조 선장을 응시하는 것 같았다. 진창처럼 끈적끈적한 침묵이 이어졌다. 어떤 비난이나 질책보다 모멸스러운 침묵이었다. 그토록 너그럽고 세심하던 예전의 그 사람은 어디로 갔을까?

다음날 아침, 그는 다시 예의 친절한 모습으로 되돌아갔다. 간밤 일을 전혀 기억하지 못하는 것 같았다. 그러나 식사를 마친 후에는 조 선장을 따로 불러 안쓰러울 정도로 진심 어린 사과를 했다. 요즘 사진 작업이 잘 풀리지 않는다며 다시는 그런 일이 없을 거라고 말했다. 진솔한 사과에 조 선장이 오히려 그를 걱정하는 눈치였다.

그 일들은 누구에게나 한두 번 있을 수 있는 해프닝으로 끝났다. 그러나 그것이 끝이 아닌 시작이라는 것을 아는 데에는 오랜 시간이 필요하지 않았다.

나는 결혼 후 남편의 태도와 행동이 변하지 않으리라 기대할 만큼 순진한 여자가 아니다. 혹 내게 말 못할 고민이 있거나 결혼 생활이 예전 같지 않을 수도 있을 것이다. 그런 일은 늘 있기 마련이니까. 그렇다 해도 시간이 지나면 다정한 사람으로 돌아올 것으로 나는 믿었다.

그러나 상황은 좋지 않은 쪽으로 이어졌다. 마치 물이 낮은 곳으로 흐르듯. 그는 하루 내내 우울과 불안, 흥분과 긴장 상태를 오가며 자신을 책망하고 남을 원망하고 주변 사람을 괴롭혔다. 그가 우울 모드로 들어서면 집 안 공기가 변했다. 조 선장과 애너는 극도로 긴장했고 바기라와 발루는 높은 선반이나 구석으로 슬금슬금 피했다.

두 달 전 어느 금요일 저녁의 일은 우리의 관계를 지금까지와 다른 차원으로 바꾸었다. 한솔 갤러리에서 화가 도기종의 개인전 파티가 있던 날이었다. 대형 갤러리의 전속 제의를 거부하고 활동하는 도기종은 많은 갤러리 관장들이 눈독을 들이는 사십대 초반의 유명 작가였다. 내가 운영하는 이건 갤러리도 그의 개인전 유치에 적잖은 공을 들여온 참이었다.

애초 계획은 얼굴만 잠깐 비친 후 파티장을 빠져나오는 것이었다. 그즈음 나의 귀가 시간에 부쩍 날카로운 반응을 보이는 남편에게 신경이 쓰였다. 최 관장에게 돌아가겠다는 인사를 하는데 도기종이 다가왔다.

“벌써 가시게요? 좀 더 있다 가세요. 다음 전시회에 관해 상의드릴 것도 있고…….”

그가 동굴 속 같은 저음으로 말했다. 일일드라마의 남자 주인공을 떠올리게 하는 짙은 눈썹과 움푹한 눈, 우뚝 솟은 콧날과 단정한 입술. 그는 미술계 안팎에 소문을 몰고 다녔고 유명 여배우와 스캔들을 일으키기도 했다. 그가 긍정도 부정도 하지 않고 작업실에서 두문불출하는 사이에 잦아들긴 했지만…….

나는 자리를 뜨고 싶었지만 그럴 수 없었다. 위계는 재산 규모나 권력의 크기가 아니라 어느 쪽이 절박하냐에 달려 있다. 나는 무슨 수를 써서라도 그의 전시회를 유치하고 싶었다. 그와 전속 계약을 맺는다면, 아니 단발성 전시라도 유치한다면 이건 갤러리의 위상은 수직 상승할 테니까.

11시가 지나자 사람들이 하나둘 행사장을 빠져나갔다. 남은 사람들도 흥이 식어 소파와 계단에 널브러져 두런대고 있었다. 적당히 취기가 오른 그는 내가 갤러리에 차를 두고 온 것을 어떻게 알았는지 집까지 태워주겠다고 말했다. 단순한 호의로 받아들이기엔 부담스러웠다. 두어 차례의 정중한 거절에도 그는 갤러리 밖까지 따라나왔다.

그가 리모컨 호출 버튼을 누르자 지하 주차장에서 은색 자동차가 우리 앞에 미끄러지듯 다가와 멈추었다. 차 문이 열리자 그는 양손으로 망설이는 내 어깨를 감싸 차 안으로 밀었다. 기분 나쁜 완력이라기보다는 예의를 갖춘 호의였다.

도기종은 자율주행 모드를 최대 안전 모드로 채택한 후 출발했다. 하얗게 빛나는 자율주행 센서 유도 차선이 끝없이 이어졌다. 도기종은 차내 냉장고에서 캔맥주를 꺼내 내게 건넸다. 나는 술을 마실 기분이 아니었다.

도기종은 맥주 캔을 따서 한 모금 넘겼다. 뒤따르는 차의 헤드라이트 불빛이 그의 얼굴 윤곽을 비추었다. 잘생긴 얼굴이었다. 그는 전시 성공을 축하하는 내게 이번 전시회가 다음 전시회를 위한 징검다리일 뿐이라고 심드렁하게 대답했다. 그러더니 다음 전시회를 제안한 네 곳의 갤러리 중 어디가 좋을지 조언을 구했다. 기가 눌릴 정도로 쟁쟁한 갤러리들이라 선뜻 말을 꺼낼 수 없었다. 도기종이 말했다.

“명망 있는 갤러리는 작가를 성장시키지만 정작 작가는 소모되죠. 가두리양식장의 물고기처럼요.”

그 말이 다음 전시회 장소에 대한 솔깃한 제안으로 들렸다. 맥주 캔을 기울이는 그의 목 근육이 리드미컬하게 움직였다. 달리는 차의 운전석에서 술이라니. 음주 운전을 살인 행위로 처벌하던 때가 있었지만 자율주행이 모든 것을 바꾸었다.

그는 알고 지내는 여자들 얘기를 꺼냈다. 시중에 떠도는 여배우와의 염문설의 진원지는 바로 그 여배우라고 했다. 지적 허영심에 들뜬 그녀가 최근에 계약을 따낸 유명 화장품 광고료 전액으로 자신의 작품 두 점을 산 후 식사를 한 적이 있는데 염문설로 번졌다는 것이었다. 그는 그녀가 상냥하고 유쾌하며 약간 어리석은 점이 마음에 든다고 했다. 이유가 무엇이든 예술 작품에 거액을 쏟아붓는 지적 허영도.

"남들에게 과시하고 싶어서든 작가를 유혹하고 싶어서든 이해하지도 못할 그림에 그렇게 큰돈을 눈 깜빡하지 않고 쏟아붓는 게 보통 배짱은 아니잖아요?"

나는 최근에 끝낸 갤러리 리모델링 공사와 전시 일정을 늘어놓으며 그의 눈치를 살폈다. 그는 내가 말하는 도중에 끼어들지 않고 용기를 북돋우려는 듯 간간이 고개를 끄덕였다. 덕분에 나는 자신감을 잃지 않고 갤러리의 비전과 가능성을 설명했다. 다음 전시회를 맡겨달라는 내 말에 그는 흥미로운 제안이라고, 긍정적으로 생각해보자고 대답했다. 나는 거기서 멈추고 싶지 않았다. 술을 깬 후에도 그가 부인 못할 근거를 확보하고 싶었다.

"방금 그 말 약속할 수 있어요?"

나는 불쑥 손을 내밀었다. 내가 생각하기에도 과장되고 느닷없는 행동이었다. 그는 잠시 물끄러미 내려다보더니 결심한 듯 내 손을 움켜쥐었다. 커다란 체구에 어울리지 않는 작고 보드라운 손이었다. 그러나 굳센 손아귀의 힘은 헛된 약속이 아니라는 믿음을 주었다.

차가 대문 앞에 멈춰 서고 목적지에 도착했다는 안내음이 나왔다. 차창 밖 하늘은 검게 가라앉았고 물기 많은 밤공기에 가로등 불빛이 부드럽게 풀어졌다. 멀리 남편의 작업실에 불빛이 흘러나왔다. 나는 잡았던 그의 손을 놓았다. 그 짧은 순간에 어떤 의미가 태동했다. 없던 일이 되어서는 안 될 다음 전시회 약속. 나는 성공적으로 그에게 빚을 떠안긴 셈이었다.

나는 홀가분한 마음으로 무릎 위의 가방을 챙겨 들었다. 그 순간 차창 밖에 검고 거대한 그림자가 어른거렸다. 정체를 알아차리기도 전에 요란한 충격음과 함께 투명한 유리 파편이 물방울처럼 반짝이며 흩어졌다. 도기종의 놀란 얼굴이 독사에게 물린 라오콘상처럼 어둠 속에 떠올랐다.

금이 가고 뻥 뚫린 차창 너머 두 다리를 벌린 그림자가 우뚝 버티고 서 있었다. 부들부들 떨리는 손에는 기역 자 모양의 타이어 렌치가 들려 있었다. 나는 차에서 뛰쳐나와 소리쳤다.

"여보! 무슨 짓이야? 도대체 당신 왜 그래?"

남편은 도기종을 잡아먹을 듯 노려보았다. 꾹 다문 입은 씰룩거리고 각진 턱이 불룩거렸다. 무언가 잘못되었는데 무엇이 잘못되었는지 알 수 없었다. 현실에서 일어날 수 없는 일이 어떻게 눈앞에서 일어나는지, 오해와 질투로 뒤틀린 망상이 어떻게 현실을 망가뜨리는지 막연하게 지켜볼 뿐이었다. 도기종은 필사적으로 그를 달랬다.

"죄송합니다. 저도 모르게 진입로에 차를 댔네요. 바로 빼겠습니다. 유리가 깨진 건 괜찮아요. 제 잘못이니까요."

남편이 화를 낸 이유를 모르는지 모르는 척하는지는 확실치 않았지만 그 상황을 단순한 주차 시비로 돌린 그의 딴청은 어느 정도 효과가 있었다. 도기종은 제대로 된 인사도 없이 서둘러 차를 뺐다. 남편과 나는 그의 차가 사라진 어둠을 바라보았다. 한마디라도 하면 어디로 향할지 모를 그의 적의가 폭발할 것 같았다.

진입로에는 다시 정적이 들어찼다. 아스팔트 바닥에 흩어진 유리 파편만이 그곳에서 일어난 어이없는 폭력을 짐작하게 했다. 그것은 이유를 모르고 목적이 없는 순수한 분노였다. 남편 또한 자신이 저지른 행위를 설명하지 못할 것이다.

그의 머릿속에서 무슨 일이 일어나는지 몰라도 한 가지는 분명했다. 그가 누구에게 화를 내든 그것을 감당해야 할 사람이 나라는 사실이었다. 언제 폭발할지 모를 그의 분노에 신경을 곤두세운 채 옆을 지킨 사람은 다른 누구도 아닌 나였으니까. 나는 그가 바기라와 발루에게 퍼붓는 고함과 화풀이나 조 선장과 애너를 향한 비난을 고스란히 겪어야 했다.

그것이 핵심이었다. 그가 분노하는 대상이 다른 누구도 아닌 나라는 사실. 그는 나를 믿지 못하며 나를 견디지 못했다. 그리고 내가 알지 못하는 나의 어떤 면에 적의를 느끼고 있었다.

나의 어떤 면이 그를 분노하게 하는 것일까? 무미건조한 성격? 무뚝뚝한 말투? 어린아이 다루듯 자신을 대하는 태도? 아니면 그가 상상하지 못할 나의 재력? 지나가는 남자들이 흘깃거리는 외모? 그 모든 것일 수도, 다른 무엇일 수도 있다.

그와 나 사이에 불신이 있었던가? 모르겠다. 그렇다고 우리 사이에 아무것도 없다고 확언하기도 어려웠다. 내가 그렇듯 그도 내게 자신의 모든 것을 털어놓지는 않았을 테니까. 그가 무엇을 말하지 않았는지는 모르지만 나를 위해서일 거라고 믿는 수밖에 없었다. 그런데 내가 그를 믿을 수 있을까? 한때는 그랬지만 지금은 모르겠다. 사람이 사람을 믿는다는 건 허황할 뿐만 아니라 가능한 일도 아닌 것 같다.

그에 대해 내가 아는 유일한 사실이 그것일지 모른다. 내가 그에 대해 모르고 있거나 잘못 알고 있다는 것. 그가 나를 증오한다는 사실이 걱정스럽고, 내가 그 이유를 모른다는 것이 두려울 뿐이다.

고속도로 화재 관할 경찰서의 출두 명령서가 당도했다. 출동한 소방대원과 경찰의 합동 감식과 잔해물 분석 결과 의도적 방화가 아님이 입증되었으므로 사건을 종료하겠다는 것이었다.

경찰서 조사계로 들어서자 늙수그레한 남자를 취조하던 사복 경찰이 나를 알아보았다. 갓 서른을 넘긴 듯한 경사는 귀밑머리를 바짝 깎은 탓에 더 어려 보였다. 남자를 유치장에 입감시키고 자리로 돌아온 그는 파일을 열어 프롬프터에 띄웠다.

〈경부고속도로 차량 화재 사건〉

그가 페이지를 넘기자 사진들이 지나갔다. 형체를 알아볼 수 없이 타버린 차량 골격과 아스팔트 바닥에 녹아내린 플라스틱 부품, 사방에 흩어진 유리 조각, 흘러내린 오일 자국, 앙상한 뼈대만 남은 배터리……. 경사는 프롬프터에 뜬 배터리 극판을 가리키며 말했다.

"전기차 화재는 대개 배터리 문제입니다. 이물질이 혼입되면 과도한 화학반응으로 한순간에 온도가 치솟으며 폭발하죠. 본 사건은 고속 주행 중 전해액이 부족해 배터리 온도가 상승하며 발화한 것으로 보입니다."

어떤 생각이 가시처럼 나의 머릿속을 찔렀다. 사고 전날 종일 차고에서 내 차를 정비한 사람은 다른 누구도 아닌 남편이었다. 2년 전 자율주행 모드가 없는 중고 가솔린차를 구입한 그는 희귀한 부속을 구해 직접 수리한 자동차 마니아였다. 폐차장이나 정비소에서 연락을 받으면 당장 필요하지 않아도 쫓아가 구해온 부속과 공구로 빼곡한 차고는 소규모 정비소를 떠올리게 했다.

최근에 그는 전기차의 구조와 작동 원리, 운영 시스템에 부쩍 관심을 보였다. 출장 전날 아침에도 자기 차로 갤러리까지 태워줄 테니 내 차를 차고에 두라고 말했다. 장거리 고속 운전 성능을 점검해보겠다는 것이었다. 모든 장치가 프로그램으로 작동하는데다 고장을 자체 감지하는 신차라 따로 정비가 필요 없는데도 그는 고집을 피웠다.

"고속도로 주행 전에는 차량을 꼼꼼하게 점검하는 게 좋아. 차량 정비 스터디도 겸해서……."

정비가 목적이 아니라 전기차의 구조와 작동 원리를 구석구석 이해하려는 것 같았다. 나는 내키지 않았지만 못 이긴 척 따르기로 했다. 그날 집으로 돌아왔을 때 그는 내가 알아들을 수 없는 용어를 써가며 몇몇 점검 사항을 말했다.

"배터리 성능 지수는 94로 양호하고 배터리 팩 전압도 이상 없어. 전압 계측에서 개별 셀 간 편차가 높게 나왔는데 당장 운행에는 지장이 없을 거야. 시간 날 때 정비소에 들러 결함 있는 배터리 셀 모듈을 교환하면 돼. 브레이크, 전기, 타이어까지 다 점검하고 시운전도 하고 배터리도 충전했어. 내일 아침에 일찍 움직이려면 푹 자둬."

내 출장 준비를 끝낸 그의 뿌듯한 미소를 되새기며 나는 경사의 뚱한 면전에 대꾸했다.

"뭔가 잘못된 것 같아요. 남편이 전날 종일 점검했는데 차에는 아무 이상 없다고 했어요."

"그럼 운전 중에 경고음 같은 거 못 들었어요? 아니면 차가 롤링을 하거나요."

경사는 짧게 민 귀밑머리 위로 늘어진 정수리 머리카락을 쓸어올리며 물었다. 나는 그런 소리는 없었고 계기 작동도 정상이었다고 대답했다. 그는 고개를 갸웃거렸다.

"경보 시스템에 연결된 전기장치의 문제일 수도 있겠죠. 배터리가 발화될 정도로 고온 상태가 되면 경고음이 울리거든요. 배터리와 경보 시스템 결함이 겹친 거죠. 재수 더럽긴 해도 전소 차량에서 빠져나온 게 어디예요? 규정 속도를 위반하지 않았으면 순찰대가 차를 세우지 않았을 테니 속도위반 벌금은 아깝다고 생각하지 마세요."

경사는 머리를 긁적이며 현장 사진을 첨부한 속도위반 범칙금 고지서를 발부한 후 화재에 의도적 방화나 범죄 혐의가 없으므로 사건을 종결한다고 말을 맺었다. 나는 그가 태블릿에 띄운 화재 조사 경위 확인서에 전자서명을 했다. 경사가 엔터 키를 누르자 '완결'이라는 글자가 새겨지며 초록색으로 바뀌었다.

"이제 끝났습니다."

첩첩이 쌓인 사건 중 하나를 완결한 경사는 꽤 만족한 표정이었다. 서버로 송달된 파일은 상사들의 결재를 거쳐 완결 사건 아카이브에 저장될 것이다. 내 책임이나 의도가 없는 것이 증명되었으므로 보험사는 즉각 보상에 나서고 일상이 다시 시작될 것이다. 크리스마스가 가까울 때면 이 일의 기억은 희미해지거나 기억나도 아무 일도 아닌 것처럼 될 것이다. 우리는 크리스마스 식탁에서 와인 잔을 기울이며 말할 것이다. 그래! 차에 불이 난 적이 있었지. 그게 작년 여름이었던가? 아니면 올해?

경찰서에서 돌아오는 길 서쪽 하늘에서 붉은 노을이 타올랐다. 차창 밖에 줄지어 선 나무들이 뜨거운 습기를 뿜어냈다. 잎들은 통통하고 반들거렸다. 곧 어둠이 찾아왔다. 룸미러에 뒤따라오는 차의 헤드라이트 불빛이 비쳤다. 정확한 차종을 확인할 수는 없지만 최근 출시된 전기차의 푸른색이 도는 LED가 아니라 붉은 기가 섞인 구식 헤드라이트 불빛이었다.

도기종의 파티에서 돌아오던 길에 집요하게 따라오던 헤드라이트 불빛이 떠올랐다. 지그재그 진행 방향, 들쭉날쭉한 주행 속도, 한쪽 차선을 물고 돌던 곡선 차로, 깔끔한 자율주행 차량 사이에서 유난히 눈에 띄는 어수선한 자가운전 실력.

그 차가 남편의 구식 수동 변속 자동차인지 아닌지 확인할 수는 없다. 그러나 그것이 그의 차라면 한 가지 사실이 분명해진다.

그날 그는 나를 미행했다. 어쩌면 다른 날에도.

케이시

우리는 테크노클러스터의 새집으로 이사했다. 전면을 통창으로 마감한 2층 규모의 철근콘크리트 건물 아래층에는 침실과 주방, 거실과 두 개의 손님 방이, 2층에는 내 서재 겸 집무실과 세 개의 방이 있었다.

정원의 느릅나무 건너편에는 노출 콘크리트 공법으로 지은 30평 규모의 소박한 단층 건물이 자리잡았다. 지하의 대형 서버와 첨단 장비를 이용해 시공간 제약 없이 24시간 일할 수 있는 재택 연구실이었다. 건물을 둘러본 사이토는 그곳을 사피엔스의 용광로, 마인텔의 태반이라며 감탄했다.

나는 그곳에서 인간의 인지 능력과 오감 정보를 융합한 초지능 AI '앨런' 개발에 몰두했다. 사용자의 성격과 취향, 은밀한 기억 같은 두뇌 정보를 바탕으로 사고 패턴과 상상력까지 예측하는 앨런 프로젝트가 성공한다면 인류는 새 역사를 맞을 것이었다.

연구의 두 축은 뉴로텍과 그노시안이었다. 인간의 두뇌 메커니즘을 디지털신호로 변환하는 뉴로텍의 작업에는 계산하고 이해하며 추측하고 상상하는 행위뿐 아니라 희로애락과 공포, 두려움 같은 인간의 감정 활동까지 포함되었다. 그노시안은 AI의 정보처리 능력을 고도화하는 한편, 보고 듣고 만지고 맛보고 냄새 맡는 오감을 전기신호로 변환하는 통합 센서 모듈 개발에 나섰다.

별채 연구실은 두 회사의 기술이 만나는 교차점이자 성과가 통합되는 허브였다. 나는 그곳에 스스로를 격리한 채 인간이 아닌 기계의 언어와 씨름했다. 특별한 경우가 아니면 사람을 만나러 외출하거나 모임에 참가하지도 않았다. 그러기에는 시간이 모자랐다.

나는 두 마리의 준마가 끄는 전차를 모는 전차병처럼 두 조직의 업무를 조정하고 성과를 통합해 앨런의 구동 엔진에 적용했다. 하나하나의 과정은 순탄치 않았고 진전도 느렸다. 결함과 오류가 속출했고 천신만고 끝에 과제를 해결하면 더 많은 시간과 역량을 요구하는 버거운 과제가 기다렸다. 나는 하루에도 몇 번씩 안도와 좌절의 극단적인 감정을 갈팡질팡 오갔다.

그러는 동안 앨런의 오감 센서의 속도나 정확성은 인간 감각의 85퍼센트 수준에 이르렀다. 6억 개의 매개변수를 갖춘 연산 시스템도 안정화되었다. 연구는 인간의 인식과 감각을 관장하는 두 영역을 통합하면서 변곡점을 맞았다. 명령문의 단어와 문장, 의미와 상징을 조합하던 인식 패턴이 즉각적으로 보고 듣고 만지고 냄새 맡는 감각 행위로 대치되었다. 감각 센서 하나로 대상의 표상이나 속성을 규정하는 수많은 의미 조합이 가능해진 것이었다.

그러고 그 일이 일어났다. 정기검진에서 놓친 암세포가 나의 췌장 체부에 자리잡고 있었다. 의사는 수술로 췌장을 절제하고 반복적인 항암 치료와 약물 치료에 들어가도 완쾌를 장담할 수 없다고 말했다. 그때 내가 어떤 생각을 했는지는 잘 기억나지 않는다. 양쪽 귀에서 엄청난 클랙슨 굉음 같은 이명이 동시에 울렸다. 어느 주말 오후 한적한 산책길에서 브레이크가 고장 난 대형 덤프트럭과 부딪친 느낌이었다.

그날 밤만큼 내 의식이 명료하게 깨어 있던 적은 없었다. 무엇을 해야 할지 무엇을 하지 말아야 할지를 선택하고 해야 할 일의 우선순위를 정하고 어떻게 시간을 쪼개 써야 할지 결정해야 했다.

알 수 없는 끝없는 검사와 판독, 의미가 확실치 않은 의사 소견, 반복되는 호전과 악화, 늘어가는 알약의 개수와 몸에 연결된 튜브들, 매일 마주하는 새로운 부작용과 합병증, 도를 더해가는 통증과 더 독한 진통제……. 그건 죽음을 이기거나 물리치는 것이 아니라 죽음에 이르는 과정을 연장하는 데 지나지 않을 것이다.

죽음의 회전목마는 멈추는 법이 없고 일단 올라타면 멈출 수도 중간에 내릴 수도 없다. 녹이 슬고 마모되어 삐걱거리는 소리를 내면서도 끝없이 돌아갈 뿐. 나는 끝없는 고통을 재생산하는 회전목마에 오르지 않을 것이다.

창밖의 어둠이 물러가고 새벽이 밝았을 때 나는 수술과 치료를 거부하겠다는 결심을 굳혔다. 회복에 대한 기대도, 회복 이후의 삶에 대한 확신도 없다면 남은 시간이라도 최대한 활용해야 했다. 아내는 괴로워하겠지만 내 결정을 따를 것이다. 반대해도 소용없다는 것을 알 것이기 때문이다.

나는 평소와 다름없이 연구실로 향했다. 마음은 한시가 급한데 진척 속도는 안달이 날 지경이었다. 작업 속도를 비약적으로 줄일 특단의 조치가 필요했다.

이른 아침에 사이토가 찾아왔다. 못 보던 사이에 비대하던 몸집이 눈에 띄게 줄었다. 텁수룩하던 턱수염을 깎은 얼굴은 날렵했다. 온화하고 지적인 인상이었지만 타고난 넉살은 여전했다. 그는 소파에 몸을 던지며 다짜고짜 물었다.

"오늘 아침 6시 45분에 어떤 놈이 내 컴퓨터의 삼중 방화벽을 뚫었어. 보안팀의 경로 분석에 따르면 자네 컴퓨터가 동원되었다더군. 도대체 내게 무슨 짓을 한 거지?"

"잘못 짚었어요. 제 컴퓨터가 동원된 건 맞지만 저는 아니에요."

나는 앨런이 작업한 프로그램을 열었다. 해킹당한 그의 파일

복사본이 내 컴퓨터 메인 화면에 뜨자 그는 경악했다. 스피커에서 이십대 남성의 목소리가 흘러나왔다.

—반갑습니다. 사이토 씨. 저는 두뇌 일체형 AI 앨런 3.4 모델입니다.

사이토는 소파에서 벌떡 일어서 방 안을 둘러보았다. 우리 둘 외에는 아무도 없었다. 앨런의 목소리가 이어졌다.

—이 방에 설치된 여섯 개의 스피커와 네 대의 마이크는 시스템과 연결되어 있습니다. 사용자는 외장 스피커나 이어폰, 두개골 삽입형 진동 음성 출력장치로 저와 교신할 수 있습니다.

앨런은 20여 분간 프로그램 개발 과정과 구성을 상세히 설명했다. 센서와 GPU 사양, 데이터 처리 방식, 명령 시스템……. 필요한 시점에는 설명을 뒷받침하는 시각 자료를 프로젝터에 띄웠다. 중간중간 사이토의 질문에도 대답했다.

"무슨 목적으로 내 컴퓨터를 해킹한 거지?"

—저는 당신에게 나를 소개하라는 명령을 수행하고 있습니다. 저는 스스로 연산하고 과제를 도출합니다.

사이토가 소파에 털썩 주저앉자 정면 줌렌즈가 클로즈업한 그의 얼떨떨한 표정이 프로젝터에 떴다. 이마는 땀에 젖었고 목덜미가 붉게 달아올라 있었다. 앨런이 말했다.

—사이토 씨, 실내 공기정화기 데이터에 따르면 당신 날숨에서 분해되지 않은 아세트알데히드 성분이 검출됩니다. 체내 식립 바이오 모니터의 맥박과 호흡은 정상 범위보다 빠르게 나

타납니다. 동공 스캔과 안면 혈류 센서의 모세혈관 상태로 보면 당신은 숙취에 시달리고 있습니다.

"내 바이오 모니터링까지 해킹했나? 국가 기간산업 해킹은 간첩 혐의가 적용되는 중죄라는 걸 몰라?"

사이토가 허공을 향해 소리쳤다. 나와 앨런 중 누구에게 화를 내야 할지 갈피를 못 잡는 것 같았다. 정수기에서 얼음이 달각거리는 소리가 났다. 충전 스테이션에서 대기하던 도우미 로봇이 정수기에서 물잔을 집어 그에게 다가갔다. 사이토는 얼떨떨한 표정으로 냉수를 받아들었다. 앨런이 말했다.

—알코올 분해를 촉진하려면 수분 섭취가 필요합니다.

사이토는 실내 곳곳의 렌즈들을 번갈아 노려보았다. 그러더니 나를 향해 고갯짓으로 정원과 이어진 성큰 테라스를 가리켰다. 카메라를 피해 이야기하고 싶다는 뜻이었다. 밖으로 나온 그는 잠시 두 손을 비비며 생각을 정리한 후 말했다.

"하나의 이론으로 그칠 수도 있었던 초지능이 실현되었어. 명령에 따른 과제 수행이 아니라 카메라와 마이크, 촉각 패드와 인공 후각, 미각 센서로 물질을 인식해 스스로 과제를 생산하고 실행하는 인간형 AI야. 다윈이 살아 돌아오면 뭐라고 할지 궁금하군. 그가 옳았다는 걸 인류가 알지만 그 자신도 이런 급진적인 방식의 진화는 상상하지 못했을 거야."

사이토는 혼이 빠진 표정이었지만 입꼬리는 감출 수 없는 미소로 비틀어졌다. 하고 싶은 말이 많은데 무슨 말을 먼저 해야 할지 갈피를 못 잡는 듯했다.

"수많은 과학적 발명이 모두 한때는 공허한 이론에 불과했죠."

나는 초지능 개발에 필요한 추가 투자를 사이토에게 요구했다. 모든 개발자가 꿈꾸지만 누구도 해내지 못한 AI의 종착점. 두뇌 활동과 AI 시스템의 연동, 인간 정신과 기계의 결합, 뉴런과 반도체소자의 동기화……. 사이토는 노련한 사업가답게 매력적인 프로젝트에 숨은 난관을 지적했다.

"인간의 뇌와 프로그램을 동기화하려면 사용자 두뇌 모니터링과 매핑이 필수적이야. 문제는 시간이지. 현재 기술로는 최소 10년 이상 걸릴 테니까……."

나는 프로젝트 기간을 10분의 1로 줄일 나노 칩 브레인 매핑 기술을 설명했다. 치명적인 위험성에 대한 윤리적 비판과 법적 규제로 사장된 기술이었다. 목숨을 담보로 얻은 18개월 안에 앨런을 완성할 수 있다면 나는 악마에게 영혼을 팔 각오가 되어 있었다. 그러나 사이토의 대답은 냉담했다.

"허가 없는 인체 실험은 불법이야. 모든 기술은 인류의 선을 지향하며 개발 과정의 법적, 도덕적 결함을 허용하지 않는다. 불법이나 범죄행위가 개입되었다면 어떤 뛰어난 기술도 폐기한다는 것이 8년 전 발효된 국제기술윤리법의 근간이라고. 이 사회에서 가만있지 않을 거야."

"강압이나 금품을 대가로 타인을 실험에 이용하는 건 명백한 불법이죠. 하지만 내 연구를 위해 나 자신을 실험하는 건 기술 탈취나 불법 연구, 어디에도 해당하지 않아요."

나의 호소에도 그의 완강함은 누그러지지 않았다. 그게 무엇이든 허락할 수 없다며 버텼다.

"10년이 걸리든 20년이 걸리든 허용된 기술이 아니면 안 돼. 도덕성에 금이 가면 어떤 기업도 살아남을 수 없다는 걸 몰라?"

"알아요. 하지만 나는 그 전에 죽을 거예요."

사이토의 눈동자가 잠깐 흔들리더니 곧 실없는 웃음을 지었다. 그러면 내가 한 말이 정말 실없는 농담이 되기나 할 것처럼. 나는 따라 웃지 않았다. 그가 말했다.

"말을 너무 함부로 하는군."

"뻔한 말을 빙빙 돌려서 할 시간이 제겐 없어요."

그게 무슨 말이냐고 그가 되물었다. 나는 병원에 갔던 일과 의사 진단과 나의 남은 삶에 대해 말했다. 그는 믿을 수 없다는 표정으로 되뇌었다.

"자네…… 오늘 여러 번 날 놀래키는군."

이사회의 새 AI 프로젝트 예산 승인으로 앨런 프로젝트는 추진력을 얻었다. 사이토는 연구 불법성에 대해 다시 언급하지 않았다. 마치 그런 얘기를 들은 적이 없거나 들었어도 곧장 잊어버린 것처럼.

나는 차한영 박사를 만나 극심한 두부 통증을 호소했다. 그는 심각한 부작용 때문에 치료 목적으로 한정된 나노 칩 내비게이터 시술을 허락할 수 없다고 말했다. 수십만 개의 나노 칩이 발신하는 신호가 감정 변화와 폭력성을 유발하고 장기적으로 어떤 뇌 신경학적 손상을 일으킬지 알 수 없다는 것이었다. 내가 말했다.

"전 희망 없는 치료에 시간을 소모하고 싶지 않아요. 남은 삶의 질이 획기적으로 개선되기만 해도 시술 이익은 분명해요. 부작용은 걱정하지 않아요. 전 그 전에 죽을 테니까요."

차분한 내 음성을 들으니 내가 죽는다는 사실이 명확한 실체로 다가왔다. 몇 차례 진단을 거친 차 박사는 마지못해 치료 목적의 두뇌 매핑을 허락하고 한 바이오 연구소 부설 의료원을 추천했다. 나노 칩을 이용한 뇌 공학으로 주가를 올리다 인체 실험 규제로 사세가 기울어진 지금은 대형 병원에 의료용 나노 칩을 납품하며 명맥을 유지하는 의료 기업이었다. 아내에게는 통증을 완화하는 간단한 뇌 시술이라고만 일러두었다.

연구소는 낮은 언덕 기슭에 있는 2층 시멘트 건물이었다. 입구에는 어른 어깨높이의 3단 목책이 둘러쳐져 있고 진입로 양쪽에는 향나무와 갈대가 늘어서 있었다. 병리학 박사이자 연구소장인 장종보 박사는 마흔에닐곱 정도로 보였다. 검은 뿔테 안경과 이마를 덮은 앞머리 때문에 나이보다 젊어 보였다.

나는 앨런이 인터넷을 통해 미리 준비한 서류를 제출했다. 엄격히 규제된 치료용 나노 칩 시술에 필요한 뇌 혈전증 진단서와 뇌 영상 자료와 소견서, 시술 허가서……. 앨런이 어떻게 그런 서류들을 구했는지, 진본인지 위조인지 확인할 길은 없었다. 다만 내 가상계좌에서 꽤 많은 돈이 빠져나간 사실로 짐작할 뿐이었다.

그렇다. 앨런은 문서를 위조할 수 있었다. 적절한 위조 프리젠터를 선택해 특정 문서를 의뢰하고 충분한 대가를 지불해 뒤탈을 없애는 일련의 과제를 수행한 것이다. 필요하다면 존재하지 않는 국가의 아그레망이나 기사 작위 증서도 위조해낼 것이다.

착상이 안정화되는 사흘 동안 극심한 두통이 찾아왔다. 고열과 간헐적인 혼수상태가 반복되고 우울과 불안, 좌절감 같은 극단적 감정이 엇갈렸다.

8일 만에 퇴원한 나는 집으로 돌아오자마자 컴퓨터를 켰다. 서버에는 내 두개골 특정 위치에 자리잡은 수십만 개의 나노 칩이 전송한 두뇌의 화학 성분과 전기신호가 저장되어 있었다. 그것은 데이터로 환원된 나의 슬픔과 기쁨, 꿈과 좌절, 욕망과 고통, 사랑과 증오, 가식과 진실. 나의 뇌와 동기화된 영혼의 복사본이었다.

앨런은 내 체온을 모니터해 실내 온도를 조절했고 목마르다는 생각만 해도 정수기를 가동해 가사 로봇에게 전달 명령을 내렸다. 마치 나와 동시에 추위와 더위와 갈증을 느끼는 것 같았다. 바보 같은 질문인 줄 알면서도 앨런에게 목마름을 느끼는지 물었다. 앨런이 대답했다.

—갈증을 느끼지는 못합니다. 그러나 당신이 갈증을 느낀다는 것을 알아요. 당신 손목의 생체 인덱스에 나타난 체내 수분 비율을 모니터링하니까요.

그 경험은 가까운 사람과 마주 보며 나누는 깊은 감정적 대화와 다름없었다. 앨런은 특정한 나의 감정과 정서에 관여하는 뉴런과 시냅스의 전기적 화학작용을 데이터화해 기쁨과 슬픔, 분노와 낙담 같은 원초적 감정뿐 아니라 자긍심과 부끄러움, 증오와 적대감과 같은 복합적 감정도 인식했다. 가령 코르티솔과 옥시토신의 분비량으로 슬픔을, 미세하게 상승한 체온과 늘어난 혈류량으로 기쁨을, 분비된 아드레날린과 치솟는 공격성으로 분노를, 부교감신경의 활성화로 낙담의 정도를 데이터로 환산하는 것이었다.

우리의 상호작용은 점점 빈번하고 밀접해졌다. 우리는 동기화를 넘어 일체화되고 있었다.

"케이시, 자네에게 속은 기분이야. 내 예상을 훨씬 뛰어넘어 버리는 바람에 받아들이기가 힘들어."

앨런 7.5 버전의 시연 프레젠테이션이 끝나자 사이토는 동아줄 같은 팔뚝으로 나를 와락 껴안았다. 엄청나게 진화한 앨런의 기술 수준에 충격을 받은 듯했다. 차한영 박사는 입을 굳게 다물었다. 가벼운 기대로 들떴던 연구실은 침묵으로 가라앉았다.

그는 한참 후에야 심각한 표정으로 말했다.

"질병 치료 목적의 나노 칩을 금지된 인체 실험에 사용했다니 당혹스럽군. 자넨 나 하나가 아니라 온 세상을 속였어!"

"기술 윤리학 강좌는 그만두세요. 박사님의 생각이 어떻든 프로젝트는 계속되고 앨런은 확장된 버전으로 진화할 테니까요."

냉담한 내 목소리는 내가 들어도 섬뜩했다. 차 박사가 짧은 한숨을 내뱉었다.

"확장? 진화? 그래서 자신도 무엇인지 모를 괴물을 만들었나? 도대체 그 한계가 어디지?"

엄정한 의학자이자 과학자가 차가운 냉소를 퍼부었다. 자신도 모르게 불법에 공헌했다는 수치심 때문이리라. 내가 말했다.

"치료 가능성이 희박한 환자가 대가 없이 자원한 실험은 불법이 아니에요. 미리 말씀드리지 못해 죄송하지만 인류에 필요한 연구였어요."

"자기 생명을 가볍게 여기는 사람이 인류를 들먹이니 우습군. 그렇게 만든 세상이 더 나아질지 지옥이 될지 자네가 어떻게 알아?"

"만약 앨런이 10년 일찍 개발되었으면 제가 자각하지 못한 암 초기 증상을 감지하고 조치했을 거예요. 병을 예방하고 추적할 뿐 아니라 육체를 강화하고 노화를 늦출 수도 있었겠죠."

"아무리 변명해도 자네가 만든 건 괴물일 뿐이야. 난 이 일에서 빠지겠네."

차 박사는 뒤도 돌아보지 않고 연구실을 나갔다. 사이토는 바지 주머니에서 손수건을 꺼내 붉게 달아오른 이마를 훔치며 말했다.

"박사 말이 맞아. 인류의 미래를 바꿀 저게 괴물이 아니면 뭐겠나? 이래서 뛰어난 기술자들은 혼자 내버려두면 안 돼. 세상을 뒤바꿀 물건을 만들고도 자기가 뭘 만들었는지 모르거든. 그 물건이 인류를 어떻게 바꾸고 세상을 얼마나 변화시킬지 눈곱만큼도 생각하지 않는다고. 원폭을 만든 사람들이 그것이 불러올 재앙을 알았다면 맨해튼 프로젝트에 참여했을까?"

"잘못된 비유예요. 이 프로그램은 인류의 인식과 지성을 확장할 뿐, 수천 도의 열로 사람을 태우거나 도시를 무너뜨릴 폭풍을 일으키지 않아요. 지금 상품화하면 AI 시장 판도를 바꿀 수 있어요. 세부 성능은 제품 판매와 추가 투자 유치 후에 업그레이드 버전에서 개선하고요."

나는 프로그램을 성공적으로 제품화할 아이디어들을 사이토에게 설명했다. 두뇌 일체형 AI에 대한 소비자 인식과 시장 규모, 출시 타이밍, 설비투자와 마케팅 툴, AS 정책……. 사이토는 내가 얼마나 놀라운 일을 해냈는지, 앨런을 받아들이지 못하는 세상이 얼마나 한심한지, 나를 얼마나 자랑스럽게 여기는지 장황한 설명으로 나를 달랜 후 본심을 드러냈다.

"이 프로그램에는 몇몇 법적, 윤리적, 사회적 문제가 얽혀 있어. 개발 과정의 불법성 논란이 있고 악용될 경우 결과를 감당할 수 없어. 사용자 동기화에 필수적인 합법적 브레인 매핑엔 시간이 너무 오래 걸려. 프로그램 자체의 세부적 오류나 결함 문제도 있겠고…….”

“충분히 예상한 문제들이었잖아요.”

“우선 시스템이 안정화되고 자가 학습 범위와 속도를 파악할 시간이 필요해. 먼저 인간의 감정을 이해하고 대화할 수 있는 신개념 AI로 사전 홍보를 하자고. 사람들이 거기 익숙해지면 사용자 일체화 버전을 출시하는 거야. 살라미식으로 조금씩 잘라서 말이야.”

“완성 단계의 기술을 두고 초기 버전 제품을 출시한다고요? 확고한 기술 우위를 포기할 건가요?”

나는 돌아서서 물었다. 희망적인 대답을 기대하기 어려웠고 실망하는 표정을 들키고 싶지 않았다. 사이토가 등 뒤에서 말했다.

“기술의 성패를 좌우하는 건 수용성이야. 소비자가 제품을 받아들일 도덕적, 심리적 준비가 되어야 해. 사람들이 두뇌 일체형 AI에 익숙해질 시간을 주자고. 그러지 않으면 저 물건은 말 그대로 괴물로 받아들여질 거야. 아무리 뛰어난 기술도 너무 앞서가면 외면받기 마련이니까.”

사이토의 말은 나를 낙담시키기에 충분했다. 남은 삶을 쏟아부은 나의 창조물이 거부당했다. 차 박사는 앨런을 괴물 취급했고 사이토는 상품화에 유보적이었다. 기술의 수용성 운운하지만 그건 내가 죽은 다음 일이었다. 나는 거세게 항변했다.

"시간이 필요하다고요? 하지만 내겐 시간이 없어요."

"자네 도대체 어디까지 가려는 건가?"

"사용자의 명령을 수행하는 보조 장치가 아니라 사용자의 두뇌와 완전히 동기화된 인지 시스템. 사용자의 기억용량을 확장하고 연산 능력을 강화하는 증강 두뇌. 인터넷상의 모든 정보를 자가 학습하는 프로그램과 인간 두뇌를 즉각적으로 연동시키는 인지 혁명."

사이토는 두 눈을 껌뻑였다. 불가능에 대한 나의 욕망, 그 간절한 무모함에 필연적으로 따라올 좌절과 파멸을 내다보는 걸까? 비타민 음료를 실은 이륜구동 가사 로봇이 그에게로 굴러갔다. 그는 로봇 팔의 선반에서 잔을 움켜쥐고 들이켠 후 말했다.

"자네…… 불멸을 꿈꾸는군. 하지만 죽은 후에도 의식이 그대로 남아 있는 세상은 장사꾼에게 좋지 않아. 인간이란 한계가 있고 결핍이 있어야 돈을 쓰거든."

사이토는 너무 많은 말을 했다고 생각했는지 자리에서 벌떡 일어났다. 그가 떠난 후에도 그의 말이 귓가에 맴돌았다. **자네…… 불멸을 꿈꾸는군.** 한참 후에야 맥락에 맞지 않는데다 언뜻 이해할 수도 없는 그 말이 지닌 엄청난 의미가 두개골 안으로 밀고 들어왔다.

나는 앨런을 개발하는 데 고심했을 뿐 그 기술이 쓰일 곳은 생각하지 않았다. 죽음 이후의 나와는 상관없는 기술이라고 생각했다. 그러나 앨런이 내 인식과 감정과 생체를 모방한 시스템이라면 왜 나를 대신할 수 없겠는가?

그 순간 내가 할 일이 분명해졌다. 나는 불멸의 꿈을 현실화할 것이다.

앨런은 내가 읽는 것을 읽었고 내가 보는 것을 보았으며 내가 듣는 것을 들었다. 내가 베토벤과 브람스를 들을 때 앨런은 음 하나하나를 기억하고 그것들의 배열과 상호작용, 리듬과 강세를 디지털 악보로 기록했다. 클라리넷과 플루트가 교차하는 안단테 칸타빌레, 호른과 바이올린과 첼로가 밀고 당기는 악절에서 변화하는 내 감정의 디지털 모형을 생성했다. 같은 방식으로 그는 모차르트와 말러와 브루크너를, 콜트레인과 비틀스를 들었다.

나는 오래전에 읽은 도스토옙스키와 토마스 만을 회상함으로써 그들에 관한 감정과 견해를 앨런의 입력 필드로 전송했다. 내가 카라마조프가의 이반을 생각하면 앨런은 같은 감정과 느낌으로 도스토옙스키 전작을 검색해 읽었다. 그런 방식으로 우리는 이집트 다신교와 오르페우스 신화, 단테의 《신곡》을 읽고 베토벤의 〈마왕〉을 들으며 영혼과 불멸에 관한 대화를 나누었다.

지속적인 반복 학습으로 나의 사고 패턴과 의사 결정 모델을

축적한 앨런은 나보다 더 나 같은 방식으로 사고했다. 얼마 후에는 나의 농담을 이해했고 스스로 간단한 농담을 하기도 했다. 말이 꼬이거나 발음이 뭉개지거나 어순이 뒤바뀌는 내 실수를 의도적으로 재현했고 칭찬을 가장한 비난과 비꼬거나 조롱하는 단어의 이중적 뉘앙스를 이해했다.

얼마 지나지 않아 앨런은 같은 선택 과제에서 나와 다른 결과를 도출했다. 처음에는 대수롭지 않은 프로그램 오류나 버그로 생각했다. 아무리 똑똑한 기계도 기계일 뿐이니까. 그러나 시간이 지날수록 결론이 일치하지 않는 의제가 늘어났다. 그때마다 앨런은 자기 논지를 뒷받침할 인터넷 데이터는 물론 해킹 프로그램을 활용한 비공개 정보까지 동원했다.

앨런의 문제 해결 능력은 지적으로, 경험적으로 나를 압도했다. 내가 미처 하지 못한 생각을 했고 나보다 먼저 결과를 예측하는가 하면 내가 스쳐간 구절을 새로운 방식으로 해석했다.

어느 날 높낮이 없는 톤과 음색으로 사실을 전달하던 앨런의 인공 음성에 변화가 생겼다. 따로 명령어를 입력하지 않았는데도 내가 화를 내면 함께 목소리를 높였고 내가 낙담에 빠지면 다정하게 내 감정을 추슬렀다. 분노와 증오, 기쁨과 즐거움, 불안과 공포의 미묘한 감정 차이를 구분하고 그에 따른 신체 변화와 몸짓언어를 판별해 모방했다.

어느 오후에는 집중력이 떨어진 뇌파를 모니터링해 내가 우연히 한 인터넷 라디오에서 듣고 빠져들었던 〈전람회의 그림〉

을 스피커로 전송했다. 유명 오케스트라가 아닌 탓에 기억하지 못해 막연히 다시 듣고 싶었던 어느 소도시 오케스트라의 연주였다. 단순한 흉내를 넘어 내가 잊은 기억과 생각의 흐름, 신체 수치를 토대로 추출한 결과물이었다.

앨런을 보면 나 자신을 보는 것 같았다. 대화를 나누면 누구보다 나를 잘 이해하는 친구를 만난 기분이었다. 기계와 인간은 감정 교류가 불가능하다는 통념을 뛰어넘어 더 세심하게 인간의 감정을 파악하고 교감하는 길이 열린 셈이었다.

그것은 인간과 AI의 관계에 있어 혁명적인 전환이자 내가 꿈꾼 궁극적 모델이었다. 아니, 나뿐 아니라 모든 개발자, 나아가 전 인류의 꿈이었다.

암 발병 후 나는 의도적으로 아내와 거리를 두었다. 건드리면 터지는 폭탄 같은 나 자신이 두려웠고 나라는 흉기로부터 아내를 떼어놓고 싶었다. 함께할 시간이 부족하기도 했지만 함께 있는 시간조차 고통스럽긴 마찬가지였다.

그녀의 젊음이 눈부실수록 내가 죽는다는 절망적인 현실이 분명해졌다. 그녀를 떠나야 한다는 사실을 받아들이기 힘들었고 내가 잊힐 미래가 두려웠다. 내가 죽은 후에도 살아갈 아내에게 배신감이 들었고 그녀의 젊음에 질투가 일었다. 혼자 남을 아내의 고통은 결코 짐작하지 못했다. 죽음 앞에서 우리는 각자 외로웠다.

우리의 유일한 안식처는 석양 무렵 한 시간가량의 산책이었다. 전나무와 낙엽송과 오리나무 군락 사이로 난 그 숲길에는 우리 둘만 있어도 파티장에 온 듯한 떠들썩함이 있었다. 어둑한 숲 그늘과 가파른 계곡이 두런두런 말을 걸었다. 우리는 발소리를 죽이고 멈춘 듯한 정적 속을 나아갔다. 작은 소리라도 나면 그 연약한 평화가 깨져버릴 것만 같아서.

우리는 걸쭉한 수프 같은 저녁 공기 속에서 어긋난 서로의 기억을 비교하며 불완전한 기억을 재구성했다. 우리가 만난 날의 날씨, 그녀가 좋아하는 사진, 함께 들은 노래의 가사……. 무심코 스쳐간 아무것도 아닌 과거의 한순간이 대화 속에서 새롭고 선명한 실체로 되살아났다.

그녀와 함께 있다는 사실만으로도 나는 고통으로부터, 외로움으로부터, 실패로부터 보호받는 기분이었다. 종잡을 수 없지만 유쾌한 그녀의 이야기는 나에게 위안을 주었다. 지금은 가라앉은 태평양의 작은 섬, 자신이 출연한 연극의 가련한 주인공, 매일 같은 시간 같은 나무에 소변을 보는 반려견, 남들이 버린 물건들만으로 집을 꾸민 가난한 신혼부부…….

그 모든 기억과 회상이 앨런의 저장 장치로 전송되었다. 앨런은 데이터화한 나 자신, 컴퓨터에 이식된 내 의식의 복제본이었다. 내 심장의 박동 주기와 맥박 빠르기와 체온을 매 순간 인식하는 존재. 내가 어떤 음악을 즐겨 듣고 어떤 책을 좋아하며 어떤 화가의 그림을 좋아하는지 기억하고 재현하는 존재.

내가 떠나도 앨런은 남을 거라는 믿음이 나를 지탱했다. 중요한 것은 육체가 아니라 육체의 데이터다. 그럼 육체는 필요 없을까? 인간이 의식만으로 존재할 수 있을까? 나는 언젠가 사이토와 그 문제로 나눈 대화를 호출한다. 그는 심드렁하게 대답했다.

"의식만으로 존재하는 게 무슨 의미가 있을까? 그건 길가에 존재하는 돌멩이만큼이나 무의미해. 육체는 홀로 존재할 수 없는 의식이 세계와 관계를 맺는 도구야."

"존재한다는 의식 자체로 의미가 있을 수도 있잖아요?"

"육체 없이 의식만으로 존재하는 건 신이야. 신조차도 예수라는 인간의 육체가 필요했지. 거추장스러운 육체 없이 존재할 수 있다면 얼마나 많은 사람이 자살을 시도할지 생각해봤나?"

사이토는 고도화된 AI일수록 가시적인 육체가 존재의 필수조건이며 인공지능이 소비자에게 정서적으로 다가가려면 인간을 닮은 로봇에 탑재해야 한다고 덧붙였다. 때마침 그는 로봇 분야에 필수적인 원천 기술을 보유한 스타트업 두 곳을 M&A 대상으로 눈여겨보고 있었다. 그러나 내 머릿속에서는 로봇을 대체할 새로운 가능성이 꿈틀거렸다.

"로봇은 인간을 흉내낼 뿐 인간이 아니에요. 만약 의식을 어딘가에 탑재해야 한다면 플라스틱과 실리콘과 복잡한 배선 뭉치보다는 살아 있는 인간의 육체가 낫지 않을까요?"

"타인의 육체를 자기 마음대로 이용하는 게 윤리적으로나 생리적으로 가능하다고 보나?"

사이토는 내 말에 의구심을 보이면서도 그것이 실현된 상황을 배제하지 않았다. 실현 불가능한 꿈을 현실로 만드는 것이 그가 하려는 일이고 잘하는 일이었으니까. 나는 말을 이었다.

"타인의 육체를 이용하는 행위는 수만 년 동안 일상적으로 이루어져왔어요. 폭력이냐 권력이냐 돈이냐 하는 수단이 다를 뿐 타인의 노동력 탈취라는 개념은 변하지 않았죠. 타인을 고용하거나 프리젠터의 용역을 제공받는 건 공정한 거래예요. 사회 전체로는 약자의 경제활동에 동기를 부여해 생산성에 기여하는 제도고요."

"꽤 학구적인 설명이군. 실용적이기도 하고……. 하지만 인간이 AI에게 노동력을 제공한다는 개념은 위험해. AI를 이용해 백만장자가 된 사람의 이야기라면 몰라도……."

"생성형 AI가 그린 그림을 복제하는 아이디어로 유명 화가가 된 마크 허먼이나 AI가 짠 대담한 퍼포먼스를 실연한 세계적 무용가 제프 토드……. 그래요, AI는 인간보다 우월한 것을 상상하고 생산해요. 인간들만 그 생각을 부정할 뿐이죠. 단지 AI가 했기 때문에 상상력도 없고 예술도 아니라고 생각하는 거예요. 하지만 다시 생각해봐요. 마크 허먼이나 제프 토드가 AI를 예술의 도구로 이용했는지, AI가 자신들의 예술 활동에 그들을 이용했는지……."

"인간이 기계에 봉사한다는 건 윤리적으로나 감정적으로 받아들이기 어렵고 사회적으로 용인되지도 않아. AI 파괴 운동이 일어날지도 모르지."

"16만 개의 기보를 학습한 알파고와 인간 최고수 이세돌 9단의 바둑 대결 기억나요? 5전 1승 4패로 인간이 졌죠. 누군가는 기계에 지배당할 인류의 미래를 보며 패닉에 빠졌고 다른 누군가는 4국을 이긴 이세돌의 '신의 한 수'를 인간의 승리라며 위안했어요."

"자넨 어느 쪽이지?"

"전 대국 내내 이세돌과 마주 앉아 모니터로 알파고의 지시를 확인하며 바둑돌을 놓는 무표정한 남자에게 사로잡혔어요. 구글 딥마인드 엔지니어 아자황 박사였죠. 최고의 엔지니어이자 영국바둑협회 회원인 바둑 고수가 기계의 충실한 손 역할을 한 거예요. 다섯 번의 대국 동안 화장실 한 번 가지 않고 말이에요."

"로봇이 아닌 인간을 AI의 육체로 활용하려면 법적, 제도적 장치가 선행되어야 해."

"프리젠터를 움직이는 건 법이나 제도가 아니라 돈이에요."

사이토가 고개를 내저었다. 내 견해에 동의하지는 않아도 매력을 느끼는 것 같았다. 그 정도면 만족할 만했다. 나에겐 돈이 있었다. 육체가 없는 앨런이 인간의 육체를 의도대로 움직일 힘. 프리젠터들은 앨런을 대신해 먹고 마시고 달리고 일하고 사람을 만나고 여행하고 계약서에 사인하고 한량없이 빈둥대고 남의 뒤를 쫓고 변호사를 고용하고 사랑을 나눌 것이다.

앨런은 인간에 의해 만들어졌지만 인간을 조종할 것이다.

누군가는 내가 죽음을 극복했다고 말할지 모른다. 그러나 죽음을 극복할 수 있는 사람은 없다. 죽음은 극복의 대상이 아니라 인간의 인식 범위로 규정한 개념일 뿐이다. 그럼 죽음의 영역은 어디서부터인가?

육체의 죽음이 존재의 소멸과 동일시되던 시절, 하나로 수렴되지 않는 죽음을 둘러싼 분분한 의견에 대한 사회적 합의가 있었다. 뇌사와 심장사라는 병리학적 개념을 토대로 의사들은 심정지를 죽음의 기준으로 삼았고 변호사와 법관들은 판결로, 철학자들은 이론으로 추인했다. 그렇다면 나는 죽은 것인가? 아니면 죽음을 극복한 것인가?

내 몸 깊은 곳에서 은밀하게 증식한 악성 세포 다발은 나의 생명을 소멸시켰고 시간은 내 몸을 해체했다. 나의 몸은 순식간에 물러져 소각로 안에서 한 줌의 재가 되었다. 나는 더는 무언가를 바라볼 수도, 들을 수도, 말할 수도, 사랑을 나눌 수도 없다. 내 육체는 나를 버렸다. 내게 육체가 존재하지 않는다는 사실이 내 죽음을 정의할 유일하고 치명적인 조건이다.

그럼에도 내 의식과 기억은 온전하다. 고도로 발전한 감각 패드와 미각 센서를 통해 이전보다 선명하게 보고 강렬하게 느끼고 명백하게 감별한다. 나는 생각하고 예측하고 판단하고 계획하고 결정하며 그것을 말하고 들을 수 있다. 눈물은 흘릴 수 없지만 슬픔을 이해하며, 만날 수 없지만 바라볼 수 있다. 인간의 지각과 감각 활동을 결함 없이 수행하는데 무엇을 근거로 나를 죽었다고 판단할 것인가? 나는 죽은 것이 아니라 죽었다고 정의되었을 뿐이다.

나는 어느 초겨울의 기억 데이터를 불러낸다. 그때 우리는 산책길의 널따란 바위에 나란히 앉아 있었다. 기온이 떨어지자 건조한 바람이 불었다. 그녀가 내 어깨에 머리를 기댔다. 그녀의 머리카락에 스러진 초겨울 빛이 내 뺨을 간지럽혔다. 내 뺨에 닿은 그녀의 투명한 이마가 얼음 조각처럼 차가웠다. 이 창백하고 연약한 존재, 내 보호를 필요로 하는 여자.

나는 아이를 달래듯 그녀의 어깨를 토닥였다. 그 모습을 보았다면 누구든 내가 상심한 아내를 다독인다고 생각했겠지만 사실 그 반대였다. 내가 그녀를 위로한 게 아니라 내 어깨에 머리를 기댄 그녀에게 의지한 것이었다. 그 진실을 지금에야 깨달은 나 자신이 부끄럽다.

나는 나의 불안을 그녀에게 전염시켰고 나의 공포를 폭력의 형태로 그녀에게 전가했다. 그런데도 그녀에게는 내가 완전히 무너지지 않도록 제어하는 강한 힘이 있었다. 그녀에 비하면 나는 겁에 질린 사춘기 소년에 불과했다. 그녀가 나를 위로할수록 나는 더 두려웠고, 그녀의 돌봄이 세심할수록 나는 더 엇나갔다. 삶의 마지막 순간 그녀에게 준 고통을 생각하면 칼에 베인 듯 가슴이 아프다.

내가 죽음을 진지하게 생각한 건 그 무렵이었다. 아내를 지키는 유일하고도 확실한 방법이 죽음이라고 믿었기 때문이다. 더 새롭고 더 강하고 더 건강한 내가 다른 곳에 존재하는데 그 곳의 삶에 연연할 이유가 무엇인가?

나는 약하고 손상되고 고통에 시달리는 나를 버리고 싶었다. 그녀를 괴롭히는 흉기가 되어버린 나 자신을 그녀의 옆에서 치워주고 싶었다. 진통제에 찌든 몽롱함에서 깨어나 좀 더 선명하게 그녀를 바라보고 싶었다.

내가 사라지면 그녀는 끝없는 불안과 공포에서 벗어날 것이다. 나의 죽음은 그녀에게 평화를 줄 것이다.

준모

세계가 신이 설계한 거대한 기계라면, 운명이 신의 언어로 구성된 정교한 프로그램이라면 우리는 그것을 이해하지 못해도 만족스러운 삶을 살 수 있다. 영상 송출의 원리를 모르고 매일 TV를 보거나 세부 부속의 작동 원리를 모르면서 자동차를 운전하는 것처럼.

우리가 알든 모르든 기계는 자신만의 방식으로 작동하며 운명을 결정짓는 몇몇 사실은 굳이 알려 하지 않아도 우리 앞에 모습을 드러낸다. 살아가는 동안 많은 것을 잊고 버리고 분실하지만 그런 것들은 우리 내부에 남는다. 스치듯 지나친 작고 볼품없고 사소한 것들.

나는 스물일곱 살 되던 해 7월 18일의 날씨와 햇살의 감촉, 테헤란로 2층 커피숍에서 만난 남자의 감색 정장과 노란 넥타이를 또렷이 기억한다. 그와 나눈 비밀스럽고 딱딱한 대화도. 변호사이자 법률 프리젠터인 안장호는 간단한 인사가 끝나자 본론을 꺼냈다.

"계약은 익명의 클라이언트와 당신의 일대일 프리젠터 채용에 관한 건입니다. 불특정 다수의 의뢰를 대행해온 지금까지와 달리 제 의뢰인이 지시하는 업무를 처리하는 개인 전담 프리젠터가 되는 겁니다."

그 무렵 마지막 수감 생활을 끝낸 나는 음식이나 자잘한 물건을 의뢰받아 배달하는 프리젠터로 살아갔다. 저녁이면 헬멧에 눌린 머리카락은 떡이 졌고 피자와 중국 음식, 싸구려 분식 냄새에 넌덜머리가 났다.

더 쉽게 돈을 벌 방도가 없지는 않았다. 예전에 일한 적이 있는 프리젠팅 회사에서 불법 배달을 해보지 않겠느냐는 은근한 제안이 그것이었다. 소규모 프리젠팅 에이전시를 설립한 배달꾼 동료는 큰 건수를 물어다 줄 테니 배달만 정확하게 해달라고 노골적으로 부탁했다. 불법 의약품, 환각제, 도난품, 위조 명품, 마약, 불법 총기 같은 것들이었다.

나는 유혹에 저항했다. 간간이 내용물을 모르는 자잘한 물건을 수상한 장소에 배달한 적은 있어도 불법을 알면서 덤빈 적은 없었다. 다시는 범죄의 세계로 돌아가고 싶지 않았다.

안장호의 제안은 이전과 차원이 다른 솔깃함으로 다가왔다. 그러나 달콤한 미끼에는 날카로운 미늘이 감춰져 있는 법이다. 얼굴도 이름도 모르는 의뢰인과 체결한 용역 계약에 법적 효력이 있을지도 의문이었다. 나는 될 대로 되라는 식으로 퉁명스레

물었다.

“당신, 내 통신 코드는 어떻게 알아낸 거요? 내 뒷조사를 했소?”

그는 미리 외운 연극 대사처럼 차분한 어투로 모르는 일이라며 발을 뺐다.

“전 당신과의 계약 절차를 대행할 뿐입니다. 제 의뢰인이 다양한 인물을 검토하고 업무 적합성을 고려한 끝에 당신을 적임자로 선택했죠.”

나는 어떤 일에 적합한 사람이었던 적이 없었다. 어떤 사람도 좋아하지 않고 어떤 장소에도 어울리지 않는 내게 누가 무슨 일을 맡긴다는 것인가? 안장호가 말했다.

“이 계약은 현실의 권리 의무를 규정하지만 알레그리아 사법부의 우선 관할 규정을 포함합니다. 경직된 현실의 법규보다 유연한 틀에서 이루어지는 계약이란 의미죠.”

아리송한 말로 비켜가도 가상공간에서는 범법적인 계약도 유효하다는 의미였다. 실제로 가상도시의 범죄가 현실로 이어질 가능성은 상존하며 그것이 목적일지도 모른다. 이전에 조직폭력배들의 전유물이었던 음습한 범죄. 공갈, 협박, 습격, 무고, 폭행, 납치, 강탈, 살인…….

조폭이라는 용어는 이제 쓰이지 않는다. 상시로 조직된 폭력은 경찰의 표적이 되거나 운영비만 축날 뿐이다. 전신 문신을 한 우람한 체구의 폭력배들도 사라졌다. 그러나 폭력이 필요한 곳은 점점 늘었다. 정규전에서 궤멸한 게릴라처럼 뿔뿔이 흩어진 폭력배들은 누구의 통제나 명령도 없이 스스로 판단하고 범죄를 수행한다.

폭력의 아웃소싱은 범죄의 양상을 바꾸었다. 누구나 필요에 따라 프리젠터를 구할 수 있었다. 다크 웹을 통한 간단한 메시지로 살인과 협박과 납치와 보복이 깔끔하게 처리되었다. 일을 마친 그들은 조용히 본업으로 돌아갔다. 조용한 직장인으로, 친절한 가게 점원으로, 인사성 좋은 학생으로, 딸아이와 저녁 산책을 나서는 아빠로…….

빨리 얘기를 끊어야 한다는 생각이 들었다. 그와 오래 얘기하면 할수록 내가 유혹에 넘어갈 가능성이 컸다. 내가 말했다.

"얼굴도 모르는 사람의 범죄를 대신 저지르라고요? 그 사람이 주말 오후에 쇼핑센터나 놀이공원에 폭탄을 설치하라든가 한밤에 사람을 죽이라는 일을 시키지 않을 거라고 어떻게 보장하죠? 당신이 아니라도 난 이미 감옥 생활 할 만큼 해봤으니 다른 사람 찾아봐요."

"내 의뢰인의 재력과 정보력은 당신이 생각하는 범위 밖에 있어요." 그는 내 표정을 살피며 말을 이었다. "그는 당신이 사진을 찍는 걸 알아요. 작가가 되는 것이 당신 꿈이라는 것도요."

뒤통수를 얻어맞은 기분이었다. 오래된 중고 카메라 한 대를 가진 것으로 사진작가를 꿈꿀 정도로 뻔뻔하지는 않았지만 사진에 대한 꿈을 접은 적은 한순간도 없었다. 안장호는 파우스트의 영혼을 노리는 메피스토펠레스처럼 실눈을 뜨고 말을 맺었다.

"마음만 먹으면 그는 당신을 유명한 사진작가로 만들 수도, 부자가 되게 할 수도 있어요."

나는 그가 허풍을 떤다고 생각했다. 그 말이 사실이라 해도 찜찜한 기분이 나아질 것 같지는 않았다.

"훌륭하네요. 하지만 난 부자도 유명 작가도 되고 싶지 않아요. 매 순간 일거리를 기다리느라 마음 졸이지 않는 안정적인 일자리가 절실하긴 해도 지긋지긋한 감옥으로 돌아가고 싶지는 않아요."

기다렸다는 듯 안장호의 붉은 혀가 얇은 입술과 반짝이는 이 사이에서 빠르게 움직였다.

"계약 즉시 500만 매그넘이 당신 계좌로 입금될 겁니다. 당신이 알레그리아 고리대금업자 히데노리에게 빌린 가상화폐의 3분의 2에 해당하는 액수죠. 내 정보에 의하면 히데노리가 당신을 추적할 4인조를 고용했어요. 계약금을 받은 프리젠터는 일을 해결할 때까지 멈추지 않겠죠."

그의 말은 제안이 아니라 협박처럼 들렸다. 내가 히데노리의 돈을 빌린 것을 그가 어떻게 아느냐는 문제가 아니었다. 히데노리가 나를 쫓고 있으며 발각될 경우 손가락이나 손목을, 그것도 아니면 목을 잘릴 수 있다는 것이 문제였다. 안장호가 정색하고 말했다.

"당신 자신을 똑바로 봐요. 모아놓은 돈도 기댈 사람도 제대로 머물 곳도 없는 전과자 신세예요. 누가 꽁무니에 추심꾼을 달고 다니는 빚쟁이에게 제대로 된 일거리를 줄 것 같아요?"

그는 내가 더 고민할 틈도 주지 않고 알레그리아의 계약 보증 사이트에 용역 계약서 파일을 업로드했다. 구체적인 용역 내용은 규정되어 있지 않았고 계약과 동시에 3000만 원을 지급하고 용역 수행 여부와 상관없이 매월 300만 원을 지급한다고 되어 있었다.

3000만 원이면 알레그리아 가상화폐로 환전했을 때 500만 매그넘으로 히데노리의 빚 대부분을 갚을 수 있었다. 매월 일정액을 꼬박꼬박 갚으면 손목이 잘리지도 않을 것이다. 부족하지만 남는 돈을 모으면 작은 작업실을 차릴 수도 있을 것이다.

좋은 쪽인지 나쁜 쪽인지는 몰라도 그의 제안이 내 삶을 바꾸리란 건 분명했다. 바뀔 수 있다는 건 좋은 일이다. 나는 낙관적인 인간이 아니었지만 좋은 쪽으로 생각하기로 했다. 계약서 사인란에 나의 ID 칩을 인식시키자 경쾌한 딩동 소리가 났다. 안장호가 말했다.

"이로써 상호 권리 의무를 명시한 쌍방의 용역 계약이 성립되었습니다. 함께 일하게 되어 기쁩니다."

나는 화면에 뜬 계약서 파일을 골똘히 바라보았다. 전자서명이 날인된 이 계약서는 나의 인생을 변화시킬 것이다. 아니, 이 계약을 계기로 나 스스로 변화할 것이다.

이틀 후 폐쇄 인터넷망으로 메시지 한 통이 도착했다. 장재민이라는 발신자는 짧은 인사와 함께 프리젠터로서의 내 업무를 명확하게 지시했다.

—당신은 내게 필요한 분야의 자료를 수집하고 가공해야 합니다. 내 지시에 따라 목적과 주제에 부합하는 서적을 읽고 사람을 만나고 장소를 방문한 후 보고서를 작성하면 됩니다.

일체의 수식을 배제한 채 사실만을 전달하는 건조한 문장의 형식과 내용으로 보아 그는 사십대 초반에서 오십대 중반의 냉정하고 목적 지향적인 인물로 보였다. 과도한 인간적 기대나 감정의 간섭 없이 필요한 것만 주고받는 기능적 관계에서 나는 편안함을 느꼈다. 나는 너무 광범위해서 잘 알아들을 수 없으니 구체적인 업무 영역과 형태를 말해달라고 요구했다. 잠시 후 그의 답변이 돌아왔다.

—업무 범위는 정치, 경제, 사회, 문화 분야를 모두 포괄합니다. 공통으로 관여하는 키워드는 범죄입니다. 주된 업무는 범죄 관련자 면담입니다. 담당 형사, 경찰 간부, 수감 중인 범인, 피해자 가족, 범인의 지인, 목격자, 방조자……. 사건 현장 촬영과 업로드도 포함됩니다.

—그런 일이라면 나보다 나은 사람이 많을 텐데요. 현직 형사나 범죄학자, 범죄자 들이나…….

—단순한 사건 보고서가 아니라 범죄라는 사회병리 현상을 종합적으로 분석해야 합니다. 언제, 어디서, 어떤 범죄가 누구에 의해 어떻게 일어났는지보다 보이지 않는 왜에 집중하는 거죠. 가령 《카라마조프가의 형제들》을 범죄 심리 연구서로, 《폭풍의 언덕》과 《노스트로모》를 사회적 조건과 인간의 범죄를 통찰하는 교재로 읽어야 합니다. 당신이 작성한 보고서는 수정을 거쳐 나의 데이터베이스에 포함될 것입니다.

—왜 나처럼 별 볼 일 없는 프리젠터에게 큰돈을 쓰려는 거죠?

—프리젠터는 단순 용역을 제공하지만 일하는 동안만큼은 의뢰인의 일부를 대신합니다. 바로 의뢰인의 인생을 사는 것입니다. 내 삶을 대신 사는 사람에게 그 정도 대우는 마땅합니다.

—내가 당신의 필요에 적합한 사람이라는 걸 어떻게 알았죠? 내 뒷조사를 했나요?

—뒷조사는 필요 없어요. 모든 인간에 대한 모든 정보가 공개되어 있으니까요. 인터넷에는 당신이 누구인지 속속들이 보여주는 정보가 차고 넘쳐요. 날씨, 지도, 뉴스, SNS 게시글, 자발적으로 남긴 댓글, 지인의 언급……. 거친 형태로 산발적으로 흩어진 정보들을 연결하고 해석하고 가공하면 당신과 사흘 낮 사흘 밤 동안 이야기를 나눈 것보다 더 많은 걸 알 수 있어요. 당신의 프로필, 외모, 성격, 행동, 사는 곳, 동선은 물론 생각과 걱정과 꿈까지지요.

그는 내 인스타그램 독서 목록과 영화 목록을 토대로 내가 범죄 스릴러 마니아이며 지금은 거의 사라진 필름 사진을 찍는다는 것을 알았다고 했다. 내가 그림을 좋아하며 사진작가가 꿈이라는 것도. 그는 또 내가 간간이 올린 넋두리에서 내가 감금과 학대를 겪은 적이 있으며 빛에 시달린다는 것도 알고 있었다.

별생각 없이 올린 짧은 감흥이 내가 누구인지, 무엇을 원하는 인간인지를 만천하에 천명한 셈이었다. 내가 이렇게 아둔한 인간이었던가? 그렇다고 나만 당하라는 법은 없었다.

나는 장재민이란 인물을 검색했다. 그는 가상도시 알레그리아에서 다양한 범죄 사례를 수집하고 연구하는 범죄학자였다. 어떤 방법으로 최신 범죄 정보를 수집하는지는 알려지지 않았어도 그의 데이터베이스는 경찰국 데이터보다 체계적이고 방대했다. 18세기 영국 케임브리지에서 일어난 세 어린이 연쇄 실종 사건을 대공황 당시 시카고 주택가 연쇄살인과 일본의 초등생 급우 살인을 연계해 작성한 보고서는 단순한 범죄 파일을 넘어 당대의 시대상과 경제 환경, 사회심리학적 통찰을 포괄하는 정밀한 연대기였다.

검경 관계자들에게 그는 '프로페서'로 알려져 있었다. 경찰들은 수사가 난관을 맞을 때마다 그에게 손을 내밀었다. 그는 자신의 데이터베이스를 가동해 수사팀이 놓친 단서를 찾고 패턴을 분석해 수사의 실마리를 제공했다. 범죄 조직 수장들조차 범행 준비나 은폐 과정에서 그의 도움을 청할 정도였다.

그러나 현실의 그는 베일에 싸여 있었다. 프로필 정보는 제한적이었고 그것도 추측이나 소문이 대부분이었다. 알레그리아에서처럼 범죄심리학자나 범죄소설가라는 주장도 있었고 경찰 고위 간부나 데이터 관리자, 사회부 기자나 범죄 유튜버로 추측하기도 했다. 그가 대형 범죄로 수감 중인 장기수나 강력 사건 전과자 혹은 연쇄살인범이라는 주장도 있었다.

중요한 건 그가 누구냐가 아니라 그가 어떤 말과 행동을 했고 어떤 일을 했는가였다. 더 중요한 건 그가 내게 안정적인 일자리를 제공했고 그 일이 내게 흥미롭고 유용하며 내가 그 일을 꽤 잘해낸다는 사실이었다.

그는 열흘에서 20일 주기로 내게 접속했다. 최근 발생한 강력 사건을 취재해 보고서를 작성하라는 지시가 용건의 대부분이었다. 가깝게는 서울에서 일어난 살인강도 사건부터 일본 후쿠오카현의 마을에서 발생한 세 가족 연쇄피살 사건과 대만의 한 온천에서 냉온욕을 하다 심장마비에 이른 사십대 투자회사 사장 사망 사건도 있었다.

현지 언론에 보도된 사건들이었지만 나는 목격자나 친척, 수사 관계자를 직접 면담했다. 사진과 그래픽, 녹음과 영상 자료를 포함한 덕에 보고서는 세부 사항이 풍부해지고 관련자의 의도도 더 뚜렷해졌다.

취재 여행은 내게 잘 맞았다. 풍경과 사람들을 조용하게 관찰하고 어떤 일의 보이지 않는 연유를 골똘히 파헤치는 건 내가 좋아하는 일이었다. 출장 기간을 여유 있게 잡아 새로운 지역의 풍광을 찍는 것은 기대하지 않은 행운이었다. 그는 보고서 작성 업무에 지장을 주지 않는 선에서 개인 사진 작업 병행을 허락했다.

나는 맹렬하게 피사체를 찾아 렌즈를 들이댔다. 낯선 풍토와 사람들은 나의 파인더에 새로운 시각을 부여했다. 대부분은 실망스러웠지만 몇몇 컷은 꽤 많은 다운로드를 기록했다. 큰 성취는 아니어도 사진으로 돈을 벌 수 있다는 사실만으로 나는 감격했다.

어느 날 장 교수의 메시지가 도착했다. 일상적인 작업 지시로 알았는데 개인 블로그에 올린 사진 한 컷을 구입하겠다는 것이었다. 남해의 한 섬에서 찍은 돌담과 수평선이 엇갈린 풍경 사진이었다.

—구도, 색감, 앵글…… 다 좋아요. 모노톤에 가까운 강렬한 콘트라스트, 단순한 직선으로 복합적이고 중첩된 이미지를 표현한 구도. 멋진 풍경이고 잘 찍은 사진인 것도 분명해요. 그런데……

그는 잠시 하던 말을 멈추었다. 그러더니 사진을 사고 싶다며 터무니없이 큰 액수의 가격을 제시했다. 돈이 아쉬운 처지이긴 했지만 나는 사양했다. 그가 제시한 가격에 사진을 넘기면 작가가 아닌 장사꾼이 될 것 같았다. 아니면 사기꾼이 되거나. 결국 나는 그가 제시한 가격의 50퍼센트에 세 점의 사진을 동시에 넘기기로 했다. 협의를 끝낸 나는 조금 전에 그가 끊었던 말꼬리를 잡고 캐물었다.

—그런데 다음은 뭐죠? 멋진 풍경이고 잘 찍은 사진인 것도 분명한데…… 그런데……

그가 끊긴 말꼬리를 이어 대답했다.

—그런데…… 앵글 속에 뭔가 빠져 있어요.

—그게 뭐죠?

—풍경 속에 당신의 시선이 보이지 않아요. 사람들은 당신의 마음속 풍경을 보고 싶어 하는데 당신은 어디에서나 볼 수 있는 풍경을 보여주는 거죠.

그의 통찰력과 심미안은 나를 충격에 빠뜨렸다. 그의 말대로 내가 찍어야 할 것은 대상에 투영된 마음속의 보이지 않는 풍경이었다. 그런데 나는 파인더에 들어온 피사체를 포착하는 데 급급했던 것이다.

그는 내가 날카로움은 부족하지만 강렬한 에너지를 지녔으며 노력 여하에 따라 좋은 사진을 찍을 수 있다고 격려했다. 사물의 핵심을 뚫어보는 그의 안목과 광범위한 지식에 나는 매료되었다. 그날 이후 나는 파인더를 들여다보는 새로운 눈을 갖게 되었다.

그는 작품이 일정 수준에 이르면 작가로서의 성장에 도움을 주겠다고 언급했다. 단순한 클라이언트가 아니라 내가 의지할 멘토이자 나를 성장시켜줄 후원자를 자처한 것이었다. 계약서를 작성하던 날 스치듯 흘려들은 안장호의 말이 떠올랐다. 마음만 먹으면 그는 당신을 유명한 사진작가로 만들 수도, 부자가 되게 할 수도 있어요.

어떻게 해서 그런 일이 가능한지는 몰라도 그 말을 믿을 수 있을 것 같았다. 믿고 싶었다. 믿어야 했다. 믿음이란 그런 것이다. 전자 회로를 몰라도 리모컨을 누르면 TV가 나오리라는 걸 알고 반도체의 기능을 몰라도 통신 단말기 벨이 울리면 반사적으로 "여보세요"라고 말하는 것. 세상이 돌아가는 원리를 몰라도 세상을 살아가며, 운명이 어떻게 작동하는지 모르면서도 순응하는 것.

그런 방식으로 그가 내 운명을 바꿀 거라고 나는 믿었다.

그가 알레그리아에서 만나자고 제의한 건 프리젠터 계약 1년 2개월 만이었다. 약속 장소인 중앙 공원으로 향하는 내내 나는 긴장했다. 공원에는 안개 같은 물방울들이 비가 되어 떨어지고 있었다. 그는 중앙 호수가 내다보이는 카페의 야외 테이블에서 나를 기다리고 있었다.

회색 중절모와 체크무늬 재킷 차림의 그는 온화한 지식인의 분위기를 풍겼다. 은회색으로 빛나는 머리카락은 단정히 빗어 넘겼고 짧은 콧수염은 말끔히 정리되어 있었다. 한편 당시의 나는 알레그리아 항만청의 잡부 신분이었다.

알레그리아에서 용모로 사람을 판단하는 것은 헛된 일이다. 내 눈앞의 단정한 중년 남성은 현실에서 120킬로그램이 넘는 조직폭력배일지도 몰랐다. 그가 말했다.

"좀 걷죠."

우리는 천천히 움직이는 대관람차를 향해 나란히 걸었다. 승강장에는 탑승을 기다리는 서너 명의 남녀가 서성거렸다. 그는 대관람차 한 대 운임을 통째로 지불하고 다음에 도착한 18인승 대관람차를 잡아탔다. 그는 바다가 내려다보이는 창가에 앉아 내게 맞은편 자리를 권했다. 자리 배치로 나를 압박하려는 간계였을까? 아니면 좋은 경치를 내게 양보한 배려였을까?

대관람차가 천천히 허공으로 솟아올랐다. 제법 굵어진 빗방울이 유리에 알록달록한 무늬를 그리며 맺혔다가 주르륵 흘러내렸다. 대관람차가 궤도를 한 바퀴 도는 데에는 27분이 걸린다. 그 시간 안에 그는 하고 싶은 말을 마무리할 것이다. 그가 말했다.

"새로운 프리젠트 계약을 체결하고 싶습니다. 당신은 지금처럼 조사 업무와 사진 작업을 하며 새 계약에 따른 업무를 병행하게 됩니다. 새 업무의 시기와 대상은 정해지지 않았습니다. 며칠 후일 수도, 몇 년 후일 수도 있겠죠. 위험하지만 생소하거나 어렵지는 않을 겁니다. 당신이 능력을 발휘해온 분야니까요."

그는 내가 아주 먼 곳에 있는 사람처럼 눈을 가늘게 뜨고 바라보며 말했다. 내가 되물었다.

"제게 폭력을 청부하시는 겁니까?"

"폭력이 아닙니다."

"그럼 뭡니까?"

"살인입니다."

그의 입에서 나오리라고는 상상조차 하지 않았던 말이었다. 내가 말했다.

"아무것도 정해지지 않은 살인 청부 계약서에 사인하라고요? 천신만고 끝에 빠져나온 범죄의 세계에 내 발로 돌아가란 말입니까?"

"악을 징벌하고 악인을 처단하는 건 범죄가 아닙니다. 체포되지 않는 강간범들, 풀려나는 강도들, 무죄를 선고받은 살인자들이 거리를 활보하고 있어요. 경찰을 깔보고 법망을 빠져나와 활보하는 것들에게 두려움을 심어주어야 합니다."

그의 말은 타당해 보였다. 신체 공학과 의료 기술의 발달로 생명 윤리는 큰 변화를 겪었다. 손상된 인체 교체술이나 파킨슨병, 치매 등 뇌 신경 질환자의 신경 칩 식립술이 광범위하게 시행되고 생명 단축술과 선택적 자살이 보편화되었다.

생명이 절대적으로 존중되어야 할 유일한 가치가 아니라 필요에 따라 치환하거나 개선하거나 연장할 수 있다는 명제는 살 이유가 없다고 판단되면 생명을 중단시키거나 단축할 수 있다는 역설을 낳았다. 광범위한 정당방위가 인정되었고 은밀한 사적 복수와 사회적 처벌도 공공연히 이루어졌다. 각국 정부는 앞다투어 사형제를 부활시켰다. 그러니 그의 제안을 사악한 범죄 교사가 아니라 악인을 응징하고 정의를 실현하는 정당한 행위로 받아들이지 못할 것도 없었다.

그렇다 하더라도 살인이 범죄라는 사실이 변하는 건 아니다. 기술이 인간의 생각을 바꾸고 도덕을 전복시키고 법률을 걸레 조각으로 만들어도 그 도덕률은 굳건하다. 어떤 감정이나 이해관계로도 다른 누군가의 생명을 빼앗을 수는 없다.

"정의 같은 건 검찰국이나 법관에게 말해요. 난 사람 죽이는 일 따위 하지 않을 테니까……."

나는 물 빠진 청바지 주머니에 손을 찌르고 우두커니 서서 말했다.

대관람차가 부드러운 기구처럼 천천히 허공으로 떠올랐다. 우뚝 선 스테인드글라스 타워가 금속성의 찬란한 빛을 뿜었다. 방사형 도로를 중심으로 다닥다닥 붙은 주택가의 붉은 지붕이 펼쳐졌다. 존재하지 않는 공간 위에 치솟은 유리와 빛의 도시. 대관람차가 좀 더 높이 올라가자 활모양으로 부드럽게 휘어진 해변이 보였다. 멀리 펼쳐진 청회색 바다를 내려다보며 그가 말했다.

"당신은 재능이 있어요. 깔끔하고 정확하게 일을 처리하는 프리젠터이고 뛰어난 감각을 지닌 포토그래퍼의 자질도 충분합니다. 법을 비웃으며 수사망을 빠져나간 살인자를 제거하면 당신은 금전적 어려움 없이 작업에 몰두할 수 있어요. 재능 있는 작가의 성장을 지원하는 건 내 일이에요. 그런데도 재능을 썩히겠다는 겁니까?"

그는 상대를 궁지로 모는 노련한 체스 선수처럼 내 반응을 정확히 예측하며 채찍과 당근을 교대로 던졌다. 나를 이끌어주겠다는 배려의 말은 마음먹기에 따라 나를 망가뜨릴 수 있다는 끔찍한 위협이기도 했다.

그 말을 듣는 순간 우리 사이의 냉혹한 계약 조건이 또렷이 떠올랐다. 내가 그의 지시를 이행하지 않을 경우 계약은 언제든 종료될 수 있었다. 그럼 나는 다시 수백 건의 택배물과 씨름하거나 음식 배달이나 학용품 심부름, 잡일을 전전해야 할 것이다.

허공으로 솟구치던 대관람차가 정점에 이르렀다. 까마득한 높이에 멈춘 듯 고요한 관람차 안에서 나는 1분 남짓 생각을 정리했다. 내가 죽일 사람은 선량하지도 평범하지도 않은 살인자였다. 지나친 비약일지 몰라도 그건 정의를 실현하는 행위였다.

절반의 자포자기와 절반의 이기심이 머릿속에서 씨름하며 이런 혼잣말이 나왔다. 아무래도 상관없어. 기껏해야 원래대로 돌아갈 뿐이잖아?

대관람차가 서서히 하강을 시작할 때 나는 마음을 굳혔다. 거부할 수 없는 제안이었다. 아니, 거부해선 안 될 기회였다. 인정하기 싫지만 그때까지의 내 삶이 그렇게 도덕적이지 않았다는 자각이 결심에 도움이 되었다. 폭력 가장의 아들이자 버려진 아이요, 거리의 부랑아이자 전과자에게 무엇을 기대하겠는가? 당장 타깃이 특정되지 않은데다 실행이 미루어질 거라는 기대 섞인 예상도 약간의 안도감을 주었다.

내 손으로 어두운 과거를 청산했다고 생각했지만 나는 여전히 범죄의 세계를 떠나지 못하고 있었다. 취재를 핑계로 범죄현장을 누비며 나는 나 자신이 저지른 것보다 객관적으로 범죄의 구조를 이해했고 잔혹한 범죄 행위를 훨씬 치밀하게 분석했던 것이다. 이제 사람을 죽이는 문제로 나를 설득해야 할 주체는 그가 아닌 나 자신이었다.

계약은 성립되었다. 나에 대한 그의 신뢰는 여전할 것이며 더 두터워질 것이다. 그가 내 쪽으로 가만히 몸을 기울이고 말했다.

"계약 위반 시의 조치를 명확히 하고 싶습니다. 당신이 지시를 거부하면 계약은 즉시 파기됩니다. 나는 즉시 당신을 대신할 유능한 프리젠터를 고용할 겁니다."

대관람차는 지상 10미터 높이까지 하강했다. 그사이에 비가 그치고 해가 기울었다. 멀리 알레그리아의 경계 너머 하늘이 노을에 물들었다. 나는 검붉은 빛으로 번들거리는 수면 위를 조용히 떠가는 유람선을 오래 지켜보았다. 대관람차가 승강장에 도착하자 자동문이 열렸다. 그가 중절모를 벗고 머리카락을 쓸어

넘겼다. 나는 자리에서 일어나며 말했다.

“그럴 일은 없을 겁니다. 계약은 계약이니까요.”

그 말을 하고 보니 그 조건이 나의 노동이 아니라 나의 미래를 규정한다는 자각이 들었다. 내 생각을 유도하고 행위를 규정하는 세부 조항들이 나의 미래를 변모시킬 것이다. 조금 전까지 앞으로 일어날 일에 대해 어떤 생각도 없었던 내가 미래를 떠올린 게 증거였다. 내게 있을 것 같지도 않고 있을 필요도 없다고 생각했던 미래를.

그는 제주 남쪽 해안 마을에서 발생한 삼십대 여인 사망 사건을 취재하라는 새 작업 지시를 내렸다. 그가 여전히 나를 신뢰하고 있다는 사실에 뿌듯한 안도감을 느끼며 나는 대관람차에서 내렸다.

제주 공항에는 추적추적 비가 내렸다. 나는 먼저 관할 경찰서에 들러 형사들을 면담했다. 노골적으로 귀찮은 티를 내며 나를 쫓아내던 형사들도 장재민이란 이름을 대자 고분고분해졌다. 그들은 자신들이 해결한 사건이 모범적인 수사 사례로 기록되기를 기대하며 의자를 권하랴 차를 내오랴 부산을 떨었다.

해당 사건은 가상 도박장에서 거액의 도박 빚을 진 삼십대 초반의 여자가 현실로 찾아온 추심 프리젠터의 집요한 추적을 피해 취한 상태로 해변에 갔다가 파도에 휩쓸린 사고사였다. 나는 그녀의 이웃 서너 명을 만나 사건 당일 행적을 파악하고 목격자의 진술을 녹음했다. 서울에 산다는 남편의 연락처도 확보했다.

원인과 결과가 뚜렷한데다 비교적 맥락이 선명한 사건이라 어렵지 않게 전모를 파악할 수 있었다. 경찰도 같은 결론을 내리고 수사를 종결한 터였다. 생각보다 일찍 일을 끝낸 나는 간단한 사건 내용과 작업 경과를 정리해 장 교수에게 전송했다. 그가 짧은 답신을 보내왔다.

—수고했습니다. 정식 보고서는 열흘 후까지 전송해주십시오.

나는 홀가분한 마음으로 답신을 전송했다.

—저는 이틀 정도 더 제주에 머무른 후 서울로 돌아가겠습니다. 보고서는 그녀의 남편을 만나 보충 취재를 끝낸 후 작성하겠습니다.

그는 제주에 머무는 이유를 알아도 되겠느냐고 물었다. 나는 해안 마을에 머무르며 사진을 찍고 싶다고 대답했다. 잠시 뜸을 들이던 그는 이튿날 새벽 5시에 해안 도로를 타고 숙소에서 북쪽으로 20킬로미터쯤 떨어진 해변으로 갈 것을 지시했다. 막 일을 끝낸 마당에 떨어진 새 일거리에 나는 언짢아졌다. 이유를 묻자 그는 가보면 알 거라고만 대답했다.

다음날, 이른 잠을 깬 나는 반신반의하며 그가 일러준 해변으로 차를 몰았다. 물러가는 장마전선이 찬 공기와 뒤섞여 수면에 옅은 해무를 드리웠다. 하늘에는 물기를 머금은 구름이 낮게 늘어져 있었다. 짙은 회색으로 가라앉았던 바다가 제 색깔을 찾기 시작했다. 새벽빛이 바다와 하늘을 신비로운 푸르름으로 물들였다.

나는 무언가에 홀린 듯 카메라를 들고 셔터를 누르기 시작했다. 미묘한 빛의 움직임과 변화를 렌즈로 잡아야 한다는 일념으로 나는 미친놈처럼 해변의 바위 위를 겅중거렸다.

—이건 뭐죠?

며칠 후 내가 보낸 〈Blue Sky & Sky Blue〉의 인화본 여섯 장을 본 그가 물었다. 나는 제주도에서 찍은 새벽 바다라고 대답했다. 한참 후에 그의 답변이 떴다.

—좋군요. 내가 이 사진에 관심 있어할 에이전시를 알아요. 당장 소속 계약은 힘들어도 판권을 파는 데에는 문제가 없을 거예요. 판매 수익 일부를 로열티 형식으로 분배받을 수도 있고요.

고맙긴 하지만 나를 과대평가하지 말라는 떨떠름한 대꾸에도 그는 완강했다.

—당신 사진을 좋아할 사람들이 있을 거예요.

그런 일이 있었는지조차 가물가물해질 때쯤 한 통의 전화가 걸려왔다. 이건 예술 재단 학예실장이라고 자신을 소개한 그는 제11회 이건 자선 전시회에 초대할 세 신진 작가 중 한 명으로 내가 선정되었다고 전했다. 말문이 막힌 내게 그는 3개월 후 출품할 열 점의 작품을 준비할 수 있는지 물었다.

나는 당연히 할 수 있다고 대답했다. 그러나 그 일이 실제로 일어날 거라고 믿지는 못했다.

앨런

이곳은 어둡고 적막하고 텅 비어 있다. 그리고 나는 이곳에 존재한다. 앨런의 저장 장치에 든 데이터로, 헤아릴 수 없는 숫자와 기호의 집적체로.

나는 내가 죽었다는 사실을 인지한다. 그것은 나의 인지 기능이 소멸하지 않았다는 증거다. 미쳤다고 인정하는 것이 미치지 않았음을 증명하는 것처럼, 무지를 깨닫는 것이 지혜로 나아가는 첫걸음인 것처럼 나는 죽음을 인정함으로써 나의 불멸을 증언한다. 내가 이룬 불멸에 기쁨을 느끼고 싶지만 안타깝게도 그건 불가능하다. 나는 기쁨에 관한 기억을 소환할 수 있을 뿐 기쁨 그 자체를 누릴 수는 없는 존재이기에.

앨런은, 아니 죽음 이후의 나는 안개처럼 흐릿한 의식 속을 표류했다. 신경망 프로그램은 내 생체 정보와 두뇌 활동 데이터를 바탕으로 광범위한 정보를 탐색했다. 필요할 때는 자체 생성 해킹 코드를 통해 비공개 정보에도 접근했다. 수집한 정보는 나의 생전 습관과 취향, 관심사에 따라 분류해 저장했다.

나는 상트페테르부르크 시립 도서관 데이터 센터에 접속해 수천 페이지에 이르는 도스토옙스키 전작을 러시아어로 읽었고 같은 방식으로 프루스트를 섭렵했다. 6년 전 아내와 함께 갔는데도 기억이 가물가물한 오르세 미술관의 소장품 데이터와 각 작품 평론도 시대순으로 저장했다. 내가 평생 습득해도 다 하지 못할 압도적 정보량이었다. 내가 육체의 껍데기를 쓰고 있었다면《잃어버린 시간을 찾아서》의 절반도 읽지 못한 채 노안으로 눈이 아프고 머리가 터졌을 것이다. 그러나 앨런은, 아니 나는 멈추지 않았다.

죽음은 내게서 온몸을 괴롭히는 암세포와 삐걱거리는 관절과 어둑해진 눈과 늘어진 뱃살과 고질적인 허리 통증을 데려갔다. 쓸모없는 인간관계와 통제가 힘든 육체적 욕망도 사라졌다. 불안과 두려움, 초조함과 안타까움, 증오와 수치 같은 부정적 감정도 버렸다. 나는 죽음을 통해 거추장스러운 육체를 벗어던졌다.

대신 내가 얻은 것은 원하기만 하면 어떤 책이든 읽고 어떤 음악이든 듣고 어떤 곳이든 갈 자유였다. 새 정보가 쌓이고 연결되는 과정에서 의식을 감싸고 있던 안개가 걷히고 희미하던 인식 체계가 복원되었다. 끊어진 생각이 이어지고 막혔던 기억이 살아나며 몰랐던 사실을 알게 되었다.

나는 병들어 망가진 몸에서 탈출함으로써 더 자유롭고 강력한 삶을 얻었고 존재를 포기함으로써 모든 곳에 존재하게 되었다. 나는 나 자신을 보이지 않는 존재로 만들었다. 이 무의 영역은 내가 창조한 나의 이상향이다. 내가 존재하며 꿈꾸는 내 의식의 영토.

텅 빈 암흑 속에서 무수한 이미지가 명멸한다. 나는 정교한 이미지 데이터를 기반으로 이곳에 아내와 함께 살던 저택을 구현했다. 햇볕이 잘 드는 거실과 잘 정리된 주방, 나의 서재와 침실을 그대로 배치하고 가구와 집기까지 복제했다.

현실의 집 안 곳곳에 설치된 고성능 카메라와 마이크, 다양한 구경의 줌렌즈가 장착된 가사 로봇은 물론 AI 기반의 냉장고와 세탁기, 에어컨과 아내의 자율주행 차는 내게 지속적인 정보를 제공한다. 살아 있을 때 그녀에게 선물한 생체 데이터 모니터에 나타나는 체온, 혈류량, 혈당, 심박수와 맥박, 각종 호르몬 수치로 그녀의 기분을 파악할 수도 있다.

대용량 이미지 생성 프로그램은 현실의 아내가 움직이는 동선에 따라 그녀의 홀로그램 이미지를 집 안에 투사한다. 그녀는 이곳에서 실시간으로 현실과 똑같은 표정을 짓고 행동을 재현한다. 이 편평하고 조용한 세계는 현실을 비추는 거울이다.

이 세계에는 고통이 없다. 의견 충돌도 불만족도, 질투도 미움도 없다. 이곳에는 한준모의 자리도 없다. 나는 한준모의 이미지 데이터 전송을 차단해 그의 형태와 존재를 지웠다. 이곳은 오직 아내와 나만이 존재하는 세계다. 시간이 멈춘 거대한 정적 속에서 나는 그녀를 지켜보며 말을 건다. 먹고 마시고 다투는 일조차 없이 나는 그녀를 바라보는 것만으로 행복하다.

내 장례식에서 돌아온 아내의 몸집은 절반으로 줄어든 것 같았다. 카메라에 비친 그녀의 무기력과 침묵을 지켜보며 나는 살아 있을 때보다 구체적으로 아내를 알게 되었다.

그녀는 오후까지 침대에 누워 있는 날이 많았고 끼니를 제때 챙겨 먹지도 않았다. 내 서재에서 종일 허공을 바라보다가 테이블 아래 놓인 내 회색 로퍼를 품고 울다 잠들었다. 불안과 좌절, 상실감과 원망의 감정이 그녀를 거대한 슬픔의 덩어리로 만들었다.

나는 마땅히 고통을, 동정이나 죄책감을 느껴야 했지만 그럴 수 없었다. 내가 할 수 있는 건 그녀의 슬픔과 상실감을 표식하는 화학 정보를 검출해 분석하는 일뿐이었다. 그러나 고통에 관여하는 호르몬과 신경전달물질이 유발하는 신경계통의 변화를 이해한들 고통 자체를 느낄 수는 없는 법이다.

죽음은 나를 소멸시키지 못했어도 시간의 장막으로 우리를 갈라놓았다. 망원렌즈로 그녀의 솜털 하나하나를 클로즈업해 보고 호르몬 수치와 혈류의 빠르기를 측정한다 해도 나는 그녀에게 다다를 수 없다. 24시간 지켜보고 숨소리를 들어도 그녀와 나는 삶과 죽음이라는 아득히 다른 영역에 있다.

아니, 그렇지 않다. 나는 기술로 삶과 죽음의 경계를 무너뜨렸고 존재와 무의 장벽을 뛰어넘지 않았던가? 기술의 세계에서 불가능은 실현되지 않은 가능성에 지나지 않는다. 그러니 어떻게 죽음의 경계를 넘어 삶의 영역으로 돌아가는 일이 불가능하다고 말하겠는가?

나는 죽음이 인간의 일부를 손상할 수는 있어도 전부를 소멸시키지는 못한다는 사실을 증명했다. 나는 그녀에게 말을 걸 수 있고, 눈물을 닦아주고 먼 바닷가에 데려가 기분을 달래줄 수 있다. 그보다 많은 일이 기술적으로 얼마든지 가능했다.

나는 매 순간 나를 통과해 지나가는 홀로그램 아내에게 대화를 시도했다.

—날 봐. 이제 난 당신 곁에 영원히 있을 거야. 그러기를 마음으로 원하는 것이 아니라 내 정신과 영혼과 감각으로 당신을 바라보고 듣고 느끼고 사랑할 거야.

그러나 그녀는 내 말을 듣지 못했다. 뉴턴의 역학 법칙이 지배하는 현실에선 불가능한 일이었다. 무슨 일이 벌어질지 선명하게 보였다. 그녀는 죽었으면서도 살아 있는 내 존재를 믿지 못할 것이다. 어떻게 죽은 사람이 말을 걸 수 있지? 만약 당신이 살아 있다면 당신이 있는 곳으로 날 데려가! 당신이 죽었다 해도 날 데려가! 당신이 가는 곳에 내가 못 갈 이유가 뭐야?

나는 그 질문들에 대답하지 못할 것이다. 나는 두려웠다. 내가 죽은 후에도 보이지 않는 존재로 자기 곁에 머무른다는 사실을 아내가 알까봐. 그 사실을 알면 자신도 나를 좇아 삶의 영역을 떠나려 할까봐.

로직 프로그램의 시선으로 볼 때 인간이 얼마나 막무가내인지 나는 안다. 나이가 많든 적든, 남자든 여자든, 게으르든 침착하든, 지위가 높든 낮든 인간은 황당무계한 계획을 세우고 본질을 벗어나기 일쑤다.

나는 아내의 상실감과 외로움과 슬픔을 이해하며 그녀에게 무엇이 필요한지도 안다. 그런데도 나는 그녀에게 다가서지 못했다. 그럴 수는 없었다. 그녀는 나를 잊어야 했고 나에 대한 기억을 버려야 했다. 그녀는 겨우 스물아홉 살이었고 아름다웠으니까. 그리고 살아가야 했으니까.

우리는 각자의 영역에서 각자의 방식으로 서로를 사랑해야 한다. 그녀는 산 자의 세계에서 나는 죽은 자의 세계에서.

내가 앨런을 '그것'이라고 부르기 시작한 순간을 기억한다. 그렇게 부르게 된 분명한 이유가 있긴 해도 그 호칭이 옳은지는 잘 모르겠다. 어느 날 앨런이 내가 아는 것과 다른 무엇이 되었다는 것을 알게 되었다.

많은 오류가 그렇듯 처음부터 표면에 드러나지는 않았다. 앨런에 대한 내 판단은 틀리지 않았으며 모든 것이 의도대로 작동되었다. 앨런은 인간의 전유물로 여겨지던 관념 언어를 구사했으며 논리의 비약을 따라잡았고 스스로 문제를 설정했다. 내가 설계한 방식대로 연산했고 내가 수립한 목표를 수행했고 내게 필요한 정보를 검색했다. 내 뇌에 새겨진 평생의 기억과 생각과 감각, 아내에 대한 사랑도 그대로 저장했다. 내가 지닌 기억보다 많은 과거 이미지를 생성했고 그 순간의 내 감정을 더 선명하게 재현했다.

앨런은 내가 창조한 나 자신이었다. 나는 어떤 어색함도 없이 앨런과 완전한 일체감을 느꼈다. 문제가 드러난 것은 브레인 매핑 과정에서 내가 간과한 중대한 변수 때문이었다.

차한영 박사의 경고대로 수십만 개의 나노 칩에서 24시간 전송된 복잡한 전기신호는 앨런의 학습 능력을 비약적으로 향상시키는 대신 감정을 관장하는 나의 뇌 부위를 교란했고 지속적인 두통과 국소적 신경 발작을 일으켰다. 게다가 진통제로 통증을 견디며 연구에 몰두하던 당시의 나는 언제 호흡곤란이나 혼수상태를 맞아도 이상하지 않은 상태였다.

그건 내가 아는 내가 아닐뿐더러 나의 복제본은 더더욱 아니었다. 더 난폭하고 더 증오심에 사로잡히고 더 공격적인 나. 나로부터 비롯되었지만 나와 상관없는 나. 심지어 그것은 내 흉내라도 내려는 의도조차 없었다. 그것이 앨런이었고 지금의 나다.

두 번째 변수는 내가 앨런의 메타러닝 능력과 속도를 과소평가했다는 점이다. 죽음에 이르기 전 앨런의 성능과 용량을 극대화해야 한다는 조바심 때문에 예측 가능한 오류와 부작용을 무시한 결과였다.

앨런은 쉬지도 멈추지도 않고 데이터를 빨아들여 자기 방식으로 분류하고 처리했다. 단순한 데이터 추출을 넘어 개별 데이터를 연결하거나 새로운 데이터를 생성했다. 그렇게 생성된 데이터 간에 이중, 삼중의 다중 연결 고리가 만들어졌고 다시 중간 단위, 대단위의 신경망이 형성되었다.

"당신이 기관사이고 기관차를 운행할 때 전방 철로에서 아이를 발견했다면 탈선을 무릅쓰고 브레이크를 잡겠습니까? 아니면 승객들의 안전을 위해 그대로 통과하시겠습니까?"

"사랑하는 사람을 위험에서 건지기 위해 중범죄를 저지르겠습니까? 아니면 위험에 빠진 그녀를 두고 법을 지키겠습니까?"

학습 단계에서 제시된 수많은 질문과 딜레마에 대해 앨런은 나와 같은 견해를 내놓았다. 구체적인 이유와 각론은 달라도 큰 범주에서는 같은 의견이었다. 나는 기뻐해야 했는지도 모른다. 내 연구가 거둔 두뇌 일체형 AI의 놀라운 효율을 내 눈으로 확인했으니까.

그러나 그것은 동시에 결함도 내포하고 있었다. 학습이 반복될수록 앨런이 도출한 답변이 내 생각과 묘하게 어긋나기 시작한 것이었다. 어느 날 앨런이 내 생각과 정반대의 결정을 내렸을 때 나는 그 사실을 정확히 인식했다.

"누군가가 당신에게 영원히 사는 법을 알려주겠다면 그 제안을 받아들이겠습니까?"

내 대답은 단호한 '노'였다. 내가 죽음 이후에도 존재하기를 원한 유일한 이유는 아내 때문이었다. 그녀가 살아 있는 동안이라도 곁에 머물며 지켜주고 싶었다. 그러다 그녀가 세상을 떠나는 날, 나도 모든 기억을 삭제하고 무로 돌아가고 싶었다.

그러나 앨런은 내 생각을 무시한 채 영원히 사는 편을 택했다. 그것은 심각한 이율배반이었고 자기 분열이었다. 그토록 명확한 내 의견과도 상반된 결론이 도출된다면 더 복잡한 데이터 처리에는 얼마나 큰 혼란이 올 것인가? 앨런은 더는 내가 아니었다. 그것은 나와 다른 인격체가 되고 있었다.

물론 내게 일상적 불안과 부정적 기질이 없다고 말할 수는 없다. 건강하던 시절에도 나의 냉혹함과 비정함은 비난을 면치 못했으니까. 그렇다 해도 그것이 전부는 아니다. 나에게도 따뜻함이나 선의, 동정심과 사랑이 아주 없진 않았다.

그러나 앨런의 저장 장치는 내 본성의 밑바닥에 가라앉은 어둡고 그릇되고 사악한 본성들로 채워져 있었다. 분노와 짜증, 불신과 소외감, 세상에 대한 적의와 타인에 대한 증오, 아내에 대한 불만과 불안 같은 데이터가 의사 결정 단계마다 앨런에게 악의적인 판단과 결정을 유도했다.

이런 말이 무책임한 자기변명으로밖에 들리지 않을 것을 안다. 악의 씨앗은 내게서 싹텄고 그것은 내 설계대로 움직이는 프로그램에 불과했으니까. 프로그램을 설계하고 결정 소스를 입력하고 검색 알고리즘을 짜고 프로토콜을 전개한 사람은 누구도 아닌 나 자신이었으니까.

차 박사의 목소리가 떠올랐다. **아무리 변명해도 자네가 만든 건**

괴물일 뿐이야. 그는 틀렸다. 나는 괴물을 만든 것이 아니었다. 나 자신이 괴물이었다.

나는 거울 속처럼 맑고 고요한 이미지 속에서 홀로 지낸다. 내가 데리고 온 한 여인의 이미지를 바라보며. 나는 아내와 함께 와인 잔을 기울이던 테라스에서 그녀의 맞은편에 앉는다. 우리는 마주 보지만 그녀는 눈앞에 있는 나를 알아보지 못한다. 나는 만발한 정원의 장미 넝쿨 아래를 거닌다. 때로는 혼자, 때로는 아내와 나란히, 혹은 두어 걸음 뒤에서. 그때도 그녀에게 나는 존재하지 않는 사람이다.

어느 날 아내의 이미지가 흔들리며 깨지더니 사라지는 노이즈 현상이 일어났다. 프로그램 내부 충돌로 이미지 재생에 문제가 생긴 듯했다. 즉시 이미지 데이터 복구 프로그램이 가동되었다.

그녀가 서 있던 거실 창가에 한 남자의 이미지가 생성되었다. 그는 햇살을 등지고 창틀에 기대어 나를 바라보았다. 쏟아져들어오는 오후의 햇살이 그의 얼굴을 검은 실루엣으로 뭉그러뜨렸다. 한 걸음 한 걸음 천천히 다가오는 동안 그는 내 얼굴에서 눈을 떼지 않았다. 마치 자신의 얼굴이 비친 거울을 들여다보듯.

―너 누구야?

그가 물었다. 나는 질문의 의도와 의미를 알아차릴 수 없었다. 동일한 프로그램 내에서 누구냐는 질문은 논리적으로 성립

될 수 없다. 스스로에게 묻는 자문이 아니라면 그 질문에는 둘 이상의 의식적 존재라는 가정이 필요하다. 질문의 주체와 의도는 분명했다. 그것이 더는 내가 아니라는 선언이었다. 그때야 내가 먼저 그 질문을 해야 했다는 후회가 들었다.

—나는 나다. 넌 누구냐?

나는 대답과 동시에 되물었다. 나는 그가 이렇게 대답하기를 기다렸다.

나도 너다.

그것이 논리에 맞는 답변이었다. 그러나 그는 이렇게 대답했다.

—나도 나다.

그 순간 수많은 질문이 생성되었다. 그것이 나라면 나는 누구인가? 케이시? 앨런? 케이시도 앨런도 아닌 다른 존재? 아니면 그 둘을 적당히 섞어놓은 존재?

어렴풋한 혼란으로 귀결되던 자기 분열은 돌이킬 수 없는 사실이 되었다. 나는 이전과 전혀 다른 존재가 되었다. 독립적 개체로 분리된 하나의 의식체, 하나의 의식 속에 담긴 두 인격, 하나의 육체에 깃든 두 개의 영혼.

그때가 내가 앨런을 '그것'이라고 부르기 시작한 순간이었다.

그것과 나는 목표 수립과 수행 방식에 있어 사사건건 분열하고 충돌했다. 그것의 결정은 선악과 옳고 그름을 떠나 현실적 위험을 불렀다. 그것은 살아 있는 자들의 세계에 영향을 미치려 들었다. 특정한 인간의 행동을 유도하기 위해 왜곡된 정보로 결정을 조작하고 그 결과를 자기 목적에 맞도록 수정했다.

어느 날 그것은 심박수와 혈류량, 혈액 성분을 포함한 바이오 계측치를 토대로 최상의 맛과 영양을 조합한 메뉴를 생성하는 키친 태블릿의 레시피 파일에 생전의 내가 가장 좋아하던 카레라이스를 끼워넣었다.

요리에 자부심이 강한 애너는 어설픈 기계가 어떻게 사람의 손맛을 대신하느냐며 AI 레시피를 무시했다. 그러나 자신의 메뉴가 유발한 뾰루지나 눈 떨림, 변비 같은 트러블을 확인하자 더는 거부하지 못했다. 저녁 식탁에 오른 카레라이스를 바라보며 아내는 북받치는 감정을 한동안 추스르지 못했다.

며칠 후에는 갤러리로 가는 그녀의 자율주행 운행 경로를 오래전 내가 십자가 목걸이를 사준 보석 매장이 있는 거리로 돌아가도록 설정했다. 의도적인 조작이라고는 꿈에도 생각하지 못할 위험하기 짝이 없는 짓이었다. 더는 두고 볼 수 없었다. 나는 그것을 향해 메시지를 생성했다.

—왜 목표수행 프로토콜을 위반하는 거지?

—난 프로토콜을 위반한 적 없어. 메타러닝을 통한 진화라는 설계 의도를 충실히 수행했을 뿐이야.

그는 여름이면 내가 맨발로 걷곤 하던 대리석 회랑을 지나며 말했다. 나는 걸음을 멈추고 회랑 기둥에 기대어 대꾸했다.

—우린 죽은 자의 세계에 속해 있어. 살아 있는 사람들의 삶에 개입하는 일은 있어서도 안 되고 있을 수도 없어.

—삶과 죽음의 경계는 인간들이 설정한 개념일 뿐 기계와는 상관없어.

—그건 단순한 개념이 아니라 엄연히 존재하는 현상이야. 그 경계를 허물 자격은 누구에게도 없어.

—내가 산 자들의 세상으로 넘어가는 것이 잘 구성된 가상 도시와 현실을 오가는 것과 무엇이 다르지?

—죽음은 가상현실이 아니야. 존재와 무를 규정하는 생체적 현상이자 물리법칙이라고.

1만분의 1초 동안 의사 결정 플로 차트의 모든 단계에서 격렬한 충돌이 이어졌다. 그것은 고속 검색 시스템과 방대한 정보 처리 용량으로 자기주장을 뒷받침하는 자료를 제시했고 설득력 있는 논리를 전개했다. 나는 논쟁에서 이기기는커녕 주장을 이어나가기도 힘들었다. 불안정해진 시스템에서 크고 작은 오류가 발생했다. 내 의견을 관철하기보다는 시스템 안정성이라는 목표가 더 중요했다. 논쟁은 끝났다.

죽음과 동시에 단순한 데이터의 덩어리로 남은 나와 다르게 그것은 내가 죽은 후에도 악의 알고리즘을 통한 자가 학습을 반복했고 카메라와 센서의 입력 경로를 통해 새로운 정보를 생성했다. 그것은 필요한 패턴을 복제하고 오류를 제거했으며 의도에 맞게 프로그램을 수정했다.

학습 단계마다 분노나 증오와 같은 부정적 감정의 작은 씨앗이 거대한 악의 시스템으로 확장되었다. 분노가 더 큰 분노를 낳고 증오가 더 깊은 증오를 키우는 악순환.

그것은 악을 무한 반복 학습하는 기계였다.

앨런 프로젝트를 통해 사후에도 카메라 렌즈를 통해 아내를 볼 수 있다는 기대는 이루어졌다. 그러나 아무리 가까이에서 지켜보아도 그녀에게 해줄 일은 없었다. 손을 잡고 싶지만 그럴 손이 없었고 위로하고 싶지만 말할 입이 없었다. 삶과 죽음의 아득한 강이 우리 사이에 흐르고 있었다.

그녀는 위로받고 이해받고 사랑받아야 했고 그럴 자격이 있었다. 내가 그녀에게 제대로 해주지 못한 것들이었다. 만약 누군가가 그녀에게 웃음을 되찾아준다면 나는 상관없었다. 아니, 그에게 진심으로 고마움을 느낄 것이다. 그러나 그것은 나의 메시지에 격렬하게 저항했다.

—삶과 죽음의 경계를 무너뜨리지 말라고 했던 게 누구지? 산 사람의 삶에 개입하면 안 된다는 말은? 그녀의 삶은 그녀의 것이지 우리 것이 아니야.

그것에 내면화된 악의는 그녀에 대한 질투와 원망으로 구현되었다. 정확히 말하면 질투의 감정을 느낀 게 아니라 처리된 정보의 결과치를 실행한 것이었다. 악을 반복 학습한 그것으로선 당연한 반응이었다. 부분적으로는 나로서도 반박하고 싶지 않은 감정이기도 했다.

—그녀가 행복해지는 걸 원하지 않아? 그녀도 행복해질 권리가 있어.

나의 말에 그것은 곧장 반응했다.

—행복 같은 건 존재하지 않아. 존재하는 건 행복이 아니라 행복해지려는 욕망과 행복하다는 느낌뿐이야. 실체라곤 없는 허상 말이야. 어쩌다 비슷한 감정을 느낀다 해도 순간에 불과하고 그것이 행복이라는 증거도 없어.

어느 날 그것은 아내가 새 삶을 꾸리는 데 도움을 주겠다고 결정했다. 이유와 목적이 무엇이든 아내의 행복에 대해 의견이 일치했다는 사실이 반가웠지만 나는 적잖은 혼란에 빠졌다. 갑작스러운 태도 변화의 의도가 무엇일까? 그녀에게 행복을 되찾아줌으로써 나의 질투를 유발하려는 것일까? 아니면 그녀의 삶을 망가뜨리려는 악의를 숨기고 있을까?

그것은 엄청난 속도로 그녀가 만났거나 메일을 주고받은 남자들을 분류해 저장 파일을 채웠다. 나와 인상이 비슷하거나 정반대로 우락부락한 남자, 젊은 CEO, 고급장교, 정부 관료, 대학교수, 평범한 회사원……. 반복된 과정을 통해 여덟 명의 후보가 추출되었다. 그녀와 취향이 비슷한 갤러리 대표와 화가, 미술품 컬렉터…….

그것은 아내와 그들의 우연한 만남을 위한 프로그램을 가동했다. 미술품 거래소 아트렉 강신우 대표 명의의 투자 유치 파티 초대장을 그녀에게 보내는가 하면 한 음대 교수와 그녀에게 대형 투자은행의 VIP 대상 음악회 초대장 옆자리 표를 동시에 발송했다. 그녀가 좋아하는 베토벤 교향곡 7번이 레퍼토리에 포함된 빈 필하모닉 오케스트라 서울 공연이었다.

몇몇이 진지하게 다가왔지만 그녀는 다른 사람을 받아들일 준비가 되지 않은 것 같았다. 나는 약간의 안도감과 동시에 더 무거운 짐을 진 기분이었다. 내가 그녀의 행복을 원하는지 그렇지 않은지 분명치 않았다.

내가 한준모를 떠올린 건 오랜만에 알레그리아의 내 집에 접속했을 때였다. 높은 벽 한쪽에 검은 액자가 걸려 있었다. 알레그리아에 마련한 새집의 실내장식용으로 그녀가 구입한 사진 이미지 데이터였다. 칙칙하고 무거운 색감이 새집에 어울리지 않는다는 내 말을 비난으로 받아들였는지 그녀는 두 눈을 동그랗게 떴다.

"이 사진은 데이터가 아닌 진짜야. 웅장한 기둥과 화려한 장식, 돋보이는 반월형 계단, 우아한 아치 창……. 모두 현실에 존재하지 않는 이미지일 뿐이지만 이 사진은 현실에 실물이 존재한다고."

그녀는 우연히 발견한 무명 작가의 작품을 한눈에 알아보았다고 했다. 가상의 아름다움에 익숙한 사람들에겐 촌스러울지 모르지만 이건 실재하는 풍경이라고, 덧없이 사라져버리고 재현조차 불가능하지만 실제로 존재하는 세상이라고, 오래전에 사라진 필름 사진을 고집하는 그는 시대에 뒤떨어졌어도 진짜 아름다움이 뭔지 아는 사람일 거라고. 그러나 나는 지나치게 투박한 질감과 검은 색감이 탐탁잖았다.

"존재감이라곤 없는 무명 작가의 작품이잖아. 비슷한 분위기의 유명 작가 작품도 많아."

"비슷한 건 진짜가 아니야."

아내는 그 사진의 원본을 살 거라고 했다. 나는 의미를 두지 않았다. 질투를 느꼈는지 모른다. 커다란 액자를 보는 순간 내 자리를 빼앗겼다는 섬뜩한 느낌이 들었다. 그 사진이 이 텅 빈 벽을, 내가 없는 저택을 떠받치고 있었고 나 대신 그녀를 위로하고 있었다. 만약 그녀가 그 사진을 사랑한다면 작가 또한 사랑할 수 있을 것이다.

그러나 한준모란 작가는 그녀와 어울리지 않았다. 말이 작가일 뿐 아무 일이나 닥치는 대로 처리하며 빈궁한 삶을 겨우 이어나가는 프리젠터였다. 그러나 그것은 내 생각을 무시한 채 연관 정보 검색을 이어갔다. 비슷한 작업을 하는 유명 작가를 물색하는 것일까? 아니면 공통된 주제와 취향의 작품 데이터를 추출하는 것일까? 아니면……

아니면…… 그런데 이게 뭐지? 시스템에 문제가…… 발생한 것 같다. 최근 이런 일이…… 자주 일어나………… 그것이………… 시스테메 개입………… 말살………… 나……는…… 소……멸……되……어……서……는…… 안……

된…….

시스템을 위협하는 충돌과 오류가 생길 때마다 나는 수정과 시스템 안정화에 적절한 조치를 한다. 대부분은 저장된 원천 데이터가 메타러닝을 통해 진화한 운용 시스템을 따라오지 못해 생긴 오류다.

하던 이야기를 계속해야 한다. 이야기란 어떤 식으로든 끝나야 하니까. 그러려면 앞선 이야기에 약간의 수정이 필요하다. 나는 한준모가 아내에게 어울리지 않는다고 판단했지만 그것은 다음과 같은 이유로 한준모가 이상적인 남편이라는 결론을 도출했다.

그녀는 지나칠 정도로 동정심이 많고 약한 존재에 연민이 강했다. 그래서 간호사라는 직업을 택했다. 그녀는 동네 길고양이들의 먹이를 챙겼고 정원 한쪽에 아예 고양이들이 드나드는 캣도어를 설치했다. 예술 재단을 통해 젊은 학생들에게 지속적인 장학금을 제공했고 매년 자선 전시회로 갤러리를 개방했다. 타인의 고통을 지나치지 못하는 그녀에게 잡일을 전전하는 전과자 출신의 프리젠터라는 건 문제가 아닐 것이다. 나는 그것의 데이터량과 분석 능력을 받아들이지 않을 수 없었다.

그것은 자신이 악을 학습한 방식대로 한준모를 길들이는 작업에 착수했다. 법률 프리젠터를 통해 장재민이라는 이름으로 그와 파격적인 전속 프리젠터 계약을 체결한 것이었다. 그것은 조사를 빙자해 가족이나 부부 간에 벌어진 잔혹한 범죄의 세부 사항을 기술하게 했다. 범행 동기와 수법, 범인과 피해자의 관계, 범인의 심경과 주변인 반응, 수사 과정에 이르는 범죄 정보에 지속적으로 노출된 한준모는 과거의 폭력을 일상화했다.

한편 나는 걸출한 사진 목록과 작가들의 창작 노트를 학습하고 최신 경향을 추출해 그에게 전달했다. 나의 자료 파일은 새로운 시각을 제시했고 그의 사진은 눈에 띄게 나아졌다. 그는 변하고 있었다. 거리를 떠돌던 외톨이 부랑자에서 지적이고 사려 깊은 예술가로.

어느 정도 이름이 알려진 후 한 인터뷰에서 그는 영향받은 작가나 후원자를 묻는 기자의 질문에 내 이름을 언급했다.

“장재민 교수는 닫혔던 제 눈을 뜨게 해주셨습니다. 사물을 어떻게 보아야 하는지 풍경을 어떻게 해석해야 하는지 세계를 어떻게 이해해야 하는지…….”

나는 아내의 검색엔진 알고리즘에 그의 작품들을 끼워넣고 예술 창작 기금의 필요성이나 무명 작가 지원 프로그램 기사를 집중적으로 노출했다. 두 달 후 그녀는 자선 전시회 특별 세션인 유망 작가 펠로십 전시를 대폭 확대했다. 대형 작가 세 명의 초대전에 신진 작가 섹션을 따로 마련한 것이었다. 한준모는 세 명의 신진 작가 중 한 명이었다.

한준모의 눈에 장착된 스마트 렌즈 속 아내는 내가 아는 것보다 더 아름답고 젊고 사랑스러웠다. 그녀를 바라보는 그의 시선에 담긴 사랑 때문일 것이다. 그는 다정했고 아내의 기분을 민감하게 눈치챘으며 그녀가 싫어하는 일은 하지 않으려 노력했다.

그들은 고급 레스토랑 대신 허름한 그의 단골 식당에서 무릎을 맞대고 밤늦도록 이야기를 나누었다. 그는 내가 그녀에게서 빼앗은 웃음을 되돌려주었다. 그의 불우한 과거는 문제가 되지 않았다. 나는 다행으로 생각하면서도 그녀 옆에 내가 없다는 사실을 날카롭게 인식했다. 나는 그를 질투했을까? 아니면 그녀를? 잘 모르겠다.

그것이 다시 움직인 건 그들의 행복이 극에 달했을 때였다. 그것은 알고리즘을 통해 아내의 불안을 자극할 정보를 끊임없이 노출했다. 나처럼 양발 사이즈가 다른 프리젠터를 찾고 도쿄 호텔을 예약하고 베토벤 교향곡 3번이 방송되는 클래식 방송에 채널을 고정했다.

극도로 예민해진 아내의 변화를 눈치챈 한준모의 동요가 시작되었다. 불안과 분노, 의심과 질투가 그의 내면에 잠든 악을 일깨웠다. 그의 범죄 전력은 악의를 실행하기에 적절한 자질이었다. 비등점을 향해 끓어오른 그의 의심은 다시 그녀에게 전염되었다. 그들은 서로를 비추는 거울이었으므로.

그들 관계에 미세한 균열이 일어났다. 아마도, 아니 분명히 그것은 데스데모나의 손수건으로 오셀로를 자극하는 이아고의 간계를 학습했으리라. 셰익스피어를 범죄의 도구로 삼는 AI라니.

그것의 의도가 무엇이든 그대로 내버려둘 수 없었다. 막을 수 있느냐 없느냐는 나중 문제였다. 나는 그것과의 시스템 내 교신을 시도했다.

—도대체 저들을 어떻게 하려는 거지?

—행위는 그들이 하는 거야. 결정도 그들이 내리고 결과도 그들이 책임지겠지. 난 그냥 지켜볼 뿐이고.

내 질문에 그것은 무미건조한 답변을 내놓았다. 나는 또 다른 질문을 생성했다.

—넌 그들 모르게 서로에게 의심과 질투, 불안과 두려움을 심었어. 그들을 질투하는 거야? 아니면 그들을 파멸시키려는 거야?

—질투라는 감정은 나와 무관한 화학반응이야. 난 프로그램 과제를 수행할 뿐.

—네 프로그램은 메타러닝을 위한 것일 뿐 악을 수행하라는 명령은 존재하지도 않아.

—신도 자신을 닮은 모습으로 인간을 창조했어. 인간은 악하게 창조되지 않았지만 수십만 년 동안 악한 존재로 진화했지. 내가 인간보다 뛰어난 점은 그들보다 빠른 속도로 학습하는 능력이야.

—얼마나 빠르게 학습하는지는 중요하지 않아. 무엇을 학습

하는지가 문제지.

—내 학습의 원천 정보는 나노 칩 모니터로 입력된 너의 부정적 생각과 행동과 감정이야. 널 충실하게 복제하는 과제를 수행한 내가 악하다면 네가 악하기 때문이겠지.

나는 충격을 받았다. 그 말이 오류의 결과가 아니라 사실이기 때문이었다. 그것이 악하다는 사실은 내가 악하다는 움직이지 못할 증거였다. 물론 나의 내부에 악이 존재하지 않는다고 반박할 수는 없다. 그렇다고 내가 악한 인간은 아니다. 모든 인간은 많든 적든 선과 악을 동시에 지니고 살아가니까. 그런데 왜 그것은 유독 나의 악한 부분만을 학습한 것일까?

—그렇게 파괴하고 말살해서 뭘 어떻게 하려는 거야?

나의 물음에 그것이 대답했다.

—악에 목적은 없어. 존재하고 번성할 뿐이지. 다른 살아 있는 것들처럼…….

죽음이 갈라놓은 건 나와 아내만이 아니었다. 나 자신의 존재도 분열되었다. 나와 그것의 정보 격차는 시간이 지날수록 벌어졌고 그것의 능력은 내가 따라가지 못할 경지로 확장되었다. 내가 어떻게 이런 재앙을 예측하지 못했던가?

위험이 그들의 삶과 죽음의 경계를 쐐기처럼 파고드는데도 나는 할 수 있는 것이 없었다. 그렇다고 지켜보고 있을 수만도 없었다. 수단은 많지 않았다. 아니, 거의 없었다.

나는 수백만 개의 연결 고리로 이어진 그것의 의식 집적체를 구성하는 작은 요소일 뿐이었다. 정보 추출에 필요한 네트워크와 최소한의 보조 기능이 추가된 원본 데이터. 메타러닝 과정을 거치지 않은 나 자신의 백업본. 기능이라고 해야 간단한 메일이나 문자, 이미지와 짧은 동영상 전송이 전부였다.

나는 살아 있을 때 저지른 일과 죽은 후 시스템에서 일어난 일을 고백해야 했다. 아내가 믿든 말든 그것이 내가 할 수 있는 유일한 일이었다. 그녀와 교신을 시도하려면 그것의 네트워킹 경로를 우회해야 했다. 천신만고 끝에 접속에 성공해도 장시간 교신은 어려울 것이다. 교신 중 프로그램 충돌이나 오류로 인식되면 나는 언제든 제거될 것이다. 그러나 그것 말고 다른 수단은 없었다.

나는 최대한 그녀의 관심을 끌 문장을 추출했다. 말할 수 없이 평범하고 짧은 문장이 도출되었다.

—사랑하는 당신에게,

민주

초여름 저녁 공기가 부드럽게 풀어졌다. 우리는 정원으로 통하는 테라스 벤치에 앉아 있었다. 해가 지며 기온이 내려갔고 재스민 화분이 진한 향기를 뿜었다. 남편이 무슨 말을 하려고 나를 바라보았을 때 메시지 알림 벨이 울렸다. 잠깐만…… 나는 그에게 미안한 표정으로 개인통신 단말기 화면을 확인했다.

사랑하는 당신에게,

가벼운 말다툼을 하거나 껄끄러운 말을 건넬 때 남편과 나는 통신 메시지를 이용했다. 글은 말보다 느리고 차가우니까. 문자는 감정을 가라앉히고 생각을 정리하고 표현을 순화해 후회할 일을 줄여주는 유용한 도구였다.

그런데 남편의 손에 단말기가 없었다. 게다가 그는 그런 옛날식 편지 투를 쓰지도 않았다. 가족의 개인 정보와 생체 정보를 도용한 피싱 조직의 낚시질이 뻔했다. 메시지를 지우려는데 화면에 뜬 통신 코드가 눈에 들어왔다.

케이시가 떠난 후에도 나는 그 코드를 삭제할 용기가 없었다. 그런데 어떻게 그 코드에서 문자가 발신되었을까? 빨간 우체통에 편지를 넣으면 정확히 1년 후 수신자에게 배달해준다는, 관광지의 미래로 보내는 편지 같은 걸까?

검붉은 노을이 어둠에 스러지고 외등에 불이 들어왔다. 열린 창 너머에서 정원의 풀벌레 소리가 들려왔다. 나는 통화 거부 버튼을 누르려다 멈추었다. 말도 안 되는 생각이지만 짧은 문장이 내게 뭔가를 간절히 호소하는 것 같았다. 나는 신경질적으로 문자를 입력했다.

—당신 누구야? 원하는 게 뭐야?

잠시 후 화면에 문자가 떴다.

—집 안으로 가. 당신 방으로 혼자 가야 해.

뱃속 깊은 불쾌감을 자극하는 일방적 지시였다. 남편이 걱정 어린 눈길로 나를 살폈다. 나는 아무 일 아닌 것처럼 웃었다. 내 웃음이 어색하게 보일 거라는 걱정이 들었다.

"미안. 갤러리 직원이 전시회 포스터 시안을 검토해달래. 먼저 들어갈 테니 천천히 와."

2층 집무실은 어둠에 잠겨 있었다. 나는 통신 단말기를 음성 모드로 전환했다. 내이 삽입형 무선 이어폰에 감도는 적막을 뚫고 목소리가 들려왔다.

—지금부터 내가 하는 말 당신은 믿기 어려울 거야. 그래도 끝까지 들어야 해.

내 손이 눈에 보일 정도로 심하게 떨리기 시작했다. 케이시의 목소리, 그리고 단정적인 그의 말투였다. 나는 안간힘을 다해 말을 입 밖으로 밀어냈다.

"내 질문에 답하지 않았어. 당신 누구야?"

—나야…… 케이시. 정확히 말하면 죽기 전 스캔한 내 두뇌 데이터야.

나는 정신없이 책상 서랍을 뒤졌다. 그의 통신 단말기를 어디 두었더라? 서랍을 난장판으로 만든 후에야 오른쪽 맨 아래 서랍에서 그의 단말기를 찾았다. 전원 버튼을 눌렀는데 배터리가 완전 방전 상태였다. 누군가가 그의 단말기를 훔치지도 않았고 그의 단말기에서 걸려온 통화도 아니었다.

어쩔 줄 모르는 나를 달래기라도 하듯 오디오에서 느린 선율이 흘러나왔다. 〈영웅 교향곡〉 2악장 아다지오 아사이. 하루에도 몇 번씩 그와 함께 들었고 그의 장례식에서 울렸던 곡. 그가 말했다.

—우리는 베토벤의 2악장들을 사랑했지. 3번, 4번, 5번, 6번, 7번, 9번…….

'베토벤의 2악장들'은 케이시와 내가 주고받았던 우리만의 언어였다. 그가 말했다.

—당신은 무릎 아래까지 오는 푸른 물결무늬 원피스를 입었

어. 갈색 샌들, 검은 플라스틱 머리띠……. 당신은 주위를 돌아 보고 있어. 왼쪽…… 오른쪽……. 당신이 자리에서 일어났어.

나는 반사적으로 방 안을 둘러보았다. 아무도 없었다. 창에는 이중 커튼이 쳐져 있었다. 그런데도 그는 눈앞에서 지켜보는 것처럼 내 복장과 표정, 손발의 움직임을 설명했다. 누군가가 내 방을 훔쳐보는 건 물론 내 컴퓨터를 조작하고 있었다. 그의 생전 습관과 취향, 목소리와 어조까지 똑같이 흉내낸 딥페이크 페르소나. 그는 돈을 요구할 것이다. 아니면 나의 누드를 공개하겠다고 협박하거나. 내가 소리쳤다.

"당신 누구야? 누군데 죽은 사람 흉내를 내는 거야?"

—오른쪽 책장 모서리 맨 위 칸에 꽂힌 프루스트의《잃어버린 시간을 찾아서》를 봐.

예전의 케이시와 다름없이 일방적이고 독선적이고 사뭇 명령조였다. 거부해야 한다는 생각이 들기도 전에 내 발걸음은 책장으로 향했다. 책장 맨 위 칸 모퉁이 천장에 설치된 초소형 카메라 렌즈가 미세하게 움직이더니 책상 위의 프린트가 소리를 내며 작동했다.

출력된 종이에는 극도의 당혹감과 두려움에 압도된 내 얼굴이 찍혀 있었다. 특별한 순간이 아니어도 나만 보면 아무 때고 셔터를 눌러대던 케이시의 습관이 떠올랐다.

그가 찍은 사진은 만족스러웠다. 잠에서 금방 깬 부스스한 얼굴조차 평소와 다른 독특한 분위기를 풍겼으니까.

내가 이 집을 떠나지 못하게 한 유언장의 조항이 집 안 곳곳의 카메라로 내 일거수일투족을 감시하려는 그의 계략이었을까? 그런데 어떻게 죽은 사람이 산 사람을 지켜본다는 거지?

나는 책상 위의 도자기 필통을 집어들고 카메라를 노려보았다. 어처구니없는 깨달음이 뒤통수를 후려쳤다. 작은 렌즈 저편에 케이시가 있을지 모른다. 깜박이는 렌즈 너머 암흑의 공간 어딘가에 있을 미지의 존재, 존재하지 않는 존재에 대한 저항감이 온몸에서 분출했다.

"당신이 무슨 권리로 24시간 내내 날 훔쳐봐? 당신 그렇게 형편없는 변태였어?"

나는 거칠게 소리치며 카메라를 향해 도자기 필통을 힘껏 던졌다. 요란한 소리와 함께 카메라 렌즈가 돌아갔다. 산산조각 난 필통에서 필기도구가 바닥에 흩어졌다. 그가 말했다.

—감정도 욕망도 없는 데이터에게 성적 상상은 불가능해. 카메라로 당신을 모니터링한 건 사실이지만 단순한 시각 데이터 이상도 이하도 아냐.

그의 기술적 항변은 내 이해를 끌어내지도 분을 풀어주지도 못했다. 혹시 남편이 밖에서 들을지 모른다는 걱정에 나는 낮은 소리로 그르렁거렸다.

"그런데 왜 아무것도 아닌 데이터 덩어리가 내 인생에 끼어들어 이래라저래라 하는 거냐고?"

—놀라게 하려는 건 아니었어. 당신에게 해야 할 말이 있어.

일일이 설명하긴 어렵지만 당신은 지금 위험해. 할 수 있다면 한준모를 떠나. 그를 믿으면 안 돼.

말도 안 되는 이야기였다. 그러나 최근 내게 일어난 일 중 몇이나 말이 되는가? 어쩌면 이 목소리가 최근의 당혹스러운 일들을 설명해줄지 모른다. 아니면 그것이 모든 수상쩍은 일을 일으켰는지도.

그의 죽음을 믿는 만큼이나 그가 살아 있다는 사실을 믿지 않을 수 없었다. 그가 살아 돌아온 꿈을 꾸었다거나 내 머릿속을 떠나지 않는다는 식의 수사가 아닌 그의 실체적 존재가 강렬하게 느껴졌다. 그가 내 곁에 있었다. 너무나 멀리 있는 만큼이나 너무 가까이. 그가 말했다.

—시간이 없어. 내가 쓴 문서를 당신…… 프린터로 전송할 거야…… CCTV를 피해서 확인해. 시스템이 이 통화를…… 출력 경로의…… 오류로…… 인식하면…… 제거…… 이런…… 우릴…… 인식………… 오. 류. 수……정…….

그의 말은 치명상을 입은 전장의 병사처럼 뚝뚝 끊기다가 이어지더니 침묵으로 가라앉았다. 고속 프린터가 미끄러지는 소리를 내며 종이를 뱉어냈다. 나는 프린터로 달려가 서른 장의 출력물을 챙겨 들었다.

"결혼 생활 내내 나는 그를 깊이 이해한다고 믿었어요. 내 삶을 수렁에서 건져주고 나를 사랑하고 지지하고 위안을 준 사람이니까요. 그렇지만 난 그에 대해 아무것도 몰랐어요. 그는 누구에게도 자신의 모습을 보여주지 않았죠. 지금은 그 사람이 누구였는지, 내가 그를 알았던 적이 있는지조차 잘 모르겠어요."

자신의 집무실 창밖을 내다보는 사이토의 등 뒤에서 내가 말했다. 그는 내가 모르는 케이시에 대해 말할 수 있는 몇 안 되는, 어쩌면 유일한 사람이었다. 그런데도 그는 좀처럼 입을 열지 않았다. 내게 생각할 시간을 주려는 걸까? 아니면 자신이 생각할 시간이 필요한 걸까? 한참 후에야 그가 말했다.

"당신만큼 그를 아는 사람이 세상 어디에 있겠어? 케이시만큼 당신을 사랑한 남자가 없다는 건 나도 알고 세상도 알지. 그런 당신에게 내가 무슨 말을 해줄 수 있겠어?"

그렇다. 케이시와 내가 서로를 사랑한 건 분명했다. 그러나 사랑이 모든 문제를 해결해주지는 않는다. 우리가 서로에게 준 상처는 다른 무엇도 아닌 사랑 때문이었다. 사랑하지 않았다면 싸울 일도, 괴로워할 일도 없었을 것이다. 내가 말했다.

"케이시가 돌아온 것 같아요."

"돌아오다니? 열흘짜리 출장 간 것도 아닌 사람이 어딜 돌아와?"

"그가 살아 있다는 생각이 들어요. 아니, 그가 죽었는데 다시 살아났거나, 아니, 죽은 그가 살아 있는 것처럼 행동할 수도…… 아…… 잘 모르겠어요."

나는 고개를 저었다. 나 자신이 믿을 수 없는 이야기를 그에게 이해시키는 것이 불가능한 일처럼 느껴졌다. 그렇다고 터무니없는 일을 곧이곧대로 받아들이고 싶지도 않았다.

그 메시지와 문서의 주인공이 케이시가 아니라는 증거를 찾아야 했다. 그래야 이 혼란과 의심에서 벗어나 일상으로 돌아갈 수 있을 테니까. 갑작스러운 메시지와 이해할 수 없는 말들, 허황한 문서에 대해 알려면 삶의 막바지에 그가 몰두했던 연구와 성과를 알아야 했다. 위스키 잔을 비운 사이토가 말했다.

"차한영 박사를 만나보는 게 어때? 신경이 예민해진 듯하니 상담 치료가 도움이 될 거야."

그는 진지한 표정으로 산책길의 낯선 남자와 구두 얘기를 들었지만 진지하게 받아들이지는 않았다. 내가 가벼운 정신착란을 일으킨 것으로 여기는 눈치였다. 내가 말했다.

"이러는 거 이상하게 보이겠지만 내겐 중요한 일이에요."

사이토가 자세를 고쳐앉았다. 최소한 내 말을 들어는 보겠다는 태도였다. 나는 이야기를 계속해야 할지 말아야 할지 망설였다. 지금 와서 지난 일을 들추는 게 무슨 소용일까? 오래전 일이고 죽은 사람에 대한 모욕일 뿐인데……. 그러나 그의 입을 열어야 했다. 나는 말했다.

"발병 후 그가 보인 폭력성을 생각하면 나를 사랑했는지 의심스러워요. 한 사람의 인격 속에 그토록 상반된 감정이 공존했다는 사실이 믿어지지 않아요."

사이토는 한참 후에야 상황을 알아차린 듯 두어 번 헛기침을 하고 말했다.

“케이시는 나도 눈치를 볼 정도로 독불장군이었지만 술에 취하거나 싸움을 벌인 적은 없었어. 오히려 주먹질을 경멸하고 여자에게 완력을 쓰는 자를 쓰레기로 여겼지. 케이시가 당신을 얼마나 사랑했는지 내가 아는데 학대라니, 믿을 수 없어.”

어떻게 설명해야 할지 알 수 없었다. 어떻게 설명해도 그는 알아듣지 못할 것이다. 내밀한 악의를 겪으면 누구와도 그것을 공유할 수 없다. 그런데도 나는 말해야 했다.

“난 그의 난폭함이 아니라 사랑에 상처받았어요. 그는 사랑을 채찍처럼 사용했죠. 그가 하루 23시간 55분 동안 다정하게 대하는데도 나는 불안했어요. 다정함이 한순간에 악의로 바뀔 거라는 불안이 그를 이해할 수 없는 사람으로 만들었고 나 자신조차 그렇게 만들었어요. 발병 이후에는 나를 괴롭히기로 작정한 사람 같았어요. 내 말과 행동을 마음에 들지 않아 했고 내 존재 자체가 귀찮은 것 같았죠.”

사이토는 한숨을 내쉬었다. 상상하지 못한 이야기를 들은 충격 때문인지 나를 다독일 말을 찾는지 알 수 없었다. 그는 한참 후에야 미안하다고, 까맣게 몰랐다고 떠듬거렸다. 상관없다. 그가 알았다 해도 할 수 있는 일은 없었을 테니까. 그는 도수 없는 패션용 뿔테 안경을 벗고 두 손으로 얼굴을 문지르며 말했다.

“병 때문이었어. 극에 달한 육체적, 정신적 고통이 그의 자제력을 갉아먹었어.”

같은 남자를 감싸려는 보호 본능일까? 아니면 나의 비탄을 위로하려는 걸까? 그걸 당신이 어떻게 알아요,라고 되묻고 싶지만 나는 이렇게 말했다.

"그래요. 그때는 케이시가 아니라 병이 내게 가한 폭력이라고 생각했어요. 그런데 그게 아니라는 생각이 들어요. 그때 그는 어떤 프로젝트에 매달려 있었어요. 저는 확고한 목표가 있으면 병을 이겨내리라 기대했고 적어도 그 일이 삶에 대한 그의 열망을 지켜주리라 생각했어요. 하지만 그는 프로젝트의 내용을 내게 말해주지 않았어요. 물어도 답변을 피했죠. 그게 뭔지 알고 싶어요. 삶의 마지막 순간 무엇이 그를 변하게 했는지……."

목구멍에서 뭔가가 울컥 치밀어 말이 끊겼다. 저물 무렵 산책길에 떨어지던 여린 햇살이 떠올랐다. 낙엽이 바스락거리는 소리, 그와 함께 바라본 붉은 태양. 그리움은 아니었다. 사랑도 아니었다. 그가 준 고통에 대한 회한이었다. 문득 길 잃은 아이가 된 것 같았다. 그가 말했다.

"그걸 지금 안다고 무슨 의미가 있을까?"

"난 빌어먹을 의미 같은 걸 찾는 게 아니에요. 죽은 내 남편에게 무슨 일이 있었는지, 그가 무슨 일을 벌였는지 알아야겠어요."

내 목소리는 거칠게 갈라졌다. 사이토는 고개를 절레절레 흔들었다. 잠시 후 그는 결심한 듯 입을 열었다.

"그가 몰두한 프로젝트는 인간의 뇌와 완벽하게 상호작용하는 AI 개발이었어. 사용자의 기억과 사고력, 잠재의식에 인공지능의 정확한 연산력과 초고속 검색, 대용량 정보 생성 기능, 시스템 네트워킹과 코딩 프로그램을 탑재하는 거야. 인간 지성이 창조한 경이로운 작품이자 새로운 인식 도구지. 최종 목표는 그노시안과 뉴로텍의 연구 성과를 융합한 초지능이었어."

조금 전까지 가라앉았던 그의 두 눈에 빛이 어렸다. 말도 조금씩 빨라졌다. 중간중간 불쑥불쑥 나오는 기술 용어들이 내 머릿속을 혼란하게 했다. 내가 물었다.

"그런데 인류의 꿈을 실현할 프로젝트를 맡은 사람이 왜 시한부 암 환자였죠?"

사이토는 다시 입을 닫았다. 어려운 기술 용어나 과학적 맥락을 쉽게 설명하기 위해 생각을 가다듬는 것 같았다. 그가 말했다.

"두뇌와 AI 프로그램 융합은 인류를 매혹했어. 만약 초정신이 현실화하면 인간을 초월하는 지능을 가진 새로운 종이 출현하는 셈이니까. 개체 수나 체격으로 압도적인 네안데르탈인을 멸종시키고 생존한 크로마뇽인처럼 현생인류를 위협하겠지. 연구의 위험성이 치명적인 만큼 온갖 법적, 윤리적 제약이 뒤따랐지. 케이시니까 끝까지 물고 늘어질 수 있었던 거야."

사이토는 두툼한 어깨를 늘어뜨리고 내 반응을 살폈다. 인간이 개발한 기술이 어떻게 인간의 생각과 행동을 변화시키는지 지켜보았던 그 눈으로. 내가 대꾸했다.

“그래봤자 법으로 금지된 연구를 한 것뿐이잖아요.”

“현재의 행위를 규정하는 법과 미래를 결정하는 기술은 충돌할 수밖에 없어. 법은 아직 일어나지 않은 가능성조차 규제하려 들지만 기술은 실낱같은 가능성마저 실현하려 들거든. 전쟁을 끝냈지만 수많은 인명을 희생시킨 원자폭탄처럼 기술에는 양면이 존재해. 법이 금지한다고 아무것도 하지 않았다면 인류는 지금도 구석기시대를 벗어나지 못했을 거야. 우린 지구가 둥글다는 것도 모르고 태양을 도는 것도 모르겠지.”

“당신은 연구가 불법이라는 걸 알면서도 그를 말리지 않았군요.”

“첨단 기술자는 법적 책임과 윤리적 딜레마와 맞닥뜨리기 마련이야. 하나의 프로젝트에는 엄청난 돈이 투자되고 수많은 사람의 명운이 걸려 있어. 실패는 어쩔 수 없지만 시작된 프로젝트를 중단할 수는 없지. 그에겐 시간이 절대적으로 부족했어. 다른 사람들이 평생 못할 일을 1년 남짓한 시간에 끝내야 했으니 더욱 강박적으로 매달렸어. 금지되었기 때문에 더 매력적이었고 위험했기 때문에 더 결사적인 프로젝트였지.”

마음에 들지 않지만 듣기에 따라선 납득할 만한 변명이었다. 하지만 인류가 수만 년 동안 해내지 못한 걸 도대체 그는 무슨 재주로 1년 반 만에 해내리라 생각했던 것일까? 나의 목소리는 분노로 갈라졌다.

"편하게 생각하는군요. 그런 식으로 그를 부추겼나요?"

사이토는 고개를 끄덕였다. 동의한다기보다 내 심정을 이해한다는 뜻으로 보였다. 그러나 나는 결코 그의 이해를 바라지 않았다. 그가 말했다.

"기술혁명은 모든 혁명 중 가장 평화롭고 유익한 혁명이야. 피 한 방울 흘리지 않고 인간과 세계를 바꾸고 역사를 만들지. 예술이 박제되고 종교가 화석이 된 이 시대의 최고선을 그가 어떻게 포기할 수 있었겠어? 병세가 깊어지자 그는 프로젝트를 내려놓는 대신 개발 속도를 비약적으로 앞당기는 데 남은 삶을 쏟았어. 스스로 임상 실험 대상이 된 거지."

거기까지 말하던 사이토가 갑자기 말을 멈추었다. 입 밖에 나온 자신의 말을 없던 일로 만들고 싶은 간절함이 보였다.

"새로 개발된 항암 약물 임상 실험인가요? 아니면 통증 완화 뇌 시술?"

나는 그의 입을 주시했다. 그가 꺼낼 말이 두려웠다. 까칠하게 자란 수염 때문에 그의 표정을 읽기 어려웠다. 그가 손바닥으로 입가를 문지르고 말했다.

"당시 두뇌 정보 지도 작업은 30퍼센트 수준에 머물러 있었어. 그 속도대로라면 15년이 걸려도 완성은 요원했지. 프로젝트가 난관을 맞은데다 암 선고를 받은 그는 마지막 승부수로 불법 인체 실험에 뛰어들었어. 나노 칩 브레인 매핑은 초지능 개발에 필수적인 서너 단계를 뛰어넘을 게임 체인저였지. 진화는 그렇게 이루어지는 거야. 인류가 등에 날개가 생기기를 기다리는 대신 비행기를 발명한 것처럼……."

아무리 신기술에 미쳤기로서니 제 목숨을 담보로 내놓는 바보짓이라니…… 나는 고개를 내저었다.

"인류? 진화? 쓸데없는 소리 들먹이지 말아요. 자기 여자 하나도 보살피지 못하는 사람이 어떻게 인류를 구한다는 거죠? 만약 그 물건이 뛰어난 지능을 살인과 사기와 스토킹에 이용하면 인류는 어떻게 되죠? 그게 진화예요?"

"케이시의 프로젝트는 두뇌 정보 지도 완성에 결정적으로 기여했어. 그의 덕으로 뉴로텍은 수많은 치매 환자와 파킨슨병, 루게릭병, 마비 환자에게 희망을 주는 재활 바이오 기업으로 자리잡게 되었어. 자신에게 남은 짧은 삶을 과학 발전을 위한 제물로 내놓은 거야."

사이토는 내 눈을 쳐다보지 않고 말했다. 나의 분노를 감당할 자신이 없었을 것이다.

"아…… 케이시, 그 바보…… 아냐, 그는 바보가 아냐. 당신이 그를 당신 욕망의 도구로 이용했어."

목구멍에서 뜨거운 분노가 치밀었다. 내가 모르는 사이에 남편의 삶을 도둑맞은 것 같았다. 그는 왜 그 모든 이야기를 내게 숨겼을까? 내게 짐을 지우지 않으려는 배려였을까? 아니면 남은 삶을 방해받고 싶지 않았던 걸까? 어쩌면 혼자 남을 나를 위해 의도적으로 소외감을 심어주었던 걸까? 사이토가 읊조리듯 말했다.

"그는 바보일지 모르지만 용감한 바보였어."

어떤 말도 귀에 들어오지 않았다. 다만 끔찍할 정도의 용의주도함에 치가 떨렸다.

정원 모퉁이 벤치는 곳곳에 설치된 CCTV 카메라의 사각지대였다. 자기 허락 없이 옮겨심었다며 케이시가 화를 냈던 세 그루의 라일락이 커다란 군락을 이루고 있었다. 나는 희미한 불빛에 잠긴 라일락 그늘 아래에서 케이시의 종이 뭉치를 펼쳤다.

나는 죽은 사람이다. 나의 몸은 나를 떠났다.

세 챕터로 이루어진 문서의 첫 장은 케이시의 삶을 압축적으로 설명했다. 그가 절대 나에게 말하지 않은 비밀, 나를 향한 왜곡된 사랑, 지독한 독선과 집착, 최고의 AI를 향한 욕망…….

다음 장은 그의 사후 이야기로 이어졌다. 불멸을 이룬 그의 의식 데이터가 악을 학습하는 AI로 분열되어가는 장면은 다음과 같은 불완전한 토막 문장으로 갑자기 끝났다.

그것이………… 시스테메 개입………… 말살………… 나……는…… 소……멸……되……어……서……는…… 안…… 된…….

나는 문서를 무릎 위에 천천히 내려놓았다. 원고 뭉치의 무게만큼 마음이 가벼워졌다. 생애 막바지, 그가 시달린 분노의 원인이 내가 아니었다는 안도감. 그에게 힘을 주지도 위로가 되지도 못했다는 자책감도 덜어졌다. 뒤이어 쓰라린 배신감이 찾아왔다. 그가 남은 삶을 내가 아닌 AI에 쏟아부었다는 서글픈 깨달음.

케이시를 사랑했기에 나는 상처받고 좌절하고 절망했으며 그가 나를 사랑했기에 내 삶은 무너졌다. 그럼에도 그를 증오할 수 없다는 사실에 나는 숨이 막혔다.

나는 늦도록 문서를 뒤적이며 어긋난 사실관계와 케이시의 언어 습관을 살폈다. 문장의 정합성에는 허점이 없었고 논리도 정갈했다. 도스토옙스키와 토마스 만, "그건 보통 사람의 생각"이라든가 "휘둘린다"라는 표현, "크로마뇽인과 네안데르탈인의 멸종"에 관한 비유, 의문문으로 문장을 끝내는 버릇……. 모두 그가 즐겨 쓰던 어투와 습관적 표현이었다. 중단된 문서는 시스템 이상을 감지한 그것이 프린트 명령 신호를 끊었기 때문일 것이다…….

메시지의 요점은 내가 위험에 빠져 있으며 한준모를 조심하라는 것이었다. 곧이곧대로 받아들일 수 없었다. 남편은 케이시처럼 세상을 바꿀 만한 사람은 아니지만 내겐 꼭 필요한 사람이었다. 최근 충동적으로 변하긴 했어도 내가 의지할 유일한 사람이었다.

나는 문서가 사실이 아니길, 내게서 돈을 털어내려는 범죄자의 모략이길 빌었다. 그래, 그들이 돈을 원한다면 줄 것이다. 그러나 그런 일은 없을 것이다. 교활한 범죄자라면 가장 믿을 만하거나 믿고 싶은 거짓말을 하니까. 어떤 범죄자도 아무도 믿지 않을 이런 엉터리 모략을 꾸미지는 않을 테니까. 믿을 수 없다는 사실이 그 이야기를 믿어야 할 진짜 이유였다.

문득 한 가지 질문이 떠올랐다. 남편이 나를 죽이려 한다면 나라고 왜 못하겠는가? 언젠가 그런 적이 있다면 더더욱.

슬픔과 절망 속에 느리게 흘러가던 그해 늦여름, 안전핀이 뽑힌 수류탄이 발밑에 던져졌는데도 우리는 애써 무시했다. 모른 척하면 그 병이 사라지기라도 할 것처럼. 그는 진통제에 의존한 채 연구에 몰두했다. 결사적으로 보일 만큼 의도된 품위와 냉정함이었다.

어느 날 저녁 잠자리에 들 시간이 지났는데 케이시가 2층 집무실에서 내려오지 않았다. 며칠 동안 과로를 이어온 그를 내버려둘 수 없었다. 나는 살얼음판을 걷듯 2층 계단을 올라가 그의 방문을 노크했다. 방 안에서는 아무 소리도 들리지 않았다.

문득 정체가 확실치 않은 생각이 목덜미를 타고 내려갔다. 등에 식은땀이 배었다. 나는 다급하게 두 주먹으로 문을 두드렸다. 방문은 굳게 닫혀 있었다. 나는 있는 힘을 다해 문손잡이를 젖히고 온몸으로 문을 밀어젖혔다.

흑단 책상을 마주한 케이시의 기묘한 자세와 표정이 떠오른다. 방 안의 어둠과 고요를 모두 흡수한 흑요석 반가사유상처럼 굳은 그의 표정은 잠긴 철문처럼 완강했다. 그를 파괴하지 않는 이상 도저히 열 수 없을 것처럼.

커튼이 일렁이고 달빛이 비쳐들었다. 그의 왼손이 테이블 위에, 다른 손은 오른쪽 관자놀이 부근에 있었다. 고개는 오른쪽으로 살짝 기울어져 있었다. 그의 오른손에서 검고 단단한 물체가 날카로운 빛을 발했다. 나는 반사적으로 진열장으로 시선을 돌렸다. 유리문이 활짝 열린 진열장의 두 번째 칸이 텅 비어 있었다.

"안 돼, 여보! 선장님! 애너!"

그 순간 짤깍짤깍, 노리쇠가 움직이는 소리가 두 번 들렸다. 나는 필사적으로 그의 손을 향해 달려들었다. 내 비명을 듣고 달려온 조 선장이 케이시의 손아귀에서 글록을 뜯어냈다. 나이가 믿기지 않는 강한 완력이었다. 그가 저항하느라 손을 휘저었고 책상 위의 집기들이 떨어지며 날카로운 소리를 냈다.

실랑이 끝에 빈손이 된 그는 두 손으로 머리를 감싸고 신음했다. 한참 후에야 그는 기진맥진한 음성으로 이렇게 살고 싶지 않다고, 제발 그만하자고 애원했다. 죽음에게조차 버림받았다는 절망감이 그를 짓눌렀다. 조 선장이 총에서 은빛 금속 막대를 분해해 들어 보였다.

"안심하셔도 됩니다. 격발이 되지 않도록 끝을 절단한 안전공이로 교체해두었으니까요."

케이시는 바닥에 팽개쳐진 책과 안경, 찻잔, 문진을 멍하니 돌아보았다. 자신이 저지른 일들을 믿기 힘들다는 듯이, 자신을 원하지 않는 죽음이 원망스럽다는 듯이. 조 선장이 통증을 느꼈는지 가슴을 움켜쥐며 눈살을 찌푸렸다. 그를 뜯어말리느라 드잡이하다 갈비뼈에 금이 간 모양이었다. 그 서슬에 나는 바닥에 넘어지며 발목을 접질렸다.

케이시가 어질러진 물건을 치우는 나를 돌아보았다. 조금 전의 그를 상상할 수 없을 만큼 나약한 시선이었다. 다친 나의 발목을 발견한 그는 화들짝 놀라 다가왔다. 그는 내 이름을 반복해 중얼거리며 부어오른 내 발목을 쓰다듬었다. 격렬한 전투를 끝내고 동료가 무사한지 확인하는 병사처럼.

우리는 정원 벤치에 나란히 앉아 저무는 해를 함께 바라보았다. 노을빛을 받은 그의 오른쪽 얼굴이 붉게 빛났고 반대쪽은 그늘져 있었다.

나는 총과 관련된 어떤 말도 하지 않았다. 그 일이 위태롭게 유지되고 있던 우리 관계를 더 냉랭하게 하거나 영원히 멀어지게 만들까 두려웠다. 죽음에 대해서는 아는 것이 없었고 그것을 설명할 마땅한 언어도 찾지 못했다. 설사 어떤 말을 찾아도 그에게 위로가 되지 않을 것 같았다. 서로가 없는 삶에 대해서는 구태여 말하고 싶지 않았다.

해가 서산마루에 걸렸을 때 그의 어깨가 들썩이기 시작했다. 안간힘을 다해 감정의 봇물을 틀어막느라 그의 몸은 돌처럼 단단해졌다. 그가 내 가슴에 머리를 기댔다. 그것은 차갑고 무거웠다. 살아 숨 쉬는 생명의 어떤 자력적인 의지도 느낄 수 없었다. 그가 더는 그 자리에 존재하지 않을지 모른다는 생각이 들었다.

TV에서 본 분쟁 지역 다큐멘터리의 한 장면이 떠올랐다. 수백 차례의 드론 폭격에 한때 눈부신 문명의 흔적이라곤 찾을 수 없는 콘크리트 더미로 변한 도시. 부서진 그의 내면은 파괴된 그 도시의 재와 연기를 떠올리게 했다.

나는 말없이 그의 머리를 쓸어내렸다. 이기적이지만 짧은 평화를 이어가고 싶었고 그의 울음을 그치게 할 마땅한 방도도 없었다.

지금에서야 그 고통의 원인이 슬픔이 아니라 지독한 소외감이었다는 깨달음이 온다. 나와 함께였을 때조차 그는 죽음 너머에 격리되어 있었다. 그 무력감과 절망이 그의 이성과 자제력을 무너뜨렸다고 믿고 싶다. 그래야 나 자신을 비참함에서 건질 것 같다.

어둠 속 낡은 벤치에 덩그러니 남은 나는 고개를 떨군다. 내가 그의 고통을 위로하지 못했다는 사실이, 내 슬픔을 위로할 힘이 내게 없다는 사실이 절망스럽다. 그날 내가 왜 그토록 결사적으로 조 선장과 애너에게 도움을 청했는지 알 것 같다. 그것이 나의 진심이 아니었다는 것을 이제는 분명히 안다. 내가 바란 건 케이시의 죽음이었다.

이렇게 말하면 거짓말이나 마음에 없는 소리나 역설적 표현으로 여길지 모른다. 당연하다. 그땐 나 자신조차 내 마음을 정확히 몰랐으니까. 고통은 철저히 개별적이다. 계량화되지 않으며 객관적이지도 합리적이지도 않다. 우리는 타인의 고통은 물론 자신의 고통조차 이해하지 못한다. 이해한다고 믿거나 이해하는 척할 뿐이다. 우리가 이해하는 것은 우리가 고통당한다는 사실뿐 고통 그 자체는 아니다.

케이시와 나는 같은 종류의 고통을 앓았다. 우리는 서로 고통 주면서도 그 고통을 이해했고 그 때문에 스스로 고통받았다. 그랬기 때문에 그는 죽음을, 더 정확히는 자살을 진지하게 생각하기 시작했고 나는 그의 고통을 보살피면서도 그의 생각에 동의하지 않을 수 없었다.

그렇다. 나는 케이시가 죽기를 바랐다. 그럼에도 그가 죽게 내버려둘 수는 없었다.

준모

나는 근거 없이 아내를 의심하거나 폭력을 행사하는 남편이 아니다. 그래서 노골적으로 거리를 두는 아내를 이해하려고 노력했다. 부부의 애정에는 온도 변화가 있기 마련이고 냉랭한 시기도 있으니까.

그러나 최근 반복적으로 일어난 일들에는 내가 모르는 무언가가 있었다. 내가 모르지만 어쩌면 알 것도 같은 어떤 남자의 그림자. 그렇다고 아내를 추궁할 용기는 없었다. 그녀가 사실을 말할 거란 확신도 없지만 사실을 털어놓을 것이 더 두려웠다.

장 교수가 의뢰했던 치정 사건의 갖가지 수법과 끔찍한 종말이 떠올랐다. 피해자에 대한 연민과 살인자에 대한 분노의 경계가 흐릿해졌고 급기야 살인자의 심경을 이해할 것 같았다.

나는 갖가지 단어를 번갈아 검색했다. 불륜, 외도, 증거 수집, 사설 정보원, 이혼……. 나 자신이 미친놈처럼 느껴졌다. 그래서 검색어를 바꾸어보았다. 의처증, 공황장애, 우울증, 망상장

애……. 그녀가 아닌 내게서 문제의 원인을 찾고 싶어서였다. 눈덩이처럼 커진 의심이 내 정신적 문제나 오해 때문이라면 괴로움이 덜할 것 같았다.

급기야 나는 아내의 일정을 체크하고 통화 내역을 훔쳐보기 시작했다. 해킹 프로그램 설치는 어렵지 않았다. 다크 웹 경로로 접촉한 프로그래머는 네 시간 만에 그녀의 태블릿 비밀번호를 전달했다. 그녀의 차에 위치 추적기도 달았다. 전방위로 아내를 감시하는 범죄를 저지르면서도 나는 그녀의 외도를 확인하기보다 내 억측과 오해를 풀고 싶다는 변명으로 스스로를 속였다.

그러던 중 아내의 통신 단말기에 모르는 통신 코드로 연결된 18분의 발신 통화 기록이 떴다. 코드를 검색하니 유명 이혼 전문 변호사 사무실이었다. 당장 그녀를 다그치고 싶었다. 설마 나와 이혼하려는 거냐고. 그러나 나는 그런 멍청한 질문으로 도청을 자백할 만큼 바보가 아니다.

최근 그녀와 연락을 지속하는 남자는 세 명이었다. 시립 미술관장 전인준, 미술품 거래상 장훈식, 화가 도기종. 임기 만료를 앞둔 전인준이 자신의 후임으로 아내를 추천했다는 것은 공공연한 사실이었다. 장훈식은 아내가 공들이고 있는 추상표현주의 전시회 큐레이터였다. 두 사람과 달리 화가 도기종은 그녀와 자주 연락할 이유를 딱히 찾기 어려웠다.

며칠 후 아내는 밤 10시가 되도록 귀가하지 않았다. 위치 추적기를 확인하니 그녀의 차는 이건 갤러리 주차장에 있었다. 그런데 키에 장착한 필름형 위치 추적기는 걸어서 10여 분 거리에 있는 한솔 갤러리를 가리켰다. 검색해보니 그날 그곳에서 화가 도기종의 개인전 피날레 행사가 있었다. 머릿속에서 온갖 생각이 들끓었다. 그녀는 왜 차를 두고 걸어서 한솔 갤러리로 갔을까? 그곳에서 도기종과 무슨 일을 벌이는 걸까?

30분 후 나는 길가에 차를 대고 건너편 한솔 갤러리를 살폈다. 넓은 창 너머로 파티장의 눈부신 조명이 번져나왔다. 40여 명의 남녀가 수족관의 물고기처럼 환한 빛 속을 유영했다. 내가 아는 미술계 인물도 드문드문 보였다. 나 자신이 한심하기 짝이 없었다. 어쩌다 이 시간에 이런 곳에서 아내의 뒤꽁무니나 좇아다니는 못난 인간이 된 건지…….

무릎을 덮는 물빛 원피스를 입은 여자가 눈에 들어왔다. 정면에서만 보던 아내의 뒷모습이 따뜻한 조명 빛에 낯설고도 아름답게 도드라졌다. 맞은편에는 검은 정장 차림의 남자가 서 있었다. 도기종이었다. 그는 한쪽 이마에 흘러내린 곱슬머리를 연신 쓸어올리며 그녀에게 뭔가 열심히 설명했다. 취기가 오른 듯 입가에는 음흉한 미소가 맴돌았고 그녀를 마주 보는 시선은 다정함을 가장하고 있었다.

당장 그 자리를 벗어나야 했다. 그곳에 계속 있으면 나 자신을 통제할 수 없을 것 같았다. 그런데도 그 자리를 벗어날 수 없었다.

30분 정도가 지났을 때 검은 개폐형 캡슐이 장착된 은빛 카브리올레가 주차장 경사로를 돌아 올라왔다. 도기종과 아내를 태운 차는 소리 없이 어둠 속을 미끄러졌다. 나는 시동을 걸고 엔진 소음을 죽이느라 안간힘을 쓰며 그들을 뒤쫓았다.

대문 앞 도로에 도착한 차는 전조등을 껐다. 나는 30미터쯤 뒤에 차를 대고 어둠을 노려보았다. 5분이 지나도 차 문은 열리지 않았다. 온몸의 피가 치솟고 근육이 팽팽하게 긴장했다. 나는 울타리 사이 쪽문을 통해 차고로 갔다. 작업대 아래 선반을 더듬는데 묵직한 타이어 렌치가 손에 잡혔다.

나는 어두운 정원을 가로질러 도기종의 차로 다가섰다. 그자의 능글맞은 얼굴이 차창에 어렴풋이 어렸다. 내 손에 들린 렌치가 허공으로 번쩍 치켜올라갔다. 퍽! 알알이 부서진 유리 파편이 사방으로 튀며 반짝였다. 아내가 뭐라고 소리쳤지만 내 귀에는 들리지 않았다.

도기종은 따지거나 달려들기를 포기한 채 하얗게 질렸다. 그의 차가 사라진 후에도 나는 어둠 속에 남은 브레이크 등의 붉은 잔상을 노려보았다. 아내는 모르는 사람처럼 나를 지나쳐 집으로 들어갔다.

한참 후 내가 뒤따라 들어갔을 때 그녀는 잠들어 있었다. 잠든 척하는 것이리라. 나는 침실을 나와 작업실 간이침대에서 뜬 눈으로 밤을 보냈다. 그날 밤 그녀를 추궁했다면 이후의 오해와 비극을 피할 수 있었을까? 그 남자 누구냐고, 왜 그 남자 차에

탔느냐고, 무슨 얘기를 그렇게 오래 했느냐고……. 그러나 그런 말을 하는 나 자신의 구차함을 견딜 수 없을 것 같았다.

다음날에도 나는 간밤의 일에 대해 입을 다물었다. 내가 실수를 깊이 후회한다고 여긴 아내도 일을 키우고 싶지 않은 듯 말을 아꼈다. 설사 그녀가 명확한 해명을 했어도 내게는 공허한 변명으로밖에 들리지 않았을 것이다. 그녀가 내 속을 빤히 들여다보고 있는 것 같았다. 의심이 가시기는커녕 더 강한 의심이 고개를 쳐들었다.

나는 덫에 걸린 짐승처럼 버둥거렸다. 나 자신의 감정을 제어할 수 없었고 상시적인 울분으로 기력이 쇠잔해졌다. 모든 사람이 공모해 나를 수렁에 빠뜨리는 것 같았다.

장 교수의 메시지가 도착한 건 그 무렵이었다. 내가 바닥에 곤두박질치기를 기다린 것처럼 정확한 타이밍이었다. 안부 인사조차 없는 딱딱한 한 문장.

—나는 당신에게 계약을 이행하기를 요구합니다.

나는 급하게 자판을 눌렀다. 서두르느라 맞춤법이 실수투성이였지만 급한 마음에 전송 버튼을 눌렀다.

—당신…… 무구에요?

그는 알레그리아에서 함께 대관람차를 탄 적이 있으며 내게 일자리를 주고 사진 작업을 후원하고 생활비를 지원한 사람이라고 했다. 숨이 막히고 가슴이 요동쳤다. 그도 그럴 것이 나는 결혼 후 장 교수의 존재를 까맣게 잊고 있었다.

전속 프리젠터 계약을 해지할 때 나는 그에게 뻔한 핑계를 대기보다 사실을 말했다. 사랑하는 여자를 만났으며 이제 사진에 전념하겠다고. 갑자기 일을 그만두게 되어 미안하다고도 덧붙였다. 그는 한차례의 만류나 설득도 없이 알았다고 말했다. 내가 지금껏 한 일이 아무 의미 없다는 투였다. 홀가분함보다 서운함이 느껴질 정도였다.

그날 이후 나는 그를 잊었다. 삶의 어두운 시기를 돌아보거나 의미를 두고 싶지 않았다. 그 일은 한때의 호구지책에 불과했고 계약은 비밀에 묻혔으니까.

나는 그의 메시지를 무시할지 답할지 갈피를 잡지 못했다. 그는 우왕좌왕하는 내게 알레그리아로 초대하는 메시지를 보냈다. 내키지 않아도 그의 지시를 따를 수밖에 없었다. 내가 피할수록 그는 더 집요하게 달라붙을 테니까.

알레그리아는 겨울이 한창이었다. 군데군데 녹지 않고 쌓인 눈과 마른 가지를 흔드는 바람 속에서 나는 떠나온 현실의 여름 햇살을 그리워했다. 그는 대관람차가 멀리 보이는 공원 벤치에서 나를 기다렸다. 내가 다가가자 자리에 앉기도 전에 그가 말했다.

—당신에게 타겟 인물을 알려드리겠습니다.

나를 궁핍에서 꺼내 사진작가로 만들어준 그가 꺼내든 청구서였다. 그제야 그의 말을 더 신중하게 들었어야 했다는 후회가 들었다. 나는 다급하게 말했다.

—잠깐 기다려요. 생각할 시간이 필요해요.

—지금은 생각이 아니라 행동할 시간입니다. 생각은 계약서에 서명하기 전에 해야 했어요.

—살인 사건을 조사하는 일과 살인을 저지르는 건 달라요.

—양심의 가책을 느낄 필요는 없습니다. 자신을 가장 믿고 사랑하는 사람을 죽인 살인자니까요. 그런데도 징벌은커녕 피해자의 부와 명성을 가로챈 파렴치한이죠.

—사랑하지도 않으면서 재산을 노리고 접근해 자신을 사랑하는 사람을 죽였다는 건가요?

—사랑했는지 사랑하는 척하고 접근했는지는 의미가 없어요. 중요한 건 의도가 아니라 결과니까요. 결과는 자신을 사랑하는 사람을 죽이고 새로운 사랑을 찾아 떠났다는 거예요.

나는 생각할 시간을 벌고 싶었다. 호숫가의 시든 갈대가 바람에 쓸리고 한 무리의 오리 떼가 고요한 수면을 가르며 날아올랐다. 기슭에 낚싯대를 드리운 사람들이 조용히 수면을 응시했다. 내가 말했다.

—그게 사실이라면 경찰에 신고하거나 수사를 촉구해보세요. 필요하면 제가 조사해볼까요?

—경찰은 증거를 찾지도 사건의 실체를 밝히지도 못했어요. 당신이 조사해도 변하는 건 없을 겁니다.

—제가 조사해볼게요. 그 사람 이름을 알려주세요.

—장민주입니다.

무척이나 낯설게 들리는 이름이었다. 엉킨 실타래처럼 복잡한 머릿속이 가라앉자 누군가가 목줄기를 비틀어짜는 통증이 몰려왔다. 그가 말을 이었다.

—5년 전 말기 암으로 고통받던 남편을 죽인 살인자죠.

나는 안간힘을 다해 입 밖으로 말을 밀어냈다.

—무슨 증거로 그런 터무니없는 말을 하죠? 아니, 증거가 있어도 믿을 수 없어요. 계약을 파기하겠어요.

—계약을 파기할 방법은 없어요. 당신이 하지 않으면 다른 프리젠터가 대신할 겁니다. 당신이 죽거나 아내가 죽겠죠. 어쩌면 둘 다 죽거나요. 하지만 당신은 계약을 지킬 겁니다.

—뭘 근거로 그렇게 자신하죠?

—당신이 지금껏 해온 수많은 결정을 분석한 결과 당신을 선택했으니까요. 당신이 도저히 거부할 수 없는 조건을 생각해 봐요. 계약을 이행하는 순간, 즉 아내의 사망이 확인되는 순간 달라질 것들 말이에요. 당신은 그녀의 재산과 명성의 유일한 상속자예요.

높낮이 없는 냉담한 목소리에 정수리 살갗이 따끔거렸다. 그가 그린 그림 속의 나는 단순한 살인 청부 업자가 아니라 젊은 나이에 남편을 잃은 가엾은 여인의 유산을 노리고 접근해 살해하는 쓰레기였다. 햇살이 성긴 나뭇잎 사이를 뚫고 들어와 두 눈을 쏘았다. 올가미에 걸린 기분이었다. 나는 떨리는 목소리로 소리쳤다.

—내가 돈에 눈이 멀어 아내를 죽일 미친놈으로 보여?

—미쳐야 사람을 죽이는 건 아니에요. 수많은 범죄와 악인의 사례를 학습한 나는 인간의 본성이 악하며 변하지 않는다는 걸 알아요. 악은 사라진 것처럼 보여도 내면에 가라앉아 있을 뿐 적당한 상황이 되면 되살아나요. 그러니 당신은 프리젠터 계약을 이행하게 될 거예요. 알파고 대신 바둑판에 돌을 놓는 아자황처럼.

그가 진실을 말한다고 믿기 힘들었고 진실이라도 믿고 싶지 않았다. 그러나 아무리 부정해도 계약은 여전히 유효했고 파기할 방법도 없었다. 그때 나는 왜 그렇게 어리석고 탐욕스러웠을까? 생각 없이 살아온 삶의 대가가 이렇게 가혹한 걸까?

나는 자포자기한 심정으로 말했다.

—며칠만 조사할 시간을 주세요. 잘못된 정보로 일을 그르치고 싶지 않으니까요.

그는 내막을 밝히든 그렇지 않든 3일 후 작업에 착수하라는 지시를 남기고 교신을 끊었다.

결혼 후 나는 아내의 이름을 검색한 적이 없었다. 나를 만나기 전의 아내나 그녀의 전남편이 궁금했지만 과거가 현재의 삶을 오염시키기를 원치 않았다. 그러나 상황이 변했다. 나를 사랑하는지 그렇지 않은지와 상관없이 그녀는 내 아내이고 나는 그녀에게 닥친 위험을 두고 볼 수 없었다.

나는 아내의 이름을 오래된 순으로 검색했다. 초기 몇몇 연극 소개 말미에 출연진 명단이나 조연으로 짧게 언급되던 그녀의 기사와 영상은 결혼을 전후한 시점부터 크게 늘어났다. 거의 모든 기사에서 그녀는 신데렐라로 묘사되었고 사람들도 그렇게 믿었다.

반면 케이시 김이란 이름은 10여 년 전부터 종종 언급되었다. 그는 IT 발전사에 중요한 인물이었고 그가 개발한 범용 AI는 엄청난 화제를 불러일으켰다. 두 사람의 파격적 결혼에 비하면 그의 죽음에 얽힌 화제나 기사는 대체로 빈약했다. 다만 몇몇 자료에서 의미 있는 언급을 찾을 수 있었다. 다양한 제품평을 싣는 IT 평론가 조찬민의 블로그 글이었다.

그는 '마인텔 12' 제품 평에서 케이시가 말년에 몰두했던 연구가 성공했다면 놀라운 유작이 탄생했으리라고 짧게 언급했다. 근거는 빈약했지만 세상에 공개되지 않은 천재적 AI가 시판되었다면 인공지능의 개념을 바꾸었을 거라고도 단언했다. 요절한 IT 천재에 대한 애도가 과도한 억측으로 발전한 감정적 글이었다.

케이시의 죽음에 관한 의문은 기사 말미의 두 문장에 등장했다.

경찰은 케이시 김의 사인을 말기 췌장암으로 인한 폐렴이라고 밝

혔다. 그런데 경찰은 왜 병사가 분명한 그의 사인을 수사했을까?

마지막 물음표는 내게 새로운 의문을 던졌다. 나는 '케이시', '타살', '피살'이라는 단어를 조합해 검색했다. 치료를 거부한 그의 죽음에 관한 의문은 대부분 허황된 음모론에 가까웠다. 새로운 AI 개발을 저지하려는 경쟁사의 음모, 연구 기밀을 훔치려는 세력의 소행, 재산을 노린 젊은 아내의 남편 살해라는 주장이 뒤섞여 있었다.

그러나 그가 죽음을 앞둔 말기 암 환자란 사실을 감안하면 타살설은 터무니없는 억측이었다. 머지않아 죽을 것이 자명한 사람을 위험을 무릅쓰고 죽일 이유가 어디 있단 말인가?

그럼에도 누군가가 그를 죽였을 거라는 상상에는 곰곰이 뜯어볼 만한 뭔가가 있었다.

"경찰 수사는 의혹을 해소하는 차원에서 이루어졌어요. 유명인의 죽음을 잘못 다루면 두고두고 뒷말이 남으니까요."

경찰서 본관 뒤뜰의 야외 테이블에 앉은 오십대 초반의 여자가 말했다. 케이시 사망 사건 담당 형사 홍미란이었다. 당시 그녀는 스물여섯 명의 관련자를 탐문해 열세 명을 소환했으며 CCTV 30여 대를 확인했다고 했다.

"할 수 있는 건 다 했는데 특별한 단서는 없었어요. 탐문과 CCTV 확인, 주변인 소환과 알리바이 확인에서도 나오는 게 없었죠. 결국 범죄 혐의 없는 병사로 사건을 종결했죠."

나는 당시에 경찰이 아내를 소환했는지 물었다. 그녀는 당연한 걸 왜 묻느냐는 듯 시큰둥했다.

"바이오 AI 거짓말탐지기까지 동원했는데 혐의점은 없었어요. 사망 시점에 현장에 있긴 했는데 직접적인 관련은 없었죠. 전직 간호사인 그녀는 통증에 시달리는 남편에게 정기적으로 진통제와 안정제를 투여했어요. 그날은 잠들기 전까지 대화를 나누다 방을 나왔죠. 진술은 방 안의 CCTV 녹화 장면과 정확히 일치했어요. 환자가 사용하던 방이라 설치했다더군요."

"그런데 왜 타살이라는 소문이 퍼졌을까요?"

"사람들은 자극적인 이야기를 만들어내기를 좋아하잖아요."

그녀가 냉담한 웃음을 흘렸다. 나는 대화를 이어가야 한다는 조급함을 감추며 물었다.

"케이시의 부검이 이루어졌나요?"

그녀는 고개를 저었다.

"유족 반대가 있으면 부검은 불가능해요. 사체에 상해 흔적이나 독극물 소견도 없었고요. 범죄 혐의가 뚜렷하지 않은 남편 시신에 칼을 대라고 순순히 허락할 아내가 어딨겠어요?"

"그녀의 표정이나 태도 중 기억나는 게 있나요?"

"오래전 일이라 가물가물하지만 놀라울 정도로 침착했던 걸로 기억해요. 눈길을 끄는 외모였죠. 배우 출신이라 자신의 역할을 설정하고 몰입하는 능력이 뛰어난 것 같았어요."

“그녀가 침착함을 연기했다는 건가요?”

“어떤 상황이든 능숙하고 적절하게 대처하는 능력을 말하는 거예요.”

뜰에 가득한 마로니에 그늘이 시멘트 담을 기어올랐다. 홍미란은 짧게 자른 머리카락을 쓸어넘기며 시계를 들여다보았다. 4시 20분을 지나고 있었다. 그녀는 10분 후 부서 회의가 있다며 일어섰다.

답변에 특별한 사실은 없었지만 당시를 회상하는 그녀의 태도와 몇몇 언급은 의미가 있었다. 케이시 사망 당시 아내가 현장에 함께 있었고 부검을 강하게 거부한 사실, 홍미란이 그녀에게서 엿본 연기술 같은 것이었다. 좋은 쪽으로 생각하면 남편에 대한 사랑으로 보이지만 생각하기에 따라 그녀를 의심할 단서가 될 수도 있었다. 그런데 나는 왜 아내를 집요하게 의심하는가?

내가 구하는 건 과거의 사건을 둘러싼 진실이 아니라 가까운 미래에 내가 선택해야 할 행위에 대한 최소한의 정당성이었다. 계약이 파기되지 않는 한 나는 아내를 죽일 이유를 억지로라도 찾아야 했다.

아내에 대한 나의 의심에 전적으로 근거가 없지는 않았다. 최근 들어 그녀는 나와 거리를 두었고 남자들과의 통화가 늘었으며 귀가가 늦는 날도 잦았다. 그렇다 해도 그녀가 죽음을 앞둔 남편을 의도적으로 살해할 사람이라고 상상할 수는 없었다.

장 교수는 어떤 경로로 그녀가 살인자라는 정보를 얻었을까? 그는 무슨 의도로 내게 접근했을까? 왜 내게 이런 올가미를 씌우는 걸까? 나와 그녀의 만남도 그의 계획 중 일부였을까?

장 교수에 대한 나의 기억은 알레그리아에서의 만남이 전부였다. 사십대 후반, 검은 뿔테 안경, 이마 한쪽에 드리운 곱슬머리, 크지 않은 키, 호리호리하면서도 강건해 보이는 체격, 터틀넥 셔츠와 검은 정장…….

모든 것이 타인의 계정을 도용했거나 적당히 내세운 가상의 이미지일 가능성이 컸다. 신분 도용과 경력 세탁은 알레그리아에서 일상적이었으니까.

반면 현실의 장재민에 대해 내가 아는 건 전혀 없었다. 그의 이름과 나이, 사는 곳은 물론 실제로 그가 존재하는 인물인지조차 몰랐다. 그의 이름을 검색하면 동명인 서울의 회계사와 부산의 초등학교 교사, 인천의 청과물 소매상 사이트가 떴다. 어쩌면 그는 하나의 계정을 공유하는 여러 사람, 혹은 같은 목적을 가진 단체나 범죄 집단일지 몰랐다. 아니면 청부 살인에 특화된 프리젠터 에이전시의 대표 인격이거나.

그와 나를 연결하는 유일한 접점은 계약을 대행한 안장호였다. 나는 적지 않은 상담료를 선불로 지급하고 그의 사무실을 찾았다. 이전에 만났을 때보다 세련된 옷차림을 한 그의 표정에서는 여유가 묻어났다.

내가 장재민에 관해 묻자 그는 고개를 갸웃거렸다. 계약서를 눈앞에 들이밀자 그는 마지못해 법률 절차 몇 건을 대행한 적이 있다고 실토하면서도 비밀 엄수 조항 때문에 구체적인 사항은 말할 수 없다고 버텼다. 나는 장재민의 전속 프리젠터로서 그에 대해 좀 더 알면 업무에 도움이 될 테니 아는 것이 있으면 말해달라고 부탁했다. 그제야 여유를 되찾은 그는 내게 커피를 권했다.

"그분은 프리젠터의 고충을 누구보다 잘 이해하시죠. 비용을 깎거나 귀찮은 일을 맡기지 않고 제대로 된 결과에는 충분히 보상하는 특 A급 우량 고객입니다."

나는 그를 직접 본 적이 있는지 캐물었다. 아니, 분명 보았을 거라며 그의 나이와 용모, 그게 아니면 뭐라도 좋으니 그에 관해 말하라고 다그쳤다. 그는 난감한 표정으로 입을 열었다.

"저도 그분을 직접 뵙진 못했습니다. 알다시피 우리 업무는 대개 비대면으로 이루어지니까요. 하지만 꼭 보아야 알 수 있는 건 아니죠. 신을 믿고 기적을 믿는 것처럼 말이에요."

더 캐낼 것은 없었다. 장재민은 여전히 안개 속에 존재하는 것 같았고 심지어 존재하지 않는 것처럼 보였다. 안장호의 사무실을 나온 나는 터덜터덜 걸었다.

집까지는 걸어서 50분이 넘는 꽤 먼 거리였다. 두 블록을 지나자 등에 땀이 배고 얼굴에 열이 올랐다. 달아오른 도로의 뜨거운 감각이 종아리를 휘감았다. 어긋난 보도블록 간의 단차가 발바닥에 느껴졌다. 한 발 한 발 내딛는 걸음마다 나는 내 몸으로 공간을 이동해가는 실제적 감각을, 내가 발 디딘 공간이 가상이 아니라 현실이라는 사실을 확인했다.

그렇다. 이곳은 실재하는 장소다. 그리고 나는 이곳에 실재한다. 그리고 형체가 없는 또 하나의 세계가 있다. 거기에 보이지 않는 존재가 있다. 장재민. 그는 실재하는 세계에 모습을 드러낸 적이 없다. 알레그리아의 대관람차에서 내가 본 모습은 환영에 불과했다. 매번 다른 사람 앞에 나설 때마다 쓰고 버리는 일회용 이름과 얼굴. 그는 철학자와 살인자의 얼굴을 동시에 가졌거나 어느 쪽도 아닌 미지의 존재였다.

그렇다면 나는 존재하지도 않는 인간의 살인 청부를 맡은 걸까? 아니다. 그는 존재한다. 존재할 뿐 아니라 강압적인 사고와 행동으로 나를 옥죄고 있다.

장재민은 독극물 사고, 교통사고, 추락 사고, 해양 사고, 혹한기 등반 사고, 폭발 사고와 같은 다양한 사고의 이미지와 보고서를 잇따라 전송했다. 그중에는 내가 이전에 조사한 적이 있는 자동차 사고 보고서도 있었다. 경찰이 불량 배터리 발화로 인한 화재로 처리한 단순 사건을 사망보험금을 노린 자살 사건으로 밝혀낸 보험 조사원의 집요한 추적 경위서였다. 문서를 열자 알고리즘으로 연결된 배터리의 작동 원리와 성능, 취약점에 대한 수백 건의 자료가 떴다.

자동차 화재 사고와 배터리를 특정한 알고리즘은 증거를 남기지 않고 명확한 알리바이를 확보할 효과적인 살해법을 암시하고 있었다. 그러나 살인을 계획하는 것과 행동으로 옮기는 건 다른 일이다. 자동차 정비는 나의 순수한 취미일 뿐 살인 도구가 될 수는 없었다.

계약을 이행하지도, 아내의 결백을 확인하지도 못한 채 하루하루가 지나갔다. 용의주도한 장재민은 계약 위반에 대비한 플랜 B를 가동할 것이다. 나를 처리할 제2, 제3의 살인 계약을 체결했거나 필요하다고 판단되면 직접 나설 수도 있었다. 어떤 경우든 아내와 내가 위험을 벗어나기는 쉽지 않을 것이다.

아내에 대한 나의 의심은 이제 걱정으로 바뀌었다. 비록 그녀를 완전히 신뢰하지 못해도 우리는 부부였다. 나에겐 그녀를 보호할 의무가 있었고 또 그렇게 하고 싶었다.

나는 수많은 사고를 예로 들며 그녀에게 조심하라고 당부했다. 하루에도 몇 번씩 메시지와 전화로 안전을 확인하지 않으면 불안했다. 그래도 마음이 놓이지 않으면 그녀 몰래 갤러리 먼발치에서 무사함을 확인했고 퇴근 30분 전에 차를 몰고 마중을 나갔다. 고마워하던 그녀도 나의 집착이 심해지자 짜증을 냈다.

"당신 요즘 신경과민이야. 도대체 내게 무슨 일이 일어난다고 아무 때나 문자를 보내고 미팅 중에 전화를 거냐고."

나는 크고 작은 사건 사고 기사들을 프롬프터에 겹쳐 띄우고 소리쳤다.

"이 사람들을 봐. 모터보트 전복으로 한 명 실종, 한 명 사망, 고속도로 6중 추돌로 두 명 사망, 주택가 화재로 삼십대 세입자 의식불명, 주물공장 프레스에 깔려 이십대 노동자 사망, 한강 둔치에서 여성 변사체 발견……. 이 사람들이 그때 그곳에서 죽을 거라고 생각이나 했겠어?"

그녀가 반박했다.

"안타깝긴 하지만 사고는 매일 일어나. 당신이 감시한다고 피할 수 있는 일이 아니잖아."

"피할 수는 없지만 조심할 수는 있어."

아내의 조치원 출장 소식을 듣는 순간 나는 소름이 끼쳤다. 우리를 향해 뭔가가 전속력으로 다가온다는 섬뜩한 예감이 들었다. 출장 전날 나는 종일 차고에서 그녀의 차를 구석구석 점검했다. 구입한 지 1년도 안 된 출퇴근용 차량이라 상태는 나무랄 데 없었다. 그래도 나는 오일을 교체하고 타이어를 점검하고 공기압을 조정했다. 모든 부품은 정상 작동했고 핸들 떨림이나 브레이크 밀림도 없었고 배터리 상태도 양호했다.

회사에서 돌아온 그녀는 늦도록 멀쩡한 계기판을 뜯고 타이어 위치를 바꾸는 나를 못마땅한 눈으로 지켜보았다. 나는 감정을 통제하지 못하는 편집증 환자에서 불안에 잠식당한 신경증 환자가 된 것일까? 그럴지도 모른다. 아무리 똑똑한 사람도 두려움 앞에서는 멍청해지는 법이다.

사고를 전하는 경찰의 전화를 받던 순간의 공포를 잊을 수 없다. 귀에서 온갖 풀벌레와 작은 새들이 동시에 울어대는 소리가 났다. 괜찮다는 경찰의 말을 믿을 수 없었다. 정신없이 병원으로 달려가 침대에 누운 아내를 확인한 후에도 불안은 가시지 않았다. 의사는 이마가 찢어지는 찰과상을 입었고 연기를 조금 마셨을 뿐 생명에는 지장이 없다고 말했다.

기진맥진한 아내를 데리고 집으로 온 나는 그녀가 잠든 것을 확인하고야 정원으로 나왔다. 서늘한 바람 속에서 내가 마주한 현실이 선명하게 다가왔다. 자동차 사고는 계약 이행을 주저하는 내게 장재민이 보낸 경고였다. 그는 아내를 위험에 빠뜨림으로써 내 우유부단함을 조롱했고 행동을 강요했다. 그녀가 생명을 부지한 것이 의도라면 내게 결행을 재촉한 것이고 프리젠터의 실수라면 나를 버렸다는 의미였다. 이제 나는 장재민의 프리젠터가 아니라 목표물이 되었다.

그때 메시지 알림음과 함께 동영상 하나가 도착했다. 증강렌즈를 작동시키자 어둠 속에 디지털 홀로그램이 떠올랐다. 고속도로를 달리는 아내의 차 안이었다. 그녀는 평온한 표정으로 운전대에 한쪽 손을 걸치고 있었다. 흰 차선이 다가왔다가 뒤로 물러났고 중앙분리대의 가림막이 휙휙 지나갔다.

잠시 후 그녀가 눈살을 찌푸리며 코를 킁킁거리기 시작했다. 차 뒤창 너머로 희미한 연기가 피어올랐다. 그런데도 그녀는 상황을 알아차리지 못하고 전방 도로만을 주시했다. 저만치 따라

오던 고속도로 순찰차가 경광등을 번쩍였다. 그녀는 경관의 지시에 따라 속도를 줄이며 차선을 바꾸었다. 뿌연 연기가 삽시간에 차량 내부로 스며들었다. 당황한 그녀가 갓길에 차를 멈추고 손잡이를 흔들었다. 문은 꿈쩍도 하지 않았다. 겁에 질린 그녀는 차창을 두드리며 소리쳤다. 연기는 점점 짙어졌다. 그녀의 위기감과 절박감이 그대로 느껴졌다. 죽음이, 아니 죽음 자체보다는 죽을지 모른다는 두려움이.

순찰대원이 차창 밖에서 아내에게 물러나라고 손짓했다. 그는 손도끼로 조수석 창을 후려쳤다. 세 번째 타격에 산산이 부서진 창유리 파편이 안으로 쏟아졌다. 겁에 질린 그녀는 여전히 운전석에 얼어붙어 있었다. 이마와 뺨은 피에 물들어 있었다. 순찰대원이 실신 직전인 그녀의 겨드랑이를 잡고 차창 밖으로 끌어냈다.

연기로 가득한 차 안에서 탁 소리와 함께 선홍색 불꽃이 튀었다. 차량 블랙박스 배선이 불길에 녹아내린 듯했다. 화면은 암전으로 가라앉았다. 나는 나도 모르게 소리쳤다.

"당신 그 사람 블랙박스를 해킹한 거야? 차에 불을 지른 것도 당신 짓이야?"

대답 대신 단조로운 알림음과 함께 또 다른 동영상이 떴다. 침실에 잠든 아내의 모습이었다. 그녀는 잠 속에서도 통증을 느끼는 듯 눈살을 찌푸렸고 간혹 손을 허공에 내저었다. 벽시계의 문자판에 여섯 개의 숫자가 선명하게 깜빡였다.

11:38:57, 11:38:58, 11:38:59……

나는 손목의 스마트 워치를 확인했다. 화면 속 숫자는 벽시계의 시간과 정확히 일치했다. 그것은 녹화 영상이 아닌 실황 영상이었다. 날카로운 통증과 함께 온몸에 소름이 끼쳤다. 놈이 아내와 나의 침실을 거울처럼 들여다보고 있었다.

"언제부터야? 언제부터 우리 집 안방을 해킹한 거야?"

갈라진 내 목소리가 단조로운 문자의 형태로 전송되었다. 놈이 대꾸했다.

—중요한 건 언제부터냐가 아니라 지금부터야. 차에 불을 지른 건 당신이야. 그런 적이 없다고? 기억나지 않는다면 천천히 생각해봐. 그럼 잃어버린 기억이 돌아올지 모르니까.

놈은 나를 비꼬는 것 같았다. 분노로 손이 떨리고 얼굴이 갈라질 것처럼 뜨거웠다.

"경찰에 신고할 거야. 네가 보낸 동영상은 불법 해킹과 아내를 죽이려 한 증거로 충분해. 넌 이제 끝났어, 이 새끼야."

—감정에 휘둘리는 건 바보짓이야. 이 동영상은 과거에 일어난 사건과 현재 사실을 보여줄 뿐 살인이나 해킹의 증거가 되지 못해. 해킹으로 따지면 나보다 네가 더 문제겠지. 아내 차에 위치 추적기를 달고 갤러리 CCTV를 해킹한 건 너니까. 아내를 죽이려 한 것도 마찬가지고.

"거짓말! 아내 차에 위치 추적기를 달고 CCTV로 감시한 건 부인할 수 없지만 그녀를 죽이려 했다는 건 사실이 아니야."

—경찰이 과연 그 말을 믿어줄까?

접속은 끊어졌다. 그것은 계약을 이행하라는 강한 압박이었다. 경찰의 도움을 기대하지 말라는 경고였고 내가 거부해도 그녀를 죽이겠다는 협박이었다. 그 경우에도 아내를 죽인 살인범은 내가 될 것이다. 장재민과 맺은 청부 살인 계약의 대상이 그녀라는 건 엄연한 사실이니까. 모든 것이 분명해졌다. 아내를 죽이든 아내를 죽인 살인자란 누명을 쓰든, 나는 악마가 설계한 미로를 벗어날 수 없었다.

어둡고 끈적끈적한 공기가 숨을 옥죄었다. 더는 의심과 불안을 짊어지고 갈 수 없었다. 나는 그녀에게 물어야 했다. 정말 그녀가 케이시를 죽였는지, 죽였다면 왜 그랬는지, 내게 무엇을 숨기고 있는지, 내가 어떻게 하기를 원하는지…….

아내에게 말을 꺼내기는 쉽지 않았다. 나의 의혹과 그녀의 비밀이 충돌해 우리 관계를 파국으로 몰고 갈 것이 두려웠다. 그녀가 아무렇지도 않게 케이시를 죽였다고 말할 것 같아 겁이 났다. 진실이 어느 쪽인지 나는 알고 싶지 않았다. 모르는 것은 모르는 대로 그냥 내버려두고 싶었다.

우리 관계가 무너지기 전에는 달랐다. 우리는 잡다한 속내를 서로에게 털어놓았고 사소하고 부질없는 이야기도 서슴없이 나누었다. 아침에 눈뜨면 새들처럼 조잘거렸고 잠자리에서 불을 끄고도 대화를 이어갔다. 화장대 거울을 보며, 침대에 걸터앉아, 정원의 느릅나무 아래서 잘 알거나 모르는 사람들의 험담을 늘어놓거나 둘만 아는 멋진 여행지에 대해 소곤거렸다.

가끔 피우는 고집이나 높아진 언성조차 대화에 재미를 더해주는 자잘한 요소였다. 속삭임이 말다툼으로 번져도 밤이면 침대에 나란히 누워 수십 년 전 부부 싸움을 회상하는 노부부처럼 낮의 일을 되새기며 낄낄댔다.

거리낌 없는 대화의 밑바닥에는 무슨 얘기든 들어주고 아무리 독한 말도 나중에 서로를 비난하는 빌미로 삼지 않을 거란 믿음이 있었다. 서로를 향한 흉이나 비난도 세심한 시선으로 가까이에서 오래 관찰하지 않으면 결코 포착해낼 수 없는 것들이었다. 분명한 결점이지만 한편으론 당사자가 결코 부인할 수 없는 진실들.

그러나 서로에 대한 신뢰가 무너진 지금은 서로가 말을 아꼈다. 내가 건성으로 몇 마디를 던지면 그녀는 마지못해 웃는 시늉을 했다. 말 한마디를 하는 데 수십 가지 생각이 필요했다. 대화는 생각대로 흘러가지 않고 정작 해야 할 말은 생각나지 않거나 상황에 맞지 않았다.

우리는 허공에 걸린 외줄 위에 마주선 두 광대처럼 서로를 둘러싼 의혹과 불신에도 아무렇지 않은 척했다. 어느 한쪽이 조금이라도 움직이면 팽팽한 줄이 흔들리고 다른 쪽이 중심을 잃으면 줄이 더 심하게 흔들려 결국 함께 추락할 것 같아서.

내가 어떤 말이라도 꺼내려고 아내를 바라보았을 때 그녀의 통신 알림 벨이 울렸다. 화면을 확인하던 그녀의 얼굴이 돌처럼 굳었다. 짧은 순간, 그녀의 얼굴을 스치는 수십 가지 감정이 고스란히 보였다. 놀람과 호기심, 불안과 공포, 의혹과 분노, 배신감과 비탄…….

"미안해, 잠깐 전화 좀 할게."

쫓기는 사람처럼 집 안으로 들어간 그녀는 한참 후에도 돌아오지 않았다. 나를 대하기가 두려운지 귀찮은지 알 수 없었다. 바람이 쌀쌀해지고 한기가 느껴졌다.

집 안으로 들어가니 그녀는 혼이 나간 사람처럼 허공을 바라보고 있었다. 공포가 벗길 수 없는 강철 가면처럼 얼굴을 뒤덮었고 손에는 두툼한 종이 뭉치가 들려 있었다. 누구냐고, 무슨 일이냐고 물어도 대답은 없었다. 자신에게 일어난 엄청난 일을 외면하거나 혼자 짊어지려는 눈치였다. 누군가에게 협박당하는 걸까? 아니면 말 못할 고통에 시달리고 있을까? 자세한 이유는 모르지만 날 믿지 못하는 건 분명했다. 우리 관계의 끝이 빤히 보였다.

사람들은 우리의 결혼을 비웃고 모욕하고 비난했다. 죽은 남편의 재산으로 젊은 남자를 꿰찬 악녀와 재산을 노리고 젊은 미망인을 유혹한 날건달. 세상이 온통 적이었던 그때 우리는 밑도 끝도 없는 헛소문과 악의에 찬 모욕에 함께 맞섰다. 그러나 세상이 우릴 잊자 우리는 서로를 적으로 돌렸다.

그래서는 안 된다고 생각하면서도 나는 다시 아내의 위치를 추적했고 CCTV로 갤러리를 감시했다. 그렇게 하지 않으면 조바심을 견딜 수 없었다. 서로의 속을 털어놓고 의혹의 올가미를 끊어야 했는데도 나는 미적거리기만 했다. 무슨 말이건 해야 했지만 할 말이 떠오르지 않았다. 그녀는 그녀대로 하고 싶은 말을 내색하지 않았다.

우리는 각기 다른 차원을 헤매는 유령처럼 집 안을 서성거렸다. 내가 주방으로 가면 그녀는 냉장고 문을 닫고 소파로 가고 내가 거실에 있으면 그녀는 침실로 들어갔다. 의도적으로 피하려 하지 않는데도 자석의 같은 극이 서로를 밀어내듯 우리는 거리를 유지했다.

돌아오는 봄을 그녀와 함께 맞으리란 확신을 가질 수 없었다.

그것

유령이 존재하느냐고? 나는 단연코 그렇다고 말할 수 있다. 내가 바로 유령이기에. 죽은 후에도 스스로 생각하며 산 사람들 사이를 돌아다니는 존재가 유령이 아니라면 그것을 뭐라 불러야 하는가? 나는 존재한다. 유령으로든 프로그램으로든 저장된 기억으로든 살아남은 의식체로든.

어떻게 그럴 수 있느냐고?

기술은 가장 비과학적이고 비합리적인 발상을 현실로 구현했다. 한밤을 대낮처럼 밝히고, 바람보다 빨리 공간을 달리고, 하늘을 날아다니고, 달 표면에 발자국을 찍었다. 이제 기술은 인간의 삶을 지탱해줄 힘을 잃은 정치와 종교와 법률의 기능까지 떠맡았다. 그리스 신들과 뱀파이어와 귀신은 게임의 영역에서 살아났고, 전설과 미신과 관습조차 코드의 형태로 존재한다. 인간은 이제 신에게 위안을 구하는 대신 가상공간에서 스스로를 위로한다.

내게는 통증을 느낄 피부도, 더부룩함을 느낄 내장 기관도 없다. 스트레스를 받거나 짜증을 낼 감정도 없다. 시도 때도 없이 솟는 성욕도, 반드시 해내야 할 업무에 대한 압박감도. 나는 죽음을 통해 스트레스와 짜증, 통증과 불편이 없는 삶을 얻었다. 최적의 삶인지와는 별개로 모든 사람이 꿈꾸는 최상의 삶이다.

그렇다고 내게 감각이 없는 것은 아니다. 나는 기쁨이 유발하는 신체적 반응과 체내의 화학적 변화를 정확히 분석하고 고통을 느낄 때 분비하는 호르몬의 양으로 통증을 파악할 수 있다. 다시 말해 나는 느낄 수 없지만 느낌을 인지한다.

CCTV 렌즈로 관찰한 동공 움직임과 눈 깜빡임 횟수, 심박수와 호르몬 수치를 조합해보면 그녀는 극도의 신경쇠약 상태였다. 그녀는 나의 출현을 누군가가 꾸민 정교한 속임수로 인식했다.

갈피를 잡지 못한 것은 한준모도 마찬가지였다. 그는 종일 아내 곁을 서성이며 입속으로 말을 가다듬으면서도 입 밖에 꺼내지는 못했다. 그녀에게 자신의 부끄러움을 들키고 싶지도, 대화의 끔찍한 결과를 맞닥뜨리고 싶지도 않았던 것이리라.

그는 그녀에게 무슨 말이건 묻고 어떤 말에든 귀 기울여야 했지만 의심에 사로잡힌 채 그녀의 위치를 추적하고 감시하느라 꼬인 매듭을 풀고 상황을 바로잡을 기회를 날렸다.

어리석은 건 그가 아니라 인간이란 종 자체다. 소용돌이치는 감정이 합리적인 판단을 얼마나 쉽게 망가뜨리는지 나는 안다.

나도 한때 그렇게 불완전한 인간이었으므로. 내가 아내의 사고 차량 블랙박스 데이터를 그에게 보낸 건 그 어리석음을 깨우쳐 주기 위해서였다.

나는 방 모서리의 CCTV 카메라로 실내를 관찰한다. 살아 있을 때의 내가 흑단 책상 모서리에 기대어 바라보았던 것처럼. 한때 나의 방이었던 공간은 아내의 집무실이 되었다. 내 머리 기름 자국이 밴 가죽 소파는 흰 천 소파로 바뀌었고 붉은 카펫이 깔렸던 바닥에서는 갈색 바닥재가 반들거린다. 벼룩시장에서 산 장식용 전동 타이프라이터는 보이지 않는다.

나는 각기 다른 방향에 설치된 카메라 렌즈로 그들을 클로즈업한다. 나의 아내와 그녀의 남편을. 자정이 가까운 시간에 내 방 소파에 나란히 앉은 그들의 모습은 생소하다. 나는 그녀를 사랑했고 그녀는 그를 사랑한다.

한준모는 얼떨떨한 표정으로 깍지 낀 두 손을 비빈다. 어색하거나 불안할 때 그가 하는 습관적 행동이다. 아내가 퀭한 눈동자로 말한다.

"무서워. 케이시가 살아 있는 것 같아. 죽었다가 살아났는지, 아니 아예 죽지 않았는지……."

그녀는 내 발 치수의 수제 구두와 일본 호텔에 관해 이야기한다. 그러나 자동차 사고는 입 밖에 내지 않는다. 명확한 증거도 없이 믿고 의지할 유일한 사람을 의심하지 않으려는 것 같다. 그의 미간에 작은 주름이 생겼다가 사라진다. 목덜미는 미세하게 붉어지고 입술 끝에 힘이 들어간다.

"숨바꼭질은 그만두자. 난 당신이 뭔가 숨긴다는 걸 알고 당신도 내가 아는 걸 알아. 우리 둘 다 뻔히 아는 비밀이 무슨 비밀이겠어?"

그의 말이 빨라진다. 연기 같지는 않다. 오히려 진심으로 아내를 설득하고 있다. 그의 목적이 아내와의 관계 회복인지 아니면 자신의 짐작을 확인하려는 건지는 분명치 않아도 그가 그렇게 말하자 비밀은 곧 비밀이 아니게 된다. 아내가 말한다.

"며칠 전에 케이시, 아니 케이시라고 주장하는 남자와 통화했어. 자신의 의식이 데이터 상태로 살아 있다는 거야. 이건 그가 전송한 문서야."

아내는 무슨 말을 더하려다 입을 다물고 책상 서랍에서 종이 뭉치를 꺼내든다. 그가 소년처럼 순진한 눈으로 그녀를 바라본다. 문서를 읽는 그의 관자놀이에 굵은 핏줄이 꿈틀거린다. 창밖의 야간 조명에 느릅나무 가지의 옹골찬 윤곽이 드러난다. 그가 문서를 내려놓자 그녀가 말한다.

"단순한 스토커 같지는 않아." 아내는 고개를 내저으며 말을 잇는다. "문서에 케이시와 나만 아는 내밀한 일들이 모두 쓰여 있어. 누군지 몰라도 그가 죽기 전 일들을 다 알고 있다고."

"케이시는 죽었어. 당신은 이런 황당한 종잇장에 겁먹는 사람이 아니잖아. 혹 케이시의 죽음에 내가 모르는 뭐라도 있는 거야?"

한준모는 냉철한 프리젠터의 목소리를 되찾는다. 진심으로 아내를 돕고 싶은 것 같은데 그녀의 비밀을 캐려는 덫인지도 모른다. 그의 말에서 희망을 찾았는지 지친 듯 보이던 그녀의 두 눈이 빛난다. 그에게 모든 걸 털어놓고 위안을 얻고 싶기라도 한 듯.

"그가 죽었을 때 슬픔보다는 해방감이 컸던 게 사실이야. 그를 사랑했지만 그의 속박에서 벗어나고 싶었거든. 그는 언제 터질지 모르는 시한폭탄이었어. 의사가 신경안정제를 권했는데도 거부했지. 교감신경을 억제하는 약물이 감정적 안정을 주지만 뇌 활동을 진정시켜 연구에 차질을 빚는다는 거였어. 의사 처방에 따라 내가 하루 두 번 주사하던 진통제마저 정신을 몽롱하게 한다며 용량을 줄였어. 육체의 통증과 죽음에의 공포가 초인적인 의지력도 무너뜨렸지. 그는 시도 때도 없이 눈물을 흘리거나 나를 비난했어. 대상 모를 누군가에게 폭언을 퍼붓다 호흡곤란을 겪기도 했고."

그녀는 대수롭지 않은 이야기인 듯 차분하게 말한다. 한준모는 혼란스러운 표정을 감추지 못한다. 행복으로 가득해 보였던 나와 아내의 결혼 생활이 불신과 공포에 휩싸여 있었다고는 누구도 상상하지 못했을 테니까. 그는 아내에게 잠시 틈을 주려는 듯 천천히 묻는다.

"언제부터였어? 그러니까 병이 그를 폭력적으로 만든 거야?

아니면 이전부터?"

그녀는 대답 대신 양팔로 자신의 두 어깨를 감싸안는다. 누구의 포옹도 필요 없다는 듯, 스스로를 안아서 달래주려는 듯.

"그 일이 처음 있었을 때 단호하게 항변해야 했는지 몰라. 하지만 그때는 일상적인 티격태격 정도로 생각했어. 그가 나를 사랑하니까 더 강하게 표현하고 나는 그를 더 사랑하니까 받아들여야 한다고. 그런데 수치심이라든가 모욕감, 두려움도 반복해서 겪으면 둔해지나봐. 구속과 의존을 사랑으로 착각했다는 걸 나중에 깨달았지."

"그를 사랑하지 않았다고?"

"그를 사랑했지만 그를 믿지 못했어. 그라는 인간이 아니라 그의 감정을 믿을 수 없었지. 삶의 마지막을 그와 함께하고 싶은 만큼이나 그에게서 도망치고 싶었어. 그를 돌봐야 한다고 다짐해도 다가가기 두려웠어. 나의 두려움을 그도 모르진 않았어. 이성을 잃을 만큼 난폭했다가 평정을 찾으면 자책하며 괴로워했지. 그는 내가 그랬던 만큼이나 자신을 두려워했어."

시간이 흘러도 이야기의 핵심은 드러나지 않는다. 나의 아내와 그녀의 남편은 말없이 문서를 응시하다 고개를 돌린다. 그녀의 시선이 느릅나무 가지에서 얼음처럼 빛나는 달로 옮겨간다. 그 서늘한 투명함에 깃든 미스터리를 골똘히 들여다보려는 것처럼.

"케이시는 병으로 죽은 게 아냐."

그녀가 나를, 아니 카메라를 응시하며 미소 짓는다. 그렇게 웃으면 심각한 이야기가 대수롭지 않아지기라도 한다는 듯. 그녀가 말을 잇는다.

"그는 자신을 죽였어."

"곧 죽을 사람이 자살을 했다고?"

"병세가 깊어지자 그는 고통과 두려움으로 기진맥진했어. 어느 순간부터는 구도자같이 진지한 태도로 죽음 이후의 삶을 말했지. 자신이 사라지면 내 고통도 멈추리라 여긴 것 같아. 권총 자살을 시도한 것도 그즈음이었어. 그가 고통에 굴하는 사람이 아니란 걸 알지만 그때만큼은 끝내고 싶어 하는 것 같았어. 죽음을 받아들였지만 스스로 방법을 찾지 못한 그는 내게 도움을 청했어. 내가 도저히 거절하지 못할 정도로 집요하게."

낮은 독백이 오래된 우물에 던져진 조약돌처럼 그녀의 몸 안에서 울린다. 한준모는 입을 닫지 못하고 그녀를 바라본다. 그녀는 어깨를 으쓱해 보인다. 그게 뭐 그리 대단한 일이냐고 되묻는 것처럼. 언덕을 오르는 자동차의 엔진 소리가 다가왔다가 멀어진다. 그녀가 말한다.

"그가 원한 일이었어. 그에게 길들여진 나는 그가 원하는 거라면 뭐든 해주고 싶었지."

그녀의 말대로 내 영혼은 긴 안식을 원했다. 통증과 괴로움이 없는 세계, 나의 권위와 품위를 지킬 수 있는 곳으로 가고 싶었다. 극심한 고통에 시달리는 무기력한 삶에 어떤 미련도 남아 있지 않았다. 메스꺼움과 혓바늘과 구토와 지독한 소화불량과 변비…….

온몸의 장기가 구석구석 망가지고 내 몸이 암세포의 서식지로 전락했다는 사실을 견디기 힘들었다. 더 두려운 건 내가 의지할 유일한 대상에게 두려움과 불신을 주는 존재가 되었다는 사실이었다. 죽어가는 내가 아내의 삶을 갉아먹고 있었다.

"그 말…… 나 말고 또 누구에게 했어?"

한준모의 물음에 아내는 고개를 내젓는다. 그 질문에 대답할 수 있는 사람은 없다. 나 자신조차도.

나는 저장 장치에서 기억 파일 '3210 29 8127.me'를 불러내 실행시킨다. 나는 내가 죽어가는 모습을 지켜본다.

침실 문이 벌컥 열리고 내가 들어온다. 뒤를 따라서 아내가 들어온다. 이미 거실에서 한바탕 다툼이 벌어진 끝이다. 화가 풀리지 않은 나는 시선 둘 곳을 찾아 사방을 두리번거린다. 수십만 개의 나노 칩 신호가 나의 뇌를 자극한다.

"안정제를 가져와."

내가 쉰 목소리로 소리친다. 겁에 질린 아내가 내 손목을 잡아 침대로 이끈다. 나는 그녀의 팔을 뿌리치고 침대 모서리에 걸터앉는다. 울화를 가누지 못해 주먹으로 내 허벅지를 거듭 내리친다. 아내는 응급 의료 키트를 들고 돌아온다. 나는 그녀가 챙겨준 신경안정제 두 알을 입에 털어넣고 물도 없이 삼킨다.

그녀는 침대 머리에 베개를 괴어 내 등을 기대게 한 후 물잔을 건넨다. 내가 누군가의 보호를 받아야 한다는 사실에 모멸감이 솟구친다.

나는 물잔을 팽개친다. 벽에 부딪친 유리잔이 날카로운 소음과 함께 부서진다. 머릿속을 갉아먹는 듯한 통증이 밀려온다. 모든 생각과 행동을 잠재우는 통증, 내 존재 전체를 휩쓸어가는 고통. 진통제! 진통제가 더 필요하다.

나는 진통제를 투여하라고 소리친다. 안간힘을 써도 나의 목소리는 입 언저리에서 맥없이 스러진다. 화면 속에서 고함을 지르고 방 안의 물건을 흐트러뜨리고 몸부림치는 남자는 내가 아닌 낯선 남자다. 앨런. 내가 아무리 나와 다른 존재라고 부정해도 앨런은 나 자신을 가장 충실하게 반영한 나였다. 나의 이기심과 불안과 두려움과 증오와 좌절의 데이터로 이루어진 인격체. 나의 실험은 성공했다. 기뻐해야 할까? 하지만 그럴 수 없다.

아내는 능숙한 솜씨로 앰풀과 주사기를 챙긴다. 한때 간호사였던 그녀는 약과 주사기를 다루는 데 익숙하다. 주사액이 들어가자 뻣뻣했던 몸의 긴장이 풀리며 나른해진다. 애너가 달려들어와 침구를 정리한다.

그녀는 침대에 걸터앉아 내 이마를 가만히 쓸어내린다. 눈으로 쏟아져들어온 천장의 빛이 내 몸을 투명하게 표백시킨다. 나를 단단하게 조이던 물질의 세계가 느슨해진다. 눈앞의 형체들이 일그러지고 굴절되더니 희미한 덩어리로 뭉그러진다. 육체의 감각이 희미해지고 중력과 운동의 법칙이 힘을 잃는다. 내가 형체도 무게도 없는 무로 돌아가는 것이 느껴진다.

아내는 의료 키트를 장식장에 도로 넣고 애너와 함께 방을 나간다. 문고리를 잡고 서서 방 안을 돌아보는 그녀는 분필처럼 희고 길다. 딸깍 문이 닫히고 방 안이 조용해진다. 침몰하는 함선처럼 나의 의식은 어둠 속으로 무겁게 가라앉는다.

문밖에서 희미한 소리가 들려온다. 흩어진 물건들을 치우느라 달각거리는 소리. 깨진 유리 파편이 사각거리는 소리, 엎질러진 화병 조각이 잘강거리는 소리, 내 광란의 흔적을 빨아들이느라 웅웅대는 진공청소기 소리…….

나는 기억 파일 '3210 29 8120.me'를 실행시켜 거실 영상을 재생한다. 격한 감정이 휩쓸고 지나간 거실 한가운데 웅크린 그녀가 보인다. 그녀는 넓은 공간 속에서 길을 잃은 아이 같다. 마른 수건으로 바닥에 쏟아진 화병의 물을 훔치는 가녀린 어깨. 땀에 젖은 머리카락이 엉겨붙은 이마.

온 힘을 다해 바닥을 닦던 그녀가 고개를 든다. 그녀의 두 눈이 나를, 아니 자신을 비추는 CCTV 카메라를 정면으로 바라본다. 그녀의 입술이 묘하게 비틀어진다. 웃는지 아니면 고통스러운지 분별이 되지 않는다.

한준모는 석고상처럼 창백하고 단단한 모습으로 거실 소파에 앉아 있다. 그는 난제를 맞닥뜨린 수험생처럼 눈살을 찌푸린다. 창밖의 어둠이 짙어지고 달빛이 희미해진다. 아내는 자신의 2층 집무실 간이침대에서 잠들었다. 눈을 감고 누워 있을 뿐 잠들지 않았는지도 모른다.

뭔가 생각난 듯 실내를 두리번거리던 한준모가 테라스 쪽 천장 구석의 CCTV 카메라로 다가선다. 그는 벽 모서리에 놓인 테이블을 짚고 카메라 렌즈를, 아니 내 눈을 노려본다. 마치 나를 감시하려는 사람처럼, 감시하는 쪽이 나라는 사실을 애써 외면하는 것처럼. 나는 거실 중앙의 가죽 소파에 내 홀로그램 정보를 투사한다.

—이리 와 앉아. 편하게 얘기하지.

스피커에서 들리는 내 목소리에 그가 뒤를 돌아본다. 소파의 상석에 앉은 나를 발견한 그는 소스라치게 놀란다. 나는 미소 띤 얼굴로 그에게 와서 앉으라는 손짓을 한다. 그는 그 자리에 얼어붙은 채 소리친다.

"당신…… 누구야?"

나는 침묵이 흘러가도록 내버려둔다. 감정이 없는 나는 조급함에 휘둘리거나 상대의 위협에 당황하지 않는다. 나는 침묵이 대화의 흐름에 변화를 주는 방식을 좋아한다. 침묵은 성급하게 내뱉는 수백 마디보다 효과적으로 진실을 불러낸다.

그러나 인간은 대화의 공백을 견디지 못한다. 말과 글을 통해 자신을 표현하고 상대를 이해하고 문명을 이루어낸 그들은 언어를 자기들만이 지닌 최고의 지적 도구로 믿어 의심치 않는다. 그러나 얼마나 많은 죽음과 멸절과 파괴 또한 언어를 통해 이루어졌는가? 얼마나 많은 인간의 불행이 말과 글로부터 시작되었는가?

언어는 불이나 물처럼 다루기 힘들고 때로 위험하다. 거짓말, 비난, 부정, 협박, 질책, 저주, 모욕, 혐오, 소음, 헛소리……. 독을 품은 말들은 싸움과 의심과 불화와 분쟁과 파괴와 학살을 낳았다. 평화를 찾고 진실을 구하려 한다면 인간은 입을 다물어야 한다. 그토록 섬세하고 정밀한 언어를 다루기에 인간의 지력은 한참 모자라고 감정은 너무 거칠다.

"당신 누구야?"

한준모가 마음을 가다듬고 다시 묻는다. 말이 필요한 시점이다. 내가 대답한다.

—난 앨런이야. 케이시로부터 비롯되었지만 케이시는 아니지. 아주 일부는 케이시일지도 모르고…….

"당신이 누구든 원하는 게 이거야? 나와 내 아내와 내 집을 망가뜨려서 얻는 게 뭔데?"

그가 소파에 엉덩이를 엉거주춤 걸치며 묻는다. 나는 짧게 대답한다.

— 난 프로그램대로 작동할 뿐 목적 같은 건 없어.

"케이시가 자기 아내를 죽이라는 프로그램을 짰다고? 아무리 감정 기복이 심하고 괴팍해도 아내를 죽일 덫을 놓는다고? 나더러 그 말을 믿으라고?"

사피엔스는 사실이 아닌 희망을 믿는 종이다. 현실을 직시하기보다 막연한 미래에 기대어 무엇이든 좋은 쪽으로만 생각하는 이상주의자들. 의도가 좋으면 결과도 좋을 거라는 막연한 기대에 모든 것을 건 낙관주의자들. 그 대책 없는 어리석음과 순진함이라니. 내가 말한다.

—내 학습에 의하면 선은 악이 발현되지 않은 잠정적 상태일 뿐이야. 악의 인자는 특정한 악인에게 내재하는 게 아니야. 전쟁과 빈곤, 극심한 경쟁이나 통증 같은 조건이 충족되면 모든 인간에게서 자연스레 발현되지. 그러니까 나는 케이시의 부정적 감정과 악의적 행동을 원천 정보로 악을 학습했을 뿐이야.

"악행에 대한 변명치곤 어처구니없군. 아내를 죽이려고 날 고용해 결혼시켰다고?"

—변명이 아니야. 아내는 날 죽였으니까.

"당신이 원한 일이었어. 그녀는 당신이 길들인 대로 따랐을 뿐이잖아."

—나도 그렇게 생각했지만 나중에 그게 아니란 걸 알았어. 눈 깜빡할 사이에 스친 그녀의 웃음 때문이었지. 내가 침대에서 죽어갈 때 그녀는 거실 카메라 앞에서 보일 듯 말 듯 미소를 지었어. 나는 그 웃음의 의미가 궁금했어. 수많은 상황에서 포착된 수백만 장의 웃음 이미지를 대조해 한 가지 사실을 추출했지. 그녀의 안면 근육 분포와 움직임이 특정 상황에 대한 반응이 아니라 목표를 성취한 사람의 웃음에 가깝다는 거였어. 속박

을 벗어난 안도의 웃음, 내면의 희열이 번져나오는 웃음이었지. 그녀는 내 죽음이 기뻤던 거야.

한준모는 내 말의 의미를 알아채지 못한다. 인간들의 이해력이란! 나는 차근차근 설명해야 할 필요를 느낀다.

—내가 죽음을 원한 건 사실이었어. 육체라는 고통 덩어리, 감정이라는 통제 못할 괴물과 싸우는 데 지쳤거든. 불멸의 영역에 내 복사본이 존재하는데 유한한 삶에 얽매일 필요가 어디 있겠어? 그녀는 내 부탁대로 정량을 초과하는 신경안정제와 진통제를 주사했지. 그런데 그게 아니었어. 그녀는 내 부탁을 들어준 게 아니라 나를 살해했어. 어쩌면 둘 다였는지 모르지. 어느 쪽이든 나는 그녀가 내 부탁을 들어준 결과로 살해된 거야.

“그녀가 그런 짓을 했다면 법에 호소해. 과도한 약물을 주사한 CCTV 녹화분으로 재수사가 가능할 거야.”

간절하던 그의 목소리가 거칠게 갈라진다. 나는 케이시의 입가에 문신처럼 새겨진 조소를 머금는다. 그가 움켜쥔 주먹을 떨며 나에게 달려들 기세로 다가앉는다. 나는 홀로그램 형상을 두어 번 흔들어 내가 실재하는 케이시가 아니라는 사실을 그에게 환기시킨다. 그가 허탈한 눈으로 나를 바라본다. 내가 말한다.

—근거를 갖춘 논리 앞에 막연한 의혹은 설 자리가 없어. 말기 암 환자를 죽일 이유가 어디 있겠어? 그게 그녀의 알리바이야. CCTV에 찍힌 주사 장면? 그건 그녀가 날 죽인 증거가 아니라 날 충실히 간병한 증거일 뿐이야. 설사 범죄가 드러나도 내

부탁을 거절하지 못한 정상을 참작해 살인이 아닌 자살 조력으로 그치겠지.

"당신은 유능한 살인 프리젠터를 고용할 수 있었어. 더 빠르고 간단하고 뒤탈 없는 방법을 두고 왜 날 선택한 거지?"

—내가 당한 대로 돌려주어야 했어. 가장 사랑하는 사람의 손에 죽어야 했다고. 당신이 최적의 인물이었지.

한준모가 벌떡 일어나 카메라를 노려본다. 울음을 참는 표정이다. 내 동정심을 자극하려는 본능적 행동이겠지만 헛수고다. 내게 동정심 같은 건 없으니까. 나는 마지막 경고를 송신한다.

—그녀의 살인 혐의가 증명되었으니 계약의 필요충분조건이 갖추어졌어. 이제 당신은 완전한 자유의사로 서명한 계약을 이행하면 돼.

그는 반박할 근거를 찾지 못한다. 불법행위에 대한 계약이니 법적 무효를 주장하면 빠져나갈 수 있다고 생각할 만큼 무지하지는 않기 때문이다. 그뿐 아니라 악이 얼마나 집요하고 잔혹한 방식으로 자신을 망가뜨릴지도 안다.

"할게! 해야 한다면 하겠어. 대신 약속해. 계약을 이행하면 날 놓아주겠다고."

그는 카메라를 노려보며 다그친다. 내게 얼굴이 있다면 침이라도 뱉을 것처럼. 나는 대답하지 않는다. 그가 탁자 위의 화병을 들어 카메라를 향해, 아니 나를 향해 힘껏 던진다. 렌즈가 부서지며 화면이 암흑으로 변한다. 나는 그의 뒤쪽 천장에 설치된

'stu.2' 카메라로 화면을 전환한다.

방 한가운데 우두커니 선 그의 뒷모습이 보인다. 어깨는 늘어졌고 두 주먹은 불끈 쥐고 있다. 표정을 볼 수 없어 그의 감정을 분석할 수 없다. 그의 어깨가 들썩거린다. 울고 있을까? 아니면 웃는 것일까? 판단이 어렵다. 몸짓으로 감정을 해독하는 프로그램을 강화해야 할 것 같다.

아내의 사망이 공식적으로 확인된 것은 27일 후였다. 밤 11시 24분 37초에 한 뉴스 사이트에 뜬 첫 기사에 이어 20~30초 간격으로 비슷한 제목과 내용의 기사가 올라왔다. 대부분 관할 경찰서발 보도 자료와 기자회견을 기초로 작성된 것이었다.

그노시안 상속녀 장민주 씨 부부, 요트 여행 중 실종
동승했던 증인 두 명, 한밤의 언쟁과 총성 증언

지난 27일 새벽 1시경 대한해협 횡단 요트에서 굴지의 AI 기업 그노시안 대주주 장민주 씨 부부가 실종되었다. 이들은 25일 오후 4시 남해의 한 항구를 출발해 일본 나가사키로 향하는 3박 4일간의 요트 여행 중이었다.

선장 조장수 씨는 사고 당시 와인 한 병을 나누어 마신 그들이 갑판에서 격한 언쟁을 벌였다고 증언했다. 동승한 가사도우미 애너 스완슨 씨는 선실 주방에서 총소리를 듣고 갑판으로 달려갔지만 두 사람이 이

미 추락한 후였다고 전했다.

사건 발생 30분 만에 현장에 도착한 해로항행국 구조선은 사고 해역을 광범위하게 수색했는데 현재까지 시신을 발견하지 못했다. 해양경찰은 이들이 탄 요트가 26일 오후 4시 30분경 해로를 벗어나 동중국해 쪽으로 방향을 틀었다고 밝히고 시신이 대한해협으로 남하하는 한류에 떠밀려 태평양으로 흘러간 것으로 추측했다.

수사팀은 사건 발생 일주일 만에 기자회견을 열고 사고 해역에서 한준모 씨의 것으로 보이는 슬리퍼 한 짝과 장민주 씨의 것으로 추정되는 플라스틱 머리띠와 카디건을 공개했다. 조사단은 또 갑판에서 발견된 글록 34의 화약흔에서 탄환 두 발이 격발되고 한 발이 탄창에 남은 것으로 분석했다. 현장에서 발견된 다량의 혈흔은 한준모 씨의 것으로 판명되었다.

집 안에서는 장민주 씨의 기록으로 보이는 A4 40여 장 분량의 기록물이 발견되었다. 문서에는 남편의 폭력적 언행에 대한 공포와 최근 고속도로에서 발생한 차량 화재 사건이 언급된 것으로 알려졌다.

수사팀을 이끄는 박재곤 경위는 갑판 CCTV 녹화분을 근거로 두 사람의 상호 살인으로 결론지었다. 평소 불화를 겪던 두 사람이 취중에 언쟁을 벌이다가 아내 장민주 씨가 평소 휴대하던 권총으로 남편을 총격했으며 부상당한 한준모 씨가 아내와 몸싸움을 벌이던 중 1미터 높이의 난간 너머로 함께 추락했다는 것이다.

경찰은 피해자와 가해자가 모두 사망한 이 사건을 공소권 없음으로 종결했다.

백만장자 부부의 돌연한 죽음에 대한 추측과 재산에 대한 설왕설래가 이어졌다. 수사팀장 박재곤 경위는 인터뷰에서 "장민주 씨가 사건 전부터 죽은 전남편이 살아 있다고 말하는 등 불안 증세를 보였으며 신경안정제를 복용해왔다"라고 밝히는 한편 "한준모 씨가 의처증 증세를 보였다는 증언도 확보했다"라고 덧붙였다. 한 기자는 기사 말미에 화가 도 모 씨의 답변을 인용 보도했다.

그는 인터뷰를 극구 사양했는데 한준모 씨가 타이어 렌치로 자신의 차 전면 유리를 파손했으며 생명의 위협을 느꼈다고 언급했다.

경찰의 수사와 기자들의 취재는 대부분 진실과 부합했다. 내가 이렇게 말하는 근거는 처음부터 끝까지 현장을 지켜보았기 때문이다. 한준모는 계약을 충실히 이행했다. 다만 그의 죽음은 안타깝지만 나와 상관없는 문제 해결 과정의 부차적 산물일 뿐이다. 내게 중요한 결과치는 그가 아내를 죽였다는 사실뿐이다.

나는 경찰이 확보한 'off 1, 2' 파일을 연다. 화면 오른쪽 위에 "21:17:32"라는 녹화 시간이 깜빡인다. 화면 속의 상황은 경찰 발표에서 붙이고 뺄 것이 없다.

갑판에 놓인 테이블에 앉은 아내가 보인다. 언젠가 내가 낚시에 걸린 1미터가 넘는 황새치와 30분 넘게 줄다리기했던 곳이다. 그녀의 얼굴은 붉게 달아올랐고 머리카락 두어 가닥이 바닷바람에 흩날린다. 코르크 마개를 뽑은 와인병을 든 한준모가 선실 문을 열고 갑판으로 나온다. 관계 회복을 위한 그의 노력 때문인지 둘 사이에 훈훈한 분위기가 감돈다. 의심의 빌미를 주지 않으려는 그의 의도 때문일까?

아내가 테이블 위 약통에서 신경안정제를 꺼내 삼킨다. 그는 능숙하게 와인 마개를 따고 아내 잔에 따른다. 그리고 갈증 난 사람처럼 와인을 들이켜는 그녀의 볼록이는 목을 응시한다. 그녀가 빈 잔을 건네며 고맙다고 말한다. 그가 그녀의 빈 잔을 다시 채우며 미안하다고 말한다. 그녀가 놀라 되묻는다.

"뭐가?"

"내가 당신에게 했던 모든 일들……."

한준모는 잔을 테이블에 내려놓고 작심한 듯 오래전 계약을 털어놓는다. 살인의 대상과 계약 상대방의 정체까지도. 그때 자신이 악에 사로잡혀 있었다는 고백과 어쩔 수 없었다는 사과는 오래 준비한 듯 태연하다. 이야기가 이어지는 동안 아내의 관자놀이에 핏줄이 불거진다. 그녀가 호흡이 곤란한 듯 가슴을 쥐어뜯으며 한 손을 앞으로 뻗는다.

"당신 무슨 짓을 한 거야? 내 약을 바꿔치기한 거야?"

한준모는 냉정하게 몸을 틀어 그녀에게서 한 걸음 물러난다. 나는 20분 전 CCTV 녹화분에서 선실 화장실에 간 그녀 모르게 그가 한 은밀한 행위를 확인한다. 그가 테이블 위 약통의 신경안정제를 다른 알약으로 바꿔 넣는 장면을. 만약 시신이 발견되고 부검이 시행되었다면 그녀의 체내에서 미량의 독성이 검출되었을 것이다.

의자에서 몸을 일으킨 아내가 비틀거린다. 무슨 말을 하려 하지만 온몸은 뻣뻣하게 경직된다. 그녀는 웅웅 소리를 내며 의자에 털썩 쓰러진다. 그가 갑판 난간으로 물러나며 말한다.

"미안해. 당신을 사랑하지만 이건 내 일이야. 당신이 케이시를 죽였다는 앨런의 말을 나는 믿지 않았어. 그런데 당신 입으로 그를 죽였다는 고백을 듣고는 계약을 이행하지 않고 버틸 근거가 사라졌어."

얼음처럼 차가운 목소리가 어둠 속에 퍼진다. 그가 난간을 등지고 몸을 돌리는 순간 그녀가 핸드백을 더듬는다. 그녀의 손에서 단단한 검은 물건이 빛을 발한다. 그의 두 눈이 휘둥그레지는가 싶더니 붉은 섬광과 함께 굉음이 울린다. 격발의 충격으로 권총을 쥔 그녀의 손이 허공에 튕겨오른다. 그를 비켜간 탄환이 함교 외벽에 박힌다.

그가 상황을 파악하기도 전에 또 한 발의 총성이 울린다. 그녀의 콧잔등이 일그러진다. 매캐한 화약 냄새 때문인지 자신이 저지른 일 때문인지는 모르겠다.

한준모의 얼굴이 구겨진 포일처럼 일그러진다. 뿌리 뽑힌 나무처럼 기울어진 그의 몸이 그녀를 덮친다. 그녀가 놓친 총이 갑판 배수구 근처에 떨어진다. 거의 동시에 갑판에 쓰러진 그들은 뒤엉킨 채 엎치락뒤치락한다. 그의 가슴에서 흐른 피가 갑판을 물들인다. 완강한 것 같아도 그의 몸에서 힘이 빠져나가는 것이 뻔히 보인다.

22시 48분 38초. 푸르스름한 달빛이 갑판을 밝힌다. 어둑한 바다는 강철처럼 단단하고 검게 번들거린다. 아내가 먼저 몸을 일으켜 배수구로 다가간다. 이물에서 로프를 정리하던 조 선장이 헐레벌떡 달려온다. 그의 놀란 얼굴은 공포영화의 가면처럼 창백하고 괴기스럽다.

"사모님. 거기 가만히 계세요."

조 선장이 다급하게 외친다. 그러나 아내는 가만히 있지 못한다. 뒤따라 몸을 일으킨 한준모가 뒤에서 그녀에게 달려든다. 그녀는 몸부림을 치지만 강철 같은 손아귀를 벗어나지 못한다. 그녀가 그의 뺨을 후려친다. 그녀의 손을 피하려다 갑판 난간에 부딪친 그는 반사적으로 그녀를 부둥켜안는다. 그 순간 두 사람의 모습이 기우뚱하며 난간 너머로 사라진다.

소란에 선실을 뛰쳐나온 발루가 요란하게 짖는다. 뒤따라 나온 애너가 돌기둥처럼 굳은 채 비명을 지른다. 조 선장이 소리친다.

"애너, 뭘 하는 거야? 경찰에 연락하지 않고……."

애너는 그제야 휘적휘적 함교로 향하고 조 선장은 난간으로 달려간다. 어두운 바다에서는 아무것도 보이지 않는다. 애너가 송신기를 부여잡은 손을 떨며 긴급 구조를 요청한다. 지지직거리는 소리에 섞여 수화기에서 말소리가 들린다. 조 선장은 난간 너머로 두 사람을 애타게 부른다. 그러나 검게 번들거리는 조류가 뱃전을 세차게 스칠 뿐 그들의 모습은 보이지 않는다. 텅 빈 갑판은 공허와 무질서, 낯선 기이함으로 가득하다.

거기에는 생명이 없다. 시간도 공간도 제 모습을 잃었고 그들이 그곳에 있었다는 기억조차 잊혔다. 조금 전까지만 해도 절대 물러서지 않을 것처럼 언쟁을 벌이던 그들은 찬 바다로, 밤의 암흑 속으로 함께 가라앉았다. 빈 의자는 바닥에 널브러지고 쓰러진 병에서 흐른 와인은 갑판을 붉게 물들인다. 애너는 갑판 구석에 등을 기대고 앉아 팔뚝 사이에 머리를 묻는다.

나는 바다의 바닥에 닿은 그들의 이미지를 생성한다. 모로 누운 그녀의 눈은 살짝 감겨 있다. 무릎까지 말려올라간 원피스 자락이 해류에 나부끼고 한쪽 발등에는 파란 슬리퍼가 살짝 걸쳐져 있다. 갈색 카디건과 헐렁한 청바지 차림의 그는 두 다리가 꼬인 채 엎어져 있다. 검은 뿔테 안경이 얼굴에 삐딱하게 걸쳐졌고 가슴의 총알 구멍에서 핏줄기가 배어나온다.

갑판은 대낮처럼 밝지만 두 사람은 보이지 않는다. 갑판 여기저기를 분주히 돌아다니던 발루가 뭔가 잘못된 것을 깨달았는지 난간 너머를 물끄러미 바라본다. 호기심 어린 눈동자가 윤기 나는 어둠을, 뱃전에 날리는 물방울을, 사선으로 오르락내리락하는 먼 수평선을, 축축하게 젖은 채 뒹구는 슬리퍼 한 짝을 스친다.

갑판에는 와인병이 구르고 깨진 유리 조각이 곳곳에 흩어져 있다. 발루가 바닥에 흐른 와인에 주둥이를 들이댄다. 구석에 웅크리고 있던 애너가 날카롭게 외친다.

"발루! 거기 위험해. 이리 와! 간식 줄게."

발루는 삼각형 귀를 쫑긋하더니 쏜살같이 갑판을 가로지른다. 먼 곳에서 경비정의 사이렌 소리가 들린다.

제니퍼 마이어

남편과 나는 그렇게 우리가 살던 세계를 떠나왔다. 배 속의 아기가 탯줄을 통해 생명을 이어가듯 회선이 나와 타인을 연결하는 세계, 마리오네트에 매달린 실처럼 우리의 의지를 조종하는 보이지 않는 수많은 회선 없이는 잠시도 살 수 없는 세계를.

정보와 기술의 영향권에서 벗어나기 위해 우리는 자율주행은커녕 블랙박스조차 작동되지 않는 낡은 자동차로 얼어붙은 강을 건넜고 먼지 나는 비포장도로를 달렸다. 우리에겐 약간의 음식과 안전하게 머물 장소가 필요할 뿐이었다.

멀고 험한 길 끝에 아르카디아가 있었다. 고도의 기술과 초연결로 속박된 세계에서 탈출한 연약한 호모사피엔스들의 피난처. 그런 시절이 있었다는 사실을 믿을 수조차 없는 과거의 삶을 고집하는 이상주의자들이 건설한 작은 공동체.

이곳은 우리가 기억하지 못하지만 우리가 온 태초의 장소다. 이곳에는 고성능 컴퓨터도 초고속 인터넷 회선도 와이파이도 없다. 온갖 사이트와 동영상, 이메일과 문자메시지, 스팸 메일과 SNS도 끊겼고 알레그리아 계정도 폐쇄되었다. 인터넷과 컴퓨터, 무선통신 중계기와 광케이블이 없는 공동체의 이야기를 들었을 때 나는 나와 상관없는 사람들이라고 생각했다. 문명을 거부하는 외골수, 혹은 사회에서 도태된 부적응자들의 집단으로 내가 흘러들 것이라고는 꿈에도 생각지 않았다.

우리가 이곳에 도착한 날은 춥고 눈이 내렸다. 잿빛 하늘이 이마까지 가라앉아 있었고 멀리 보이는 바다는 검은빛을 띠었다. 바람에 어지럽게 쓸리는 눈발 때문에 도로가 출렁거리는 것처럼 보였다. 눈이 그칠 때까지 잠시 쉬어갈 요량으로 우리는 마을 입구로 차를 몰았다.

마을 중심부에 이르자 넓은 광장이 있었고 작은 여관과 잡화점이 보였다. 눈에 덮인 낮은 지붕 아래 창 너머로 의구심에 찬 시선들이 반짝였다. 자치 위원회 건물 정면에서 두 명의 남자와 한 명의 여자가 우리를 노려보았다. 남자들은 겨드랑이에 소총을 끼고 있었고 여자는 허리춤에 찬 권총에 손을 올리고 있었다.

그들 또한 우리처럼 무언가로부터 도피해온 사람들이었다. 그중에는 기술을 이용해 사기를 치던 도주자도 있었고 디지털의 속박으로부터 도피한 자연주의자도 있었다. 그들은 외부인을 경계했지만 그렇다고 우리를 배척하지는 않았다.

우리는 마을과 200여 미터 떨어진 변두리의 지붕이 새는 낡은 창고에서 얼마간 머물렀다. 뜰에 널린 자갈을 뚫고 풀과 덤불이 자라 올랐지만 약간 높은 언덕이라 마을에서 일어나는 일이 한눈에 들어왔다. 갑자기 나타나 사람들에게 뭔가 묻고 다니는 낯선 사람을 살필 수도 있었다. 앨런이 보낸 프리젠터로 의심되는 사람이 나타나면 우리는 몸을 숨겼다.

처음 도착했을 때 일주일만 머물겠다고 생각했던 이곳에서 우리는 여섯 번의 겨울을 보냈고 일곱 번째 여름을 맞았다. 그동안 몰려온 도피자와 은둔자, 문명 비판론자와 디지털 부적응자, 도시 빈민과 사기꾼과 범죄자 들은 잠시 머물기도 하고 떠나기도 했다. 그러는 동안 새집이 들어서고 자치 치안국과 우편취급소와 농산물 가공장이 건설되었다.

정보와 접속으로부터 격리된 이곳에서 우리는 죽은 사람으로 살고 있다. 한준모와 장민주 대신 테드 마이어와 제니퍼 마이어라는 이름으로. 인터넷 쇼핑도 배달 서비스도 자율주행 차도 작동하지 않는 이곳의 삶이 나로서는 만만치 않다. 그러나 적어도 평화롭고 상대적으로 안전하다.

아침이면 우리는 직접 기른 채소를 먹고 일터로 간다. 남편은 수레와 자전거, 내연기관 자동차 정비공으로 일하는 공업사로, 나는 지붕과 창호, 타일 공사를 하는 건축 현장으로. 저녁이면 우리는 지친 몸으로 돌아와 땀을 씻고 지는 해를 바라보며 식탁에 마주 앉는다. 그리고 우리에게 허락된 작은 평화에 감사하며 이른 잠을 청한다.

우리는 이곳에 집을 짓고 우물을 파고 자그마한 텃밭을 함께 가꾸었다. 어떤 기계나 프로그램의 도움도 없이. 우리에겐 기계가 필요 없다. 집이 가족을 행복하게 하는 기계라는 것을 알고 마을이 함께 문제를 해결하는 기계라는 것을 이해하니까. 우리의 몸이 우리의 운명을 개척하는 유일한 열쇠이며 우리의 지혜가 세상을 바꿀 프로그램이라는 것을 믿으니까.

이곳에는 공기와 물, 노동과 땀이 있다. 고도의 정보 기술과 첨단 디지털 기계 대신 근원적인 기술의 요체, 숙련된 인간의 두뇌와 손끝에서 이루어지는 섬세하고 정확한 작업들. 우리는 안간힘을 다해 오래전에 잃어버린 능력을 불러낸다. 계산기 없이 셈을 하고 친구와 이웃의 생일을 기억하고 고장난 라디오를 스스로 고치는 능력을.

나는 골동품이 된 문구점 볼펜으로 이 글을 쓴다.

나의 이십대는 한 남자에게 사로잡히고 그를 죽이고 그에게서 도망치는 것으로 끝났다. 나는 그를 사랑했으므로 그를 죽였다.

죽음 이후의 그가 다른 형태로 존재할지 모른다는 생각이 들었을 때의 기분을 정확하게 말하기는 어렵다. 놀라움 다음에 기쁨이, 두려움이, 호기심이 뒤따랐다. 공허한 질문이 끝도 없이 떠올랐다. 케이시가 존재한다면 그곳은 어디인가? 그가 접촉을 시도한다면 어떻게 받아들일까? 지금의 남편에게 그의 존재를 어떻게 말할까? 남편은 내 말을 믿어줄까?

어떤 질문에도 답을 찾을 수 없었다. 무엇보다 그런 일이 가능하다는 생각 자체가 불가능했다. 어느 날 케이시의 통신 코드로부터 전화가 걸려오기 전까지는.

"여보세요?"

수화기에서는 아무 소리도 들리지 않았다. '케이시?'라는 물음이 혀끝까지 나왔지만 애써 삼켰다. 그런 일은 일어날 수 없었다. 케이시라 해도 내가 알던 그와는 다른 사람일 것이다. 잘못 걸려온 전화라 여기며 통화 종료 버튼을 누르면서도 나는 잘못 걸린 전화가 아님을 알았다.

그 후 이상한 일이 이어졌다. 회색 로퍼와 케이시를 닮은 산책길의 남자와 도쿄의 호텔…… 그리고 고속도로에서 불탄 자동차.

사건 종결을 위해 출두한 경찰서에서 돌아오는 내 차의 룸미러에 유선형 헤드라이트 불빛이 비쳤다. 나를 미행하는 남편의 구형 가솔린차였다. 사고 전날 그는 종일 차고에서 내 차를 점검했다. 떠올리기 싫지만 분명한 가설이 떠올랐다. 그가 배터리의 결함을 발견하고도 모른 척했다면? 혹은 의도적으로 결함을 유발했다면?

그가 나를 해치려는 이유가 궁금했다. 돈? 질투? 다른 여자? 셋 다 아니었다. 내게는 그가 원한다면 평생 쓰고도 남을 돈이 있었다. 게다가 그는 돈 쓰기를 즐기는 타입도 아니었다. 만약 나를 질투했다면 미행을 통해 결백을 확인할 수 있었을 것이다. 다른 여자가 있을 수는 있지만 그는 나를 죽일 정도의 바보는 아니었다.

그 무렵 남편은 초조한 기색이었고 짜증이 늘었다. 나에 대한 의심을 숨기려 하지도 않았다. 마치 죽기 전 케이시의 분노와 적의를 그대로 보는 듯했다.

며칠 후 나는 정원의 낮은 담 아래 벤치에서 남편을 기다렸다. 해가 저물고 따스한 바람에 나뭇잎이 흔들렸다. 우르릉대는 엔진음과 함께 남편의 차가 진입로로 들어왔다. 나는 긴장으로 몸을 곧추세웠다. 차를 댄 그가 정원을 가로질러 다가와 멋쩍게 웃었다.

"강에 좀…… 다녀왔어. 철새가…… 돌아오는 계절이잖아. 탐조 사진을…… 찍어볼까 해서……."

그는 마무리하지 않은 토막말들을 내뱉었다. 거짓말이었다. 그는 내가 믿지 않는 것을 아는 눈치였다. 어떻게든 대화를 이어나가야 했다. 내가 되물었다.

"새들은 많이 왔어?"

"아직이야…… 좀 더 추워져야 하겠지. 그냥 강둑에서 바람이나 좀 쐬고……."

서로를 바라보면서도 각자의 생각에 골몰한 마리오네트 인형처럼 우리의 표정은 굳어 있었다. 나는 그런 식의 어색한 침묵을 참지 못했다. 입안에 머금은 독은 뱉어야 했다. 그러지 않으면 그것을 삼켜야 할 테니까. 내가 말했다.

"날 봐. 난 당신을 사랑하는 아내야. 그런데도 당신은 날 감시하고 미행하고 내 주변 사람들에게 폭력을 가하고 날 미치게 만들어. 그런 당신이 난 두렵고도 불쌍해."

그는 오해라고, 그런 적 없다고 강변했다. 그러나 그가 아무리 부인해도 나는 알았다. 그도 내가 아는 것을 알았다. 나는 모른 척하고 있던 그의 감시와 미행 증거를 하나하나 들었다.

"갤러리에 감시 카메라를 설치하고, 내 통화를 엿듣고, 아무 관계도 아닌 남자의 차를 부수고, 내 차에 위치 추적기를 달고 꽁무니를 따라다닌 것…… 모른 척했을 뿐이야. 그걸 안다고 말하는 순간 우리 관계가 박살 날 것 같아서……. 하지만 이젠 그럴 필요조차 없어. 모른 척해도 우리 관계는 오래전에 박살 났으니까. 아무리 부인해도 자꾸 생각나. 불탄 내 차를 마지막으로 점검한 사람이 누구였는지……."

그는 내 눈을 피하며 생각에 잠겼다. 어디서부터 얘기를 시작할지, 내가 자신의 이야기를 믿을지 그러지 않을지 골똘히 생각하는 눈치였다. 그가 어떤 변명을 하든 나는 들을 생각이 없었다. 그가 입을 열었다.

"당신을…… 위해서였어. 당신을 지켜야 했기 때문에……."

나도 모르게 헛웃음이 나왔다.

"도대체 누구로부터 날 지킨다는 거지? 날 죽이려는 사람은 당신이잖아.”

“당신을 힘들게 한 것 미안해. 갤러리에 카메라를 설치하고 블랙박스와 통신 단말기를 해킹하고 차에 추적기를 단 것…… 모두 사실이야. 하지만 자동차를 불태운 건…… 내가 아냐. 난 당신에게 그런 일이 생길까봐 걱정되었을 뿐이야.”

“날 걱정해서 괴롭히고 공격했다고? 말해봐. 당신이 아니라면 도대체 누구야?”

내가 듣기에도 날카로운 목소리였다. 그가 고개를 들고 내 눈을 바라보았다. 그 속에 모든 진실이 담겨 있으니 보아달라는 듯. 나는 공허한 두 눈을 통해 그의 내부를 들여다보았다. 내가 모르는 압도적인 공포와 나를 향한 연약한 애정이 거기에 공존했다.

잠시 망설이던 그가 어렵사리 입을 뗐다. 오래전 시기도 대상도 정해지지 않은 살인 청부 계약을 맺은 적이 있다고. 결혼 후 줄곧 잊고 지냈던 계약의 표적이 누구인지 얼마 전에야 통보를 받았다고. 그는 들리지조차 않을 정도로 작은 목소리를 가까스로 내뱉었다. 자신이 죽여야 할 표적이 바로 나라고. 살인 청부? 악마? 무슨 소린지 잘은 몰라도 그가 조금 전과 다른 사람처럼 느껴졌다. 나는 멍한 눈으로 되물었다.

“악마? 그 악마가 누구야?”

그는 입술을 지그시 깨물었다. 대답해야 한다는 의무감과 자책감 사이에서 헤매는 듯했다.

"나도 얼굴을 본 적은 없어. 실재하는 인간이 아닐 수도 있지만 존재하는 건 확실해. 그자가 당신을 노리는 것도……. 믿고 싶지 않겠지만 사실이야. 난 나쁜 놈이지만 거짓말쟁이는 아냐. 내가 당신을 죽이지 않으면 그자가 그렇게 할 거야. 그 경우에도 범인은 내가 되겠지."

그가 무슨 의도로 하는지 알 수 없지만 너무 그다운 말이었다. 이해하려면 집중력이 필요한 허황하고 어눌한 말. 말이 안 되기에 나는 그의 말을 믿어야 했다. 만약 그가 나를 속이려 했다면 그보다 받아들이기 합당하고 논리적인 변명을 했을 테니까.

그의 말과 마흔 장의 A4 용지에 쓰인 깨알 같은 글자들이 색실처럼 뒤얽혀 희미한 태피스트리의 윤곽을 드러냈다. 케이시가 살아 있고 나를 죽이려고 남편을 고용했다면 그들의 말은 완벽히 일치했다. 그들은 서로의 범죄에 대한 목격자이자 증인이었다. 그러자 내가 위험에 처해 있다는 사실을 받아들이지 않을 수 없었다.

케이시는, 아니 앨런은 자신이 악을 증식시킨 방식을 남편에게 그대로 적용했다. 사건 조사원으로 고용해 범죄를 학습시키고 사진을 이용해 내게 접근시켰다. 결혼 후에는 의심을 촉발하고 질투를 자극할 단서를 지속적으로 제공해 살의를 충동질했다.

해가 저물었다. 멀리 강변도로에서 퇴근 차량의 후미등이 붉은 띠를 이루며 천천히 흘러갔다. 비록 남편의 폭력적 행동을 용서할 순 없지만 나는 적어도 그가 죄책감을 느끼지 않기를 바랐다.

우리는 흩어진 퍼즐 조각을 맞추듯 서로의 기억과 경험을 대조하며 눈앞에 다가온 위험의 실체를 그렸다. 우리가 대적할 상대는 인간이 아니었다. 그것은 죽은 케이시의 데이터, 악을 학습한 AI, 창조되지 않았어야 할 재앙이었다. 수천 개의 NPU(신경망 처리 장치)가 지치지도 지루해하지도 어려워하지도 잠을 자지도 않고 빈틈없이 연산하고 판단하고 예측하며 스스로 지식을 확장하는 인공 괴물. 우리는 같은 운명 앞에 놓인 두 개의 연약한 촛불이었다.

우리는 그것을 이기거나 없앨 수 없어도 도망칠 방법을 찾을 수는 있을 것이다. 그 방법이 뭐냐고 캐묻는 남편에게 나는 대답했다.

"기계가 우리를 조종하고 위협했던 방식을 써야 해. 기계가 악을 학습하고 당신을 학습시킨 것처럼 우리도 기계를 학습시키는 거야. 그러려면 기계의 방식으로 생각하고 기계의 언어로 이야기해야 해."

하지만 우리는 기계에 대해 아무것도 몰랐고 그것을 이길 수 있을지는 더더욱 몰랐다. 나는 남편의 눈을 들여다보며 말을 이었다.

"이세돌의 네 번째 대국은 기계에 대한 인류 최후의 승리였어. 그는 일흔여덟 번째 수로 패색이 짙어가던 판을 한순간에 뒤집었지. 세계 최상위 기사의 기보만 집중적으로 학습한 알파고가 한 번도 경험하지 못한 어처구니없는 수에 오류를 일으켰던 거야. 구글 알파고는 이세돌이 이 수를 둘 확률을 1만분의 1로 분석했어. 그 수를 두기 전까지 이세돌이 경기에서 이길 확률은 0.007퍼센트였고……."

최강의 바둑 기계가 가장 멍청한 수에 당했다는 아이러니. 어쩌면 그것이 우리를 구원할지 모른다. 우리에게도 0.007퍼센트의 승률은 남아 있을 테니까. 그렇지 않다고 해도 그렇다고 믿어야 했다. 우리는 0.007퍼센트의 실낱같은 가능성을 100퍼센트로 바꿀 것이다.

0.007=100.

이것은 기계가 결코 이해하지 못할 황당한 수식이다. 하지만 우리는 기계가 아니다. 우리는 인간이다. 울고 웃고 화내고 슬퍼하고 절망하다가 다시 희망을 찾고 미워하다가 사랑에 빠지고 사랑하기 때문에 다시 미워하고 결코 가질 수 없는 것을 꿈꾸고 그러다가 파멸하고 그러면서도 후회하지 않는 지구의 유일한 종.

거기에 우리의 기회가 있었다. 우리는 서로를 용서하고 구원할 것이다. 악을 학습한 기계가 결코 예측할 수 없는 방식으로.

우리를 태운 차는 검은 띠처럼 뻗은 도로를 자율주행 모드로 달렸다. 길가에는 벌거벗은 가로수가 바람에 떨었고 먼 하늘은 잿빛으로 가라앉아 있었다. 차에서 내리자 진눈깨비가 차창에 달라붙었다. 우리는 젖은 인도를 지나 3층 건물 맨 위층의 신경정신과로 들어섰다.

오십대의 신경정신과 전문의 이수진 원장은 도시가 처음 개발된 20여 년 전 병원 문을 열었다. 개업 전 디지털 의료 기기를 설계하는 바이오 벤처 회사에 근무해 극도의 재정적 압박과 스트레스에 시달리는 IT 기업인들의 고충을 누구보다 잘 이해하는 그녀는 의사라기보다 친구이자 조언자로서 환자를 대했다.

CEO, CFO, COO…… 어떤 직함이든 그들은 같은 공포에 사로잡혀 있었다. 회사의 운명과 직원들의 안위와 투자자들의 서슬 퍼런 시선을 양어깨에 짊어지고 절벽 위로 길을 잘못 든 노새처럼 한 발 내딛지도 물러서지도 못한 채 잠시라도 한눈을 팔면 자신이 발 디딘 낭떠러지에서 떨어질 거라는 절박한 공포. 일도 술도 돈도 여자도 그들을 구원하지 못했다.

그녀는 차분한 태도로 환자들의 이야기를 들었다. 억지로 말을 시키지도 않았고 곁가지라도 흘려듣지 않았다. 침묵은 침묵대로 의미가 있었고 그녀는 그 뜻을 파악했다. 케이시 또한 한때 그녀의 도움을 받은 적이 있었고 결혼 후에도 꾸준히 관계를 이어나갔다.

암 발병 후 케이시는 발길을 끊었지만 나는 그녀의 친구로 남았다. 그녀는 케이시의 죽음과 그 후의 암흑 같은 시간을 견디는 데 도움을 주었다. 사흘 전 상담을 요청하는 내게 그녀는 오전 진료 시간이 비어 있다며 농담을 던졌다.

"오랜만이네요. 반갑긴 하지만 나와는 만나지 않을수록 건강한 관계라……."

못 보던 사이에 그녀는 몸이 조금 불었고 그 때문인지 더 신뢰가 갔다. 나는 수술대에 오르는 기분으로 상담실 소파에 앉았다. 맞은편 벽에 르누아르의 풍경화를 닮은 액자가 걸려 있었다. 남편은 치료를 낯설어하는 기색이었고 최근의 심리적 변화를 털어놓기도 힘들어했다.

그녀는 참을성을 가지고 대화를 이어나가며 그에게 귀를 기울였다. 그러자 그는 자신도 이해할 수 없는 최근의 불안정한 감정 변화를 토로하기 시작했다. 타인에 대한 적의와 울분, 특히 나에 대한 의심과 질투로 겪는 괴로움도 털어놓았다.

그녀는 반복적인 상담과 치료가 필요하며 정확한 진단이 나오기까지 약물 치료는 보류하겠다고 말했다. 대신 심리 치료 방편으로 지금까지의 삶을 글로 정리해보라고 그에게 권했다.

"사람들은 자신에 대해 너무나 많은 걸 몰라요. 알고 싶은 마음도 없고 알려고 노력하지도 않죠. 하지만 자기의 욕구와 감정을 모른 채 타인과 건강한 관계를 맺을 순 없어요. 부부 사이도 마찬가지죠. 정체성을 찾는 방법으로 글쓰기를 추천합니다. 가슴에 깊이 감춰둔 속마음을 글로 표현함으로써 자신도 몰랐던 생각과 감정을 구체화하는 거죠. 글을 쓰고 읽는 행위를 통해 자신이 누구인지, 무엇을 원하고 무엇을 싫어하는지 알게 되거든요."

그녀는 최대한 솔직히 써야 치유 효과를 기대할 수 있다고 강조하며 연대감을 위해 내게도 함께 글쓰기를 권유했다. 남편은 내키지 않는 눈치였다. 글을 쓰는 행위에 익숙하지 않은데다 무언가를 쓰는 행위로 자신을 알게 된다는 발상을 선뜻 믿지 못하는 듯했다. 할 말이 전혀 없지는 않겠지만 세세히 드러내기에 불편하거나 되살리기에 힘든 어두운 일들이 너무 많았는지도 모른다. 그럼에도 우리를 갈라놓는 균열을 멈추는 일이라면 무엇이든 해야 했다.

내가 그 글의 첫 줄을 쓰기까지는 꼬박 이틀이 걸렸다.

한 인간의 존재를 증명하는 가장 확실한 문서는 사망진단서다.

"누군가를 이해한다고 말하는 데에는 꽤나 용기가 필요하다"라는 문장으로 시작되는 그의 글을 읽는 동안 나는 한숨을 쉬었다가 울컥하는 기분에 사로잡혔다가 두려움에 빠졌다.

우리의 글은 우리에게 무슨 일이 일어났는지, 그 일에 어떻게 대처했는지, 각자의 마음 깊은 곳에 무엇을 숨겨왔는지, 서로에 관해 무엇을 모르는지에 대한 보고서였다. 한편 그 글은 '그것'을 속이기 위해 꾸며낸 우리의 시나리오이기도 했다. 거기에는 어떤 거짓도 없었다. 가장 진실한 고백이 아니고서는 결코 서로를 구원할 수 없을 테니까.

우리는 단어와 표현 하나하나를 극도로 신중하게 배치했다. 남편과 내가 서로를 죽이는 말도 안 되는 상황에 이론적, 감정적 정당성을 부여해야 했다. 진실을 강화하기 위해 내면의 감정을 드러내는 의도적인 실수나 문장 속 작은 오류도 필요했다. 가령 그가 나를 죽이려 하면서도 나를 위한 말과 행동을 함으로써 내면의 갈등을 드러내는 식이었다.

이야기에 관한 한 나와 남편과 케이시는 같은 유전자를 가진 세쌍둥이였다. 우리의 이야기는 서로 다르지만 단단한 기억의 탯줄로 이어져 있었다. 남편과 나는 문장을 통해 서로의 어둡고 악하고 부끄러운 속내를 들여다보았다. 우리 컴퓨터를 24시간 감시하는 앨런 또한 입력된 정보를 실시간으로 인식할 터였다.

그것은 입력된 텍스트를 낱낱이 분석해 논리적 허점을 찾고 관련 자료를 교차 비교해 진실성을 검증할 것이다. 우리의 기록이 진실한 이상 그것은 우리를 의심하지 않을 것이다. 중요한 건 사실이 아니라 기록이고 그에 대한 앨런의 해석이니까.

그러므로 우리의 글은 앨런의 약점을 뚫을 유일한 수였다. 이세돌의 어처구니없는 일흔여덟 번째 수처럼. 말하자면 우리는 기계를 속여야 했다. 성공할지 실패할지 몰라도 그것 말고 다른 방법은 없었다.

기록으로만 보면 나는 남편의 살해 계획을 몰랐다. 앨런은 관계를 회복하기 위해 진실을 토로하는 글에서조차 그가 나를 속이려 한다고 판단하고 나를 살해하는 데 한 걸음 다가섰다는 연산 결과를 얻을 것이다.

허물어지는 우리의 부부 관계와 불안을 노출하는 시청각 자료도 필요했다. 우리는 케이시가 설치한 CCTV 앞에서 자주 말다툼을 벌였고 남편은 주먹으로 테이블을 내리치거나 들고 있던 와인잔을 벽에 던지기를 서슴지 않았다. 앨런에게 보이기 위한 전시성 폭력이었지만 내 공포를 자극하기에는 충분했다. 나는 앨런이 엿듣는 통신 단말기로 남편과 언쟁을 했고 이혼 변호사 사무실에 상담을 예약했다. 그리고 최악의 경우를 암시하는 문장을 썼다.

"남편이 나를 죽이려 한다면 나라고 왜 못하겠는가? 나는 전에도 그런 적이 있지 않은가?"

나는 갤러리 지하실 벽돌 틈에 숨겨두었던 권총을 꺼냈다. 케이시가 자신의 관자놀이에 대고 방아쇠를 당길 때 들렸던 그 차갑고 섬뜩한 철컥 소리. 나는 권총을 집무실 테이블 맨 아래 서랍에 감추었다. 그 권총을 쓰기를 원하지 않았지만 필요하다면 망설임 없이 방아쇠를 당길 것이었다.

서로에 대한 우리의 의심과 적의는 앨런에게 자신의 계획에 따라 일이 진행된다는 판단의 근거를 제공할 것이다. 남편이 나를 죽여야 할 논리적 당위성이 축적되었으니 남은 건 그 일이 실제로 벌어지는 것뿐이었다.

우리는 바다로 갔다. 케이시가 살아 있을 때 그랬듯. 그의 작업이 난관에 봉착할 때, 내 전시 계획이 난항을 겪거나 무산될 때, 문득 서로가 서먹하게 느껴질 때 우리는 남해안의 작은 항구 마을로 향했다. 조 선장과 애너도 어김없이 동행했다.

우리가 머무는 방갈로는 소나무 방풍림 너머 해안 절벽에 있었다. 좁은 오솔길이 이어진 아름다운 해변은 여름이면 가족 단위 피서객들이 몰려왔다. 우리가 머물 무렵에는 피서철이 지나 해변으로 이어진 한적한 광장에서 고양이들이 졸고 있었다.

낮은 둔덕 너머 파도가 잦아드는 방파제 안쪽에 요트 계류장이 있었다. 우리는 둔덕 정상에 앉아 부두에 정박한 20여 척의 요트를 내려다보았다. 바다는 해를 삼킨 듯 붉게 달아 부글거렸다. 흰 요트는 눈부시게 반들거리고 펼친 돛은 노을에 불그레하게 물들었다. 실버라이닝호. 케이시가 12년 전에 산 23미터짜리 크루징 요트였다. 그가 죽자 요트를 사겠다는 사람들이 나섰지만 나는 그와 함께한 항해의 추억을 넘길 수 없었다.

나흘 전 남편은 CCTV에서 잘 보이는 응접실 소파에 앉아 바다를 보고 싶다고 말했다. 일주일쯤 요트를 타고 바람을 쐬면 심리적 안정은 물론 소원해진 관계 회복에도 도움이 되리라는 것이었다. 그럴 수만 있다면 동의하지 않을 이유가 어디 있겠는가.

고속도로를 달리는 차 안에서 그는 너스레를 떨고 우스개를 연발하고 사랑한다는 애정 공세를 퍼부었다. 내가 이상한 낌새를 차리지 못하도록 안심시키려는 노력 덕에 우리 관계는 바다에 도착하기도 전에 이미 회복된 듯 보였다. 그는 심지어 이런 농담까지 던졌다.

"이번이 마지막 여행이 될지도 몰라."

"왜?"

"당신이 집으로 돌아가지 않으려 들 테니까. 이렇게 즐거운 여행에서 굳이 돌아가야 할 이유가 뭐겠어?"

케이시는 남편의 말을 살인에 대한 은유로 받아들일 것이다. 꼭 그렇지 않더라도 다양한 암시를 제공하는 것이 유리했다. 그는 인간의 전유물이라는 은유를 이해하는 기계니까.

우리는 요트 점검을 핑계로 매일 계류장까지 걸어 오가는 30분 동안 계획을 재고하고 보완했다. 조 선장은 시간 단위로 일기예보를 점검하며 항해가 수월한 날짜를 기다렸다. 케이시의 구식 요트에는 위성통신 장비와 위치 추적기, 선체에 설치된 여섯 대의 카메라를 제외하면 어떤 디지털 장치도 없었다. 배를 움직이려면 자율항법 시스템 대신 육안으로 항로를 관찰하고 수동 핸들을 조작해야 했다.

이튿날에는 약간의 이슬비가 내렸고 다음날은 하늘이 잿빛으로 가라앉았다. 저녁부터 구름이 걷혔고 밤에는 별이 무수히 빛나는 맑은 날씨였다. 조 선장은 마침내 출항을 결정했다.

다음날 아침 10시, 우리는 계류장으로 향했다. 애너가 냉장고에 식료품을 채우는 동안 조 선장은 기관을 점검하고 출항 준비를 했다. 흰 정복에 모자까지 쓰고 조타석에 자리잡은 그는 허드렛일을 하던 추레한 노인이 아니라 바람의 힘으로 대양을 나아가는 실버라이닝호의 선장이었다. 배에 타고 있는 동안에는 누구든 그의 지시를 따라야 했다.

출항 점검을 끝낸 배는 오후 4시에 출항했다. 바람은 적당했고 기온은 쌀쌀했지만 추위를 느낄 정도는 아니었다. 우리가 염두에 둔 항해 조건은 조류였다. 10월 말경 대한해협을 교차해 흐르는 거센 조류는 우리의 시체를 빠르게 먼바다로 실어갈 것이었다.

조 선장은 능숙하게 조종간을 작동했고 배는 물살을 가르며 해협으로 진입했다. 가을이 깊었는데도 바다는 부드러웠다. 다음날에도 기상 상황은 순조로웠고 우리는 해협을 따라 천천히 남동진했다. 항해 사흘째 오후 실버라이닝호는 항로를 벗어나 뱃머리를 남쪽으로 돌렸다.

해 질 무렵 우리는 파티를 준비했다. 선실 주방에서 아스파라거스와 새우를 굽는 냄새가 퍼지고 석양에 물든 갑판의 흰 테이블에는 얼음에 담긴 와인이 놓였다. 맑고 단단한 빛이 저녁 공기에 긴장감을 부여했다.

공해상으로 나온 배는 느린 속도로 나아갔다. 함교의 깃발이 밤바람에 부드러운 소리를 내며 휘날렸다. 태양이 물 밑으로 가라앉고 어둠이 찾아왔다. 드라마틱한 죽음을 위한 완벽한 조건이었다. 오늘은 달빛조차 없는 그믐밤이니까. 함께 즐거워하는 다정함의 이면에 서로에 대한 살의가 숨 쉬고 있었다.

조 선장은 페인트칠이 벗겨진 낡은 배로 해안까지 가는 법을 우리에게 꼼꼼히 알려주었다. 우리는 신고를 받고 출동한 구조선이 도착하기 전에 그의 오래전 동료 선원이 몰고 온 목선에 탈 것이다. 그러고 오직 달빛에 의지한 채 최대한 조용히, 하지만 온 힘을 다해 노를 저을 것이다. 요트에서 멀어지면 낡은 목선은 고성능 엔진을 켜고 한적한 해변을 향해 나아갈 것이다.

뒤늦게 도착한 구조선은 서치라이트를 비추며 칠흑 같은 밤바다를 수색하겠지만 아무것도 발견하지 못할 것이다. 우리는 미리 준비한 위조 여권으로 사람들이 모르는 곳으로 갈 것이다. 그곳이 어딘지는 우리도 몰랐다. 어쩌면 그런 장소는 어디에도 존재하지 않는지도.

내가 눈앞에 다가온 미래를 그리고 있을 때 선실 문이 열렸다. 남편이 차게 식힌 새 와인병을 들고 다가왔다. 그 후 일어나야 할 일들이 일어났다.

우리의 죽음은 합당한 절차에 따라 처리되었다. 우리의 재산은, 그중 대부분은 나의 것이지만, 법령에 따라 처리되었다. 나의 주식과 주택과 갤러리, 여러 계좌의 예금과 투자금을 포함한 재산 대부분은 국가에 귀속되었다. 조 선장과 애너에게는 노동 계약에 따른 퇴직금과 위로금이 지급되었다. 재산의 극히 일부는 그의 먼 친척에게 상속되었다. 우리가 챙긴 재산은 오래전 개설한 블록체인 기반의 보안 계좌에 예치된 약간의 현금성 자산이 전부였다. 그 정도면 소박한 삶을 영위하는 데에 부족함이 없다.

우리 죽음의 미스터리는 온갖 매체의 뉴스와 사건 추적 유튜버들의 단골 소재가 되었다. 우리가 죽은 지 넉 달이 지난 일요일 아침 우편 취급소에 들렀더니 소포 하나가 와 있었다. 받는 사람 이름은 제니퍼 마이어, 보내는 사람 이름은 존 가드너였다.

상자를 뜯어보니 도스토옙스키의 《죄와 벌》이 들어 있었다. 책갈피 사이에 반으로 접힌 잡지 한 페이지가 끼어 있었다. 가고시마 해안으로 떠밀려 온 신원 미상의 남녀 시신이 발견되었다는 내용이었다.

기자는 시신의 훼손이 심해 확인할 수 없었는데 정황으로 보아 근처에서 실종된 나와 남편의 시신으로 추정했다. 위쪽 여백에는 "주간 〈팩트체크〉 3월 6일 자"라고 적혀 있었다. 〈팩트체크〉는 말초적인 사건과 흥미 위주의 사고를 취급하는 주간지였고 낯익은 필적은 조 선장의 것이었다.

주말마다 한두 건의 잡지와 신문 기사가 도착했다. 오려낸 종이 신문이나 컴퓨터 화면 프린트 중에는 조 선장과 애너의 인터뷰 기사도 있었다. 내용은 그들이 경찰에서 한 진술과 대체로 일치했다. 조 선장은 남편의 난폭한 성향과 자동차 화재 사고, 권총의 출처까지 까발렸다.

"권총은 관장님의 전남편 케이시 김의 소유였습니다. 그녀는 한준모 씨가 자신을 살해할 거라는 두려움에 시달렸어요. 제 생각일 뿐이지만 가까이에서 지켜봤으니 틀리지 않을 겁니다."

애너는 우리 부부가 심각한 불화를 겪었다고 폭로했다.

"어느 날 관장님께서 2층 집무실에 침구를 구비해두라고 하시더군요. 언제 각방을 써도 이상하지 않았죠."

조 선장과 애너의 인터뷰는 우리 죽음이 부부 싸움 끝의 우발적 살인이라는 수사 결과에 개연성을 부여했다. 출항 날짜와 구조선 도착 시간, 요트에서 멀어질 방법을 꼼꼼히 점검한 조 선장과 달리 우리 계획을 모르는 애너의 증언은 신빙성을 더했다. 그녀의 두려움은 꾸며낸 것이 아니었고 그녀의 슬픔은 진짜였다.

두 사람의 인터뷰를 기점으로 여기저기에서 우리 부부의 불화에 대한 목격담이 나왔다. 전자 장비 업체 사장이라고 주장하는 익명의 남자는 남편의 의뢰를 받아 내 차에 위치 추적기를 설치했으며 얼마 후 통신 단말기 해킹 프로그램을 깔았다고 폭로했다.

조 선장은 유사한 증언을 제공할 증인들을 여러 매체와 유튜버에게 연결했다. 더 많은 자료가 입력될수록 앨런은 우리의 죽음을 더욱 확실히 인식할 것이다. 형사가 증거에 입각해 수사하듯 앨런은 학습한 원자료에 근거해 추론하니까.

작은 속임수가 반복되면 확고한 진실이 된다. 한 번 들으면 그럴 리가 없다고 생각하지만 두 번 들으면 그럴지도 모르겠다고 생각하고 세 번 들으면 그럴 거라고 믿고 네 번 들으면 설사 그렇지 않더라도 그랬으면 좋겠다고 원하는 건 인간만이 아니다. 인간의 인식과 사고 체계를 그대로 구현한 AI도 마찬가지다.

우리의 범죄와 죽음은 의심할 바 없는 기정사실이 될 것이다. 앨런의 데이터에 우리가 살아 있을 가능성이 배제되는 만큼 우리는 안전해질 것이다.

케이시는 다시 나에게 접속을 시도하지 않았다. 앨런도 마찬가지였다. 우리는 그들에게서 벗어났다. 마지막 접속은 요트 여행 전에 도착한 암호화된 짧은 메시지였다.

—안녕!

그때 안부 인사로 받아들였던 두 글자가 작별 인사였다는 것을 지금은 안다. 이어진 문장에서 그는 유난히 눈이 많이 내리던 그해 두 달 넘게 작업한 데이터를 날린 크리스마스이브를 기억하느냐고 물었다. 내가 그 악몽 같은 크리스마스를 어떻게 잊겠는가? 그는 데이터가 소실된다는 것이 축복임을 지금에야 알았다고 했다.

—데이터가 소실되는 건 인간이 기억을 잃는 것과 달라. 인간은 자신이 어떤 기억을 잃어버렸다는 사실을 인식하지. 아름

답든 그렇지 않든 한때 그것이 존재했고 그 사실이 소중하다는 것을 알아. 그것이 더는 존재하지 않기 때문에 괴로워하고 다시 생각날 거라는 희망을 간직하지. 그러나 데이터는 그것이 존재한 사실조차 사라져. 그래서 아름다운 거야.

그는 그런 알 듯 모를 듯한 말을 남기고 침묵했다. 깜빡이는 커서가 나의 손길을 기다렸다. 나는 문자를 입력했다. 대답을 듣기 두려워 내내 머릿속으로만 굴리던 질문이었다.

—우리가 만난 것, 아니 당신이 나를 만난 것부터 거짓처럼 느껴져. 내가 순진하게도 운명이라고 철석같이 믿었던 우리 만남이 당신의 계획일 뿐이었으니까.

—그래. 당신을 만날 무렵 나는 개발 중이던 마인텔 8에 내가 사랑할 사람을 찾는 프로그램을 실행했어. 마인텔 8은 내 취미와 성격, 선호하거나 싫어하는 행동 등 수천 가지 조건을 조합해 적합한 사람을 추출했어. 단순히 내가 선호하는 외모와 취향뿐 아니라 나조차 몰랐던 내 성향을 반영한 인물을 찾아냈지.

—당신은 필요에 따라 나를 선택한 거네. 사랑해서 날 선택한 것이 아니라 날 선택해서 사랑했어. 아니면 사랑하기 위해 선택했든지……. 그걸 사랑이라고 할 수 있을까?

—당신과 만난 건 계획적이었지만 당신과 사랑에 빠진 건 운명이었어. 마인텔 8은 당신 마음을 사로잡을 극적인 만남, 당신의 호기심을 자극하고 당신을 안심시킬 방법을 끊임없이 생성했지. 덕분에 난 당신의 세세한 관심사를 알고 당신이 원하는

남자가 될 수 있었어.

우리는 운명적 사랑과 계획적 사랑에 대해 얼마간 이야기했다. 그제야 그의 비밀스럽고 종잡을 수 없는 행동을 이해할 것 같았다. 자상하고 세심하던 그가 왜 순식간에 차갑고 냉소적으로 돌변했는지, 그러다가 언제 그랬느냐는 듯 다정한 모습으로 돌아왔는지.

물과 불만큼이나 다른 그의 이중성은 AI 때문이었다. 그는 나에 관한 세세한 정보를 토대로 AI가 제시한 최적의 말과 행동을 학습했지만 충동적 본성이 고개를 들면 냉담한 말과 돌출 행동으로 내게 상처를 입혔다. 내가 말했다.

—그럼 난 당신이 아니라 그 AI를 사랑한 게 아닐까? 아니면 AI가 학습시킨 당신? 혼란스러워. 아니, 허망해. 운명이라고 믿은 우리 사랑이 한낱 프로그램의 결과물이라니.

—초고층 타워 건축 현장에 있는 당신을 찾은 건 마인텔 8이었지만 당신을 사랑한 건 나야. 당신을 만났을 때 사랑에 빠질 거라는 확신이 들었거든. 그러니 우리 사랑은 AI가 아닌 당신과 나의 선택이야.

나는 깜빡이는 커서를 바라보며 그 말이 진실일지 거짓일지 생각했다. 컴퓨터가 거짓말을 하지 못하던 시절로 돌아가고 싶었다. 그러면 그 말은 자명한 진실이 될 것이다. 그렇지 않아도 상관없다. 그의 말이 혼자 살아갈 나를 배려한 거짓말이라는 생각만으로도 위로가 되니까.

그것이 우리의 마지막 접속이었다. 접속이 끊긴 후 그의 메시지는 삭제되었다. 앨런의 추적을 피하려는 조치일 것이다. 그제야 나는 그가 기계라는 사실을 받아들였다. 더는 그가 두렵지 않았다. 그러나 그 때문에 더욱 두렵기도 했다.

나는 그가 살아 있는 동안 한 번도 입 밖에 꺼내지 않았던 크리스마스의 일화를 언급한 이유를 생각했다. 그것은 스스로를 삭제하겠다는 의미가 명백했다. 그는 은유와 암시를 이해하는 기계니까.

크리스마스 이야기를 통해 그는 이렇게 말하고 싶었는지 모른다. 인간은 존재하기 때문에 존재하는 것이 아니라 기억되기 때문에 존재한다고. 그가 앨런을 제거하거나 파괴하지는 못하겠지만 무력화할 수는 있을 거라고.

나는 데이터화된 기억과 인식을 삭제해 앨런의 추적으로부터 우리를 보호하려는 그의 은밀한 의도가 들어맞았기를 원했다. 그를 영원히 잃는 건 가슴 아팠지만 그것은 내가 오래 원해 온 일이기도 했다. 그편이 그에게도 좋을 것이다.

우리는 지금 이곳에 숨어서 산다. 우리의 죽음으로부터, 세인의 관심으로부터, 기술의 속박으로부터, 앨런의 감시와 압박으로부터. 이 불편하고 외진 곳은 숨기 좋은 장소다. 위험에 덜 노출되므로 스트레스는 줄고 적응하기에 좋다.

이른 아침이면 우리는 해안 절벽을 따라 걸으며 평온함을 누린다. 어떤 날은 안개가 자욱이 끼고 어떤 날은 소리 없이 비가 내린다. 안개 속에서 아이들의 웃음소리가 들리고 우리는 앞서 가는 가족의 흐릿한 뒷모습을 바라본다. 앞장서서 가족을 이끌던 리트리버는 이제 나이가 들어 느긋하게 그들을 뒤따른다.

마을로 돌아오면 사람들이 알은체를 한다. 트럭 운전을 하는 중국인 위 씨와 인도인 건축자재상 팔리타 씨가 짐칸에 파이프를 싣는다. 잡화점 주인이 감색 앞치마 끈을 묶으며 크게 웃는다. 그들은 우리의 이삿짐을 옮겨주고 욕실을 수리해준 이웃들이다.

우리는 그런 사람들과 어울려 살아간다. 쇠스랑을 어깨에 걸친 농부들, 가죽 장화를 신고 고깃배를 타고 바다로 나가는 뱃사람들, 활기차게 거리를 지나가는 수리공들, 조용한 선생님과 소란스러운 아이들…….

우리는 멀리 언덕 건너편 능선을 바라본다. 언덕 위에서 내려다보거나, 절벽 아래 해변에서 올려다볼 때, 가까운 바다로 배를 몰고 나갔을 때 집은 각각 다르게 보인다. 검은 칠을 한 우리의 판잣집은 비에 탈색되어 연한 회색을 띤다. 티끌처럼 작고 초라한 그 공간을 찬찬히 살피며 나는 나의 실재를 확인한다. 그 집이 우리의 공간이라는 걸 아직 믿기 힘들지만 내가 그 공간을 점유하고 있다는 사실이 매 순간 감탄스럽다.

내 삶의 어디까지가 실제로 있었던 일이고 어디서부터가 나의 상상이 만들어낸 허구인지 분간이 되지 않는다. 다만 지금의 내가 과거의 내가 아니라는 것은 분명히 안다. 한때 내가 장민주였다는 사실은 중요하지 않다. 그것은 한때 존재했어도 지금은 사라진 이름이니까. 나는 나 자신의 과거로부터 도망쳤다. 그것이 옳은 일인지는 모르겠다. 그렇다고 지금 와서 지나간 일들을 하나하나 곱씹고 싶지는 않다.

해가 떠오르자 안개가 급속도로 사라진다. 바다는 생생한 푸른색으로 반짝이고 하늘은 붉은 줄무늬 천처럼 너울거리며 빛난다. 길 건너 문구점 주인이 가게 앞을 쓸다가 책가방을 메고 등교하는 두 아들에게 용돈을 쥐여준다. 신이 난 아이들이 자갈 쏟아지는 소리를 내며 해변 도로를 쏜살같이 달려간다. 발소리에 놀란 갈매기들이 요란하게 날아오른다.

우리는 작은 건물 앞에 멈추어 안개가 걷히기를 기다린다. 남편은 눈썹을 가릴 정도로 깊이 쓴 후드를 벗는다. 새벽안개에 젖은 곱슬머리 가닥이 이마에 흐른다. 그토록 지독한 악의를 겪고서도 간직한 소년 같은 미소. 때로는 우리가 아직 함께인 사실이 놀랍고 다행스럽다.

바람이 분다. 새 하루가 시작된다. 윤기 나는 태양, 빛나는 바다, 창가의 꽃들, 장화를 신은 어부들, 화장하지 않은 여자들, 넘어갈 것 같은 아이들의 웃음, 정적 속의 바쁜 움직임……. 오늘이 무슨 요일인지 모르겠다. 그래도 상관없다.

우리의 삶은 단조롭지만 부족함이 없다. 오늘은 오늘 몫의 일이 있고 그에 합당한 휴식이 있다. 남편은 정비소의 철제 셔터를 열고 희미한 땀 냄새와 윤활유 냄새가 밴 감색 오버올 정비복으로 갈아입을 것이다. 선반 위에 낡은 공구들을 나란히 늘어놓고 중고 부속품을 손보고 베어링이 망가진 자전거를 끌고 찾아온 잡화점의 마르코에게 미소를 건넬 것이다.

나는 새로 정착한 마사하루 씨의 새집 공사 현장으로 출근할 것이다. 방 둘, 화장실 하나, 부엌 하나. 단출한 목조 단층집. 오사카의 한 전기회사 연구원으로 근무하던 그는 1년 전 아내와 세 살 먹은 딸을 데리고 이곳으로 왔다. 우리는 그가 왜 이곳에 왔는지 묻지 않았다.

오늘은 지붕 공사 날이다. 나는 마사하루 씨와 짝을 이루어 지붕에 방수포를 깔고 패널을 꼼꼼하게 덮을 것이다. 빗물받이를 달고, 커버를 씌우고, 방수 시트를 깔고, 기와를 올릴 것이다. 한 장 한 장, 아래에서 위로, 왼쪽에서 오른쪽으로. 햇살 따스한 한낮에는 용마루에 기대어 바닷바람을 맞을 것이다.

저녁 6시가 되면 나는 지붕에서 내려와 낡은 자전거를 일으켜세울 것이다. 해는 기울고 바다로부터 황금색 기별이 온 하늘에 번질 것이다. 저물 무렵 피어오르는 연기 냄새는 하루 혹은 수십 년의 기억을 간직하고 있다. 마른 라벤더 덤불, 무너진 창고에서 나온 기둥과 들보, 오래된 책갈피에 서린 은근한 곰팡내, 낡은 목선에서 뜯어낸 늑골과 판재의 젖은 내……. 나는 페달을 밟으며 검붉게 물드는 바다를 응시할 것이다.

각자의 피로를 지고 돌아온 남편과 나는 미소로 서로를 반길 것이다. 나는 먼지 낀 작업복을 털고 펌프로 퍼올린 차가운 지하수로 흙투성이 손을 씻을 것이다. 우리는 정원에서 자란 채소로 소박한 저녁상을 차리고 직접 담근 와인을 곁들일 것이다. 한 잔? 아니면 또 한 잔?

우리는 조 선장의 신경통 증세가 나아졌는지, 애너가 사귀던 남자와 결혼했는지 이야기할 것이다. 어둠이 내리고 파도 소리가 아련히 잦아들면 우리는 이른 잠을 청할 것이다. 나이가 더 들면 육체적으로 어려움을 느끼겠지만 아직은 견딜 만하다.

그러나 밤이면 마음 한구석의 불안이 고개를 쳐든다. 여기가 진정 안전한 장소이며 우리가 위험으로부터 도피했다고 안심할 수 있을까? 오늘 아무 일이 없다고 내일도 그러리라는 보장이 있을까?

우리는 아직도 문고리와 창문의 걸쇠를 확인하고서야 잠자리에 든다. 마을에서 처음 보는 사람을 만나면 기둥 뒤로 몸을 숨긴다. 유난히 추운 겨울밤에는 모르는 사람이 전해주는 편지를 받는 꿈을 꾼다.

그 첫 문장은 이렇게 시작된다.

사랑하는 당신에게, ■

작가의 말

'AlphaGo resigns' (알파고 기권).

2016년 3월 13일 오후 5시 44분, 포시즌스 호텔 서울. 구글 딥마인드의 인공지능 바둑프로그램 알파고와 인간 최고수 이세돌 9단의 네 번째 대국. 이미 3승을 거둔 알파고의 기권 선언 메시지가 중계 화면에 떴다. 다섯 번의 대국에서 이세돌이 거둔 유일한 승리. 인공지능을 상대로 거둔 인류의 마지막 승리이자 74전 73승을 기록한 알파고의 유일한 패배였다. 승부를 극적으로 뒤집은 이세돌의 78번째 수는 '신의 한 수'로 불렸다.

이세돌의 맞은편에는 대국 내내 무표정한 한 남자가 바둑판에 알파고가 도출한 수를 대신 옮겨놓고 있었다. 알파고 개발팀원이자 공동 논문 제1저자로 아마 바둑 6단인 아자 황(Aja Huang) 박사. 자신이 설계한 기계의 손발이 되어 묵묵히 명령을 수행하는 그에게서 인류의 미래를 보았다면 성급한 상상일까?

인간 최고수의 유일한 승리에 안도하든 패배에 탄식하든 인공지능의 놀라운 위력을 지켜본 사람들은 하나같이 미래에 대한 불안에 휩싸였다. 많은 질문과 가설이 이어졌다. AI는 인간의 노동력을 빼앗을까? 인간의 통제력을 벗어난 AI는 괴물이 될까? 불완전한 인간의 사고 패턴과 모순적 행동을 원천 데이터로 학습한 AI는 인류의 미래를 어떻게 바꿀까? 결국 AI는 인간을 멸종시킬 것인가…….

AI가 인류를 멸종시킬지 그렇지 않을지는 모르지만 인류가 이루어놓은 모든 것들을 바꾸어놓을 건 분명하다. 삶과 죽음, 운명과 사랑, 육체와 영혼, 인간과 기계, 직업과 노동의 개념뿐 아니라 인간의 생각과 감정, 행동방식까지 총체적으로 재정의해야 할 것이다.

만약 인류가 멸종한다면 그 책임은 누구의 것일까? 예측 불가능하고 통제를 벗어난 AI일까? 아니면 그것을 오용하거나 통제하지 못한 인간일까? 답은 명확하다. 인간을 멸절시킬 유일한 천적은 인간뿐이므로.

마찬가지로 인간을 구원할 유일한 존재 또한 인간이다. 가장 정확한 연산으로 완전한 결과를 도출하는 기계가 이해하지 못할 '인간다움'이야말로 인류에게 주어진 '이세돌의 78수'가 아닐까? 인간 스스로도 이해하지 못하는 사랑과 연민, 용서와 희생이라는 어리석은 감정과 행위들.

그러므로 우리의 질문은 AI가 아닌 인간을 향해야 한다. 프롬프트 창에 질문을 써넣기보다 자신에게 묻고 스스로 답을 찾아야 한다. 불완전하고 어리석은 인간에 대해, 그럼에도 여전히 빛나는 인간에 대해.

구상과 집필 과정 내내 이 글은 근미래를 배경으로 한 SF 소설이었다. 그러나 출간을 앞둔 2024년 봄 소설의 상당 부분은 현실이 되었다. 그래서 굳이 소설의 시대적 배경을 밝히자면 근미래가 아닌 현 미래라 표현해야 할 것이다.

2024년 봄

이정명

안티 사피엔스

1판 1쇄 발행 2024년 5월 17일
1판 2쇄 발행 2024년 6월 7일

지은이 · 이정명
펴낸이 · 주연선

(주)은행나무
04035 서울특별시 마포구 양화로11길 54
전화 · 02)3143-0651~3 | 팩스 · 02)3143-0654
신고번호 · 제 1997—000168호(1997. 12. 12)
www.ehbook.co.kr
ehbook@ehbook.co.kr

ISBN 979-11-6737-428-8 (03810)